피에르 미숑 Pierre Michon

1945년 프랑스 중부 크뢰즈 지방의 레카르라는 작은 마을에서
태어났다. 부모가 결혼 생활을 시작한 마르삭, 아버지가 집을
나간 뒤 어머니가 교사 생활을 이어 간 무리우, 칠 년 동안
기숙 중등학교에서 수학한 게레까지 어린 시절을 모두 크뢰즈
지방에서 보냈다. 클레르몽페랑 대학교에서 문학을 공부했고,
앙토냉 아르토의 연극을 주제로 석사 논문을 썼다. 대학교
무렵부터 극단 활동을 시작했고, 한동안 특별한 직업 없이
알코올과 약물 중독에 시달리며 방황했다.

피에르 미숑은 자전적 작품 『사소한 삶(Vies minuscules)』
(1984)을 시작으로 느지막이 작가의 길에 들어선 뒤 고흐가
아를에서 그린 우체부의 초상을 탐구한 『조제프 룰랭의 삶
(Vie de Joseph Roulin)』(1988), 시인 랭보의 일생을 독특한
시각에서 조명한 『아들 랭보(Rimbaud le fils)』(1991), 문학
거장들(사뮈엘 베케트, 귀스타브 플로베르, 윌리엄 포크너,
빅토르 위고 등)의 이야기를 명상적으로 들려주는 『왕의
몸(Corps du roi)』(2002), 프랑스 혁명기 때 공안 위원회의
인물들을 다룬 소설이자 아카데미 프랑세즈 소설 대상을
수상한 『11인(Les Onze)』(2009) 등 여러 작품을 발표했다.
2015년 마르그리트 유르스나르상, 2017년 노니노 국제
문학상, 2019년 프란츠 카프카상, 2022년 프랑스 문학 발전에
기여한 작가에게 수여하는 프랑스 국립 도서관상을 받았다.

사소한 삶

Vies minuscules

사소한 삶

피에르 미숑 장편 소설

윤진 옮김

Vies minuscules
Pierre Michon

민음사

VIES MINUSCULES
by Pierre Michon

Copyright © Éditions Gallimard, Paris, 1984
All rights reserved.

Korean Translation Copyright © Minumsa 2022

Korean translation edition is published by arrangement with
Éditions Gallimard.

이 책의 한국어 판 저작권은
Éditions Gallimard와 독점 계약한 (주)민음사에 있습니다.

저작권법에 의해 한국 내에서 보호를 받는 저작물이므로
무단 전재와 무단 복제를 금합니다.

앙드레 게오동에게

차례

불행히도 그는 가난한
서민들이 다른 사람들보다
더 현실적이라고 믿는다.

— 앙드레 쉬아레스

앙드레 뒤푸르노의 삶

나의 허세가 어디서 왔는지 말해 보자.

내 조상 중에 어느 멋진 대위가, 건방진 젊은 해군 소위가, 아니면 지독히 과묵한 노예 상인이 있던가? 내 친척 중에 수에즈 동쪽*에서 식민지 모자를 쓰고 조퍼 부츠를 신고 입가에 쓰라림을 머금고 야생의 땅으로 돌 아간 이가, 장자의 상속권을 갖지 못한 후손이나 변절

---

* '수에즈 동쪽'은 영국 작가 러디어드 키플링의 시 「만달레이」에 등장 하는 표현으로, 노랫말에 인용되면서 유명해졌다. 수에즈 운하를 기준으 로 유럽 땅 너머를 지칭하는 표현으로 자주 사용되었다.

한 시인이나 명예를 잃고 명예와 그림자와 기억으로 가득 찬 가계도의 흑진주 역할을 떠맡은 진부한 인물이 있던가? 내 조상 중에 식민지로 떠났거나 선원이었던 이가 있던가?

내가 지금 이야기하는 지방에는 해안도 백사장도 암초도 없다. 멀리서 서풍에 실려 온 소금기 빠진 바닷물이 밤나무 위로 쏟아질 때도 그곳에는 바다의 부름을 듣는 다혈질의 생말로 사람이나 거만한 툴롱 사람이* 없다. 하지만 그곳의 밤나무들을 잘 아는 두 남자가 아마도 그 나무 아래서 소나기를 피하고, 어쩌면 그 나무 아래서 사랑을 하고, 어떻게든 꿈을 꾸고, 다른 나무들 아래로 가서 힘들게 일하고, 꿈을 이루지 못하고, 또 사랑을 하고, 혹은 그냥 죽었다. 나는 그중에 한 남자의 이야기를 많이 들었다. 그런데 내가 기억하는 것은 다른 한 남자다.

1947년 어느 여름날 돼지우리와 개암나무와 그림자에 가려져 있던 마을 길이 갑자기 모습을 드러내는 레카르**의 커다란 밤나무 아래 어머니가 나를 안고 서 있다.

* 생말로는 대서양, 툴롱은 지중해의 대표적인 항구 도시들이다.
** 프랑스 중부 크뢰즈의 작은 마을이다. 이후에 나오는 마을들은 대부

날씨가 좋다. 아마도 어머니는 가벼운 원피스를 입었고, 나는 재잘거린다. 어머니가 모르는 남자가 그림자를 앞세우고 걸어온다. 그가 걸음을 멈춘다. 그리고 바라본다. 그는 감정이 북받친다. 어머니는 조금 떤다. 낮의 신선한 바람 사이로 길게 이어지던 소리가 낯선 기운 때문에 끊긴다. 마침내 남자가 다가와서 인사를 한다. 앙드레 뒤푸르노였다.

그가 나중에 말하기를 나를 보면서 아기 때의 어머니, 자기가 떠날 때 '인판스'*이고 허약했던 아기를 보는 것 같았다고 했다. 삼십 년이 지났고, 나무는 그대로이고, 같은 아이지만 다른 아이였다.

오래전에 내 외할머니의 부모가 아동 보호 단체에 농장 일을 도와줄 고아 한 명을 보내 달라고 신청했다. 그때만 해도 흔한 일이었다. 관대하고 교활한 신비화가 진행되어 아이를 보호한다는 명목으로 부모에게 아첨하

분 크뢰즈와 인근 오트비엔에 위치한다.
* 프랑스어 아이(enfant)의 어원이 되는 라틴어 인판스(infans)는 말할 줄 모른다는 뜻이다. 정신 분석 등에서 아직 말을 못 하는 아이를 가리키는 용어로 쓰인다.

고 달콤하게 다듬은 사치스러운 거울을 내미는 일이 아직은 없던 시절이었다. 아이를 먹이고 재워 주기만 하면, 더 큰 아이들한테 생존에 필요한 몇 가지 몸짓을 배워서 장차 살아갈 수 있게 해 주기만 하면 충분했다. 그 밖의 나머지는 괜찮다고, 아직 아무것도 모르는 나이니까 애정이 없어도 상관없다고, 춥고 고생스러워도 어떻게든 버텨 낸다고, 메밀 갈레트와 아름다운 저녁 풍경, 빵처럼 맛있는 공기가 힘든 노동을 달래 줄 수 있다고 믿던 시절이었다.

그렇게 앙드레 뒤푸르노가 왔다. 나는 그가 10월 혹은 12월의 어느 날 저녁에 비에 흠뻑 젖어서 혹은 매서운 추위에 귀가 빨개져서 왔다고 믿고 싶다. 앙드레 뒤푸르노의 발이 그 뒤로 다시는 디딜 일 없을 그 길을 처음 밟고 왔다. 아이는 나무와 외양간을, 하늘에 그어진 지평선을, 문을 바라보았다. 등잔불 아래 낯선 얼굴들, 놀란 혹은 흥분한, 미소 띤 혹은 무표정한 얼굴들이 아이를 맞았다. 그때 아이가 무슨 생각을 했는지는 알 길이 없다. 아이는 자리에 앉아서 수프를 먹었다. 그리고 십 년 동안 머물렀다.

할머니는 1910년에 결혼했으니, 그때는 결혼 전이었다. 할머니는 아이에게 애정을 쏟았다. 훗날 나를 감싸 주던 다정한 상냥함으로 아이를 감싸고, 아이를 밭일에 데리고 나가는 남자들의 선하지만 거친 성정도 누그러뜨렸다. 아이는 학교에 다닌 적이 없었고 이후에도 한 번도 가 보지 못했다. 읽고 쓰는 것을 할머니가 가르쳤다.(나는 어느 겨울 저녁을 상상해 본다. 검은 원피스를 입은 농부의 딸이 삐걱대는 부엌 장을 열어 선반 제일 윗단에 놓인 작은 '앙드레의 공책'을 꺼내 들고서 그사이 손을 씻고 온 아이 옆에 앉는다. 길게 이어지는 사투리 중에 목소리 하나가 고귀하고 좀 더 음조가 높고 풍성한 소리로 더 풍성한 단어들을 말하려고 애쓴다. 아이는 귀를 기울이고, 처음에는 두려운 듯 따라 하다가 이어 즐겁게 따라 한다. 하지만 아이는 제아무리 '아름다운 언어'라 해도 자기와 같은 계급의 혹은 같은 종류의 사람들, 땅에서 더 가까이 태어나고 땅으로 더 빨리 돌아갈 사람들에게는 힘을 줄 수 없고 기껏해야 힘을 향한 향수와 욕망을 줄 뿐이라는 사실을 아직 모른다. 더 이상 아이는 순간에 종속되지 않고, 시간의 소금이 녹아내린다. 끝없이 다시 시작되는 과거가 죽음을 맞는 순간에 미래가 일어서서 달리기 시작한다.

바람이 몰아쳐서 앙상한 등나무 잔가지들이 창문을 때린다. 겁먹은 아이의 눈이 지도 위를 헤맨다.) 아이는 머리가 나쁘지 않다. 아마도 "빨리 배운다."라고들 했으리라. 지적 지위를 사회적 지위와 연결 짓는 옛 농부들의 명석하고 주눅 든 상식을 받아들인 내 선조들은 조건과 걸맞지 않은 아이의 능력을 설명하기 위해 막연한 상황 증거를 바탕으로 자신들이 진실이라고 믿는 것에 더 잘 부합하는 이야기를 지어냈다. 그렇게 뒤푸르노는 시골 귀족의 사생아가 되었고, 모든 것이 질서를 되찾았다.

누가 아이에게 가난한 사람들이 신봉하는 굳건한 사회적 리얼리즘에서 태어난 환상의 선조들 이야기를 들려주었는지는 알 수 없다. 어차피 중요하지 않다. 그 이야기를 알았다면 아이는 아마도 자부심을 품었을 테고, 한 번도 가져 보지 못한 것, 사생아라는 신분 때문에 빼앗긴 것을 언젠가 되찾으리라 다짐했을 터다. 한편 알지 못했다면 부모 없는 농촌의 아이를 향한 희미한 존중, 누가 봐도 이례적인, 이유를 알 수 없기에 스스로 더욱 자격이 있다고 믿게 되는 대우 속에 자라면서 허영심을 품었을 것이다.

외할머니가 결혼을 했다. 그녀는 뒤푸르노보다 겨우 열 살 위였고, 이미 사춘기에 들어선 뒤푸르노는 아마도 마음이 아팠을 것이다. 내 외할아버지는 유쾌하고 친절하고 아량 있는 남자이자 가난한 농부였다. 할머니 말로는 뒤푸르노도 예의 바른 아이였다. 두 젊은 남자, 승리자였던 금색 턱수염의 남자와 수염을 기르지 않고 말수가 적은, 은밀한 부름을 받고 때를 기다리던 남자, 그들은 서로 좋아했다. 여자의 선택을 받은 성격 급한 남자와 조용히 웅크린 채 여자보다 더 큰 운명의 선택을 받은 남자, 즐겁게 농담하는 남자와 운명이 농담을 허락하기를 기다리는 남자, 흙의 남자와 쇠의 남자는 서로의 힘을 해치지 않았다. 그들이 사냥하러 떠나는 모습이 떠오른다. 두 남자가 내뱉은 숨결이 살짝 춤추다가 이내 안개에 삼켜지고, 그들의 윤곽은 숲 가장자리에서 사라진다. 그들이 봄날 새벽에 서서 낫을 가는 소리가 들린다. 이어 그들이 걸음을 옮기고 풀이 눕는다. 날이 밝아 오면서 냄새가 진해지고 햇빛 아래서 거세진다. 정오가 되면 일을 멈춘다. 두 남자는 내가 아는 바로 그 나무 아래서 점심을 먹으며 이야기를 나눈다. 그들의 목소리가 들리지만 나는 그들이 무슨 말을 하는지 알아듣지 못한다.

얼마 후 딸이 태어나고, 전쟁이 일어나고, 외할아버지가 전쟁에 나갔다. 사 년이 흘러 그사이 뒤푸르노는 완전한 남자가 되었다. 그는 아기를 안아 주었고, 펠릭스가 매번 열심히 쓴 편지를 들고 오는 우체부가 농장 길로 들어서길 기다렸다가 뛰어와서 엘리즈에게 알렸다. 저녁이면 뒤푸르노는 등잔불 아래서 먼 곳을 생각했다. 그 먼 곳에서 그가 마음대로 영광스러운 이름을 붙인 마을들이 전투의 굉음 속에 무너졌고, 거기엔 승자와 패자, 장군과 병사, 죽은 말들과 난공불락의 마을들이 있었다. 1918년에 펠릭스가 해포석 파이프를 입에 물고 독일군 무기들을 가지고 돌아왔다. 그는 살짝 주름졌고 떠날 때보다 사용하는 어휘의 폭이 넓어졌다. 뒤푸르노는 그의 이야기를 들어 줄 수 없었다. 그가 군 복무를 위해 떠날 차례였다.

앙드레 뒤푸르노는 도시를 보았다. 차에 오르는 장교 부인들의 발목을 보았고, 남자들의 콧수염이 웃음과 실크로 이루어진 아름다운 여인들에게 다가가서 귀를 간지럽힐 때 오가는 언어를 들었다. 엘리즈가 가르쳐 준

바로 그 언어였지만, 원래부터 그 언어를 사용해 온 사람들은 그 안의 작은 길들을, 그 안에서 일어나는 반향을, 그 안에 자리 잡은 계책을 알았기에 전혀 다른 언어처럼 들렸다. 뒤푸르노는 농부였다. 그가 어떤 일을 겪었는지, 어떤 상황에서 비웃음을 당했는지, 어떤 이름을 가진 카페 바에서 술에 취한 채 나왔는지 우리는 알 길이 없다.

앙드레 뒤푸르노는 군 생활이 허락하는 한 배우고 싶었다. 그리고 할머니에 따르면 착하고 유능한 사람이었으니 해냈을 것이다. 가난한 청년은 산수와 지리 교재를 구해서 담배 냄새가 나는 군장 속에 끼워 들고 다녔다. 책을 펼치면 아무것도 알 수 없어서 좌절했고 반항심이 솟구쳤다. 그러다 마침내 암흑의 연금술로 자긍심의 순수한 다이아몬드를 얻었고, 그 다이아몬드가 뿜어내는 환한 이해의 빛이 불투명하던 정신을 순식간에 밝게 비추어 주었다. 그에게 처음 아프리카를 보여 준 건 사람이었을까? 책이었을까? 좀 더 시적으로, 해군 보병대의 모집 광고였을까? 검은 대륙이 그의 눈앞에서 번쩍이게 된 계기는 어느 군청 소속의 허풍쟁이 때문이었을까? 모래사장에 묻혀 있던 혹은 끝없이 이어진 강가의 숲에 버려진 어느 나쁜 소설 때문이었을까? 아니면 《르 마가쟁 피토레스크》*의 삽화 속에서 번들거리는 검은 얼굴들 사이로 그 얼굴들만큼이나 검고 초현실적으로 번들거리는 실크해트를 쓰고 의기양양하게 지나가던 남자들 때문일까? 앙드레 뒤푸르노의 소명이 된 땅에서는 그 시절까지만 해도 고결하고 간결한, '전부 아니면 무'의 신에게 귀의하기만 한다면 스스로와 맺는 유치한 협정을 통해 설욕전을 기대할 수 있었다. 그곳은 신이 '전부 아니면 무'를 걸고 오슬레**놀이를 하고, 원주민들의 구주희*** 핀을 쓰러트리고, 납덩어리 같은 거대한 태양 아래 숲들의 배를 갈라놓고, 야심가 백 명의 목숨을 걸고 겨루다가 져서 그들 머리를 사하라 도시들의 점토 성벽에 매달아 파리 떼에 뒤덮이게 하고, 소매에서 백색의 킹 카드 세 장을 휘황찬란하게 꺼내고, 속임수를 표시해 둔 상아색과 흑단색 주사위들을 물소 가죽 주머니에 집어넣고는 꼭

---

* 1833년부터 1938년까지 발간된 잡지다. 역사, 예술, 산업, 여행 등 모든 분야를 망라하는 기사와 다양한 삽화로 인기가 높았다.
** 뼈로 만든 장난감을 가지고 하는 일종의 공기놀이.
*** 중세 유럽에서 아홉 개의 핀을 세워 두고 공으로 쓰러뜨리던 놀이이며 볼링의 전신이다.

두서니 빛깔 바지와 흰색 모자 차림으로 천 명의 아이들을 이끌고 사바나 속으로 사라져 버리는 땅이었다.

앙드레 뒤푸르노의 소명은 아프리카였다. 나는 잠시 그의 이야기가 아님을 알면서도, 그를 아프리카로 부른 것은 큰돈을 벌 수 있다는 천박한 미끼가 아니라 대상 없는 그 자체로서의 운수에 스스로를 내던지려는 조건 없는 항복이었다고 믿어 본다. 그는 천애 고아였고, 의심의 여지 없이 하찮은 존재였다. 신분 상승, 기개 떨치기, 혹은 자기 능력으로 성공하기 같은 경건한 헛소리는 그의 몫이 아니었다. 말하자면 그는 술 취한 사람이 맹세를 하듯이 떠났고, 술 취한 사람이 넘어지듯이 다른 나라로 갔다. 나는 감히 그렇게 믿어 본다. 그런데 어쩌면 나는 그의 이야기를 하면서 내 이야기를 하고 있는지도 모른다. 이제 그가 떠난 가장 결정적인 이유가 무엇이었는지 더는 숨기지 않겠다. 아마도 그는 그곳에 가면 농부도 백인이 된다고, 어머니 언어의 자식 중에 가장 부실하고 가장 기형으로 태어나서 가장 미움받는 아이라 해도 폴라어*

---

* 아프리카 서부 초원 지역 폴라니족의 언어.

나 바울레어*를 쓰는 이들보다는 어머니의 치마폭에 더 가까이 있을 수 있다고 확신했다. 그는 어머니 언어를 큰 목소리로 말할 것이고, 어머니 언어는 그에게서 자기 자신을 볼 것이다. 그는 노예가 되어 준 "종려나무 정원 쪽, 아주 온화한 백성들의 나라에서"** 어머니 언어와 혼례를 올리리라. 그 언어가 줄 모든 힘 중에서 단 한 가지 가치 있는 힘은 바로 아름답게 말하는 목소리가 울려 퍼질 때 모든 목소리를 하나로 잇는 힘이었다.

군 복무를 마친 앙드레 뒤푸르노는 레카르로 돌아왔고 — 아마도 12월이었고, 아마도 빵 굽는 곳의 담 위에 눈이 두껍게 쌓여 있었고, 삽으로 눈을 치우며 길을 내던 내 할아버지가 멀리서 그가 오는 모습을 보았고, 미소 지으며 고개를 들고 그가 다가오길 기다리면서 노래를 흥얼거렸다. — 떠나겠다고, 당시 사람들이 잘 쓰던 말대로 바다 건너로, 거친 푸른빛 속 돌이킬 수 없이 먼 곳으로 가겠다고 선언했다. 푸른 바다, 거친 바다로 나

---

* 니제르콩고어족의 하나이며 코트디부아르 지역에서 사용된다.
** "아주 온화한 백성들의 나라에서"와 "종려나무 정원 쪽"은 아르튀르 랭보의 『일뤼미나시옹』(1886)에 수록된 시 「왕위」의 구절들이다.

가고, 바다에 과거를 버리는 것이다. 그가 고백한 목표
는 코트디부아르였다. 그리고 명백한 또 다른 목표는 탐
욕이었다. 뒤푸르노가 그때 얼마나 오만하게 "그곳에 가
서 부자가 되거나 죽거나" 할 거라고 말했는지 할머니는
나에게 백 번도 넘게 이야기했다. ─ 그리고 나는 공상을
즐기는 내 할머니가 혼자 마음속으로 그려 보았을 장면
을 상상해 본다. 할머니는 미천한 계급을 고백하면 이야
기를 망칠까 봐 가난한 현실보다 고귀하고 극적인 구조
를 세워 놓은 뒤 기억을 재배치했을 테고, 그 장면은 죽
는 날까지 할머니의 마음속에 살아남아서 시간이 흘러
새로운 기억이 더해지고 첫 장면이 흐려질수록 더욱 풍
성한 색채를 띠었으리라. ─ 그뢰즈*식으로 구성된 '길
떠나는 탐욕스러운 아들' 이야기가 글라시 물감을 칠한
화폭처럼 연기에 덮인 넓은 시골 농가의 부엌에서 펼쳐
진다. 격정이 휘몰아치면서 여자들의 숄이 흘러내리고,

---

* 18세기 프랑스의 화가. 군대에 가겠다고 선언하는 아들을 저주하는 아
버지의 모습을 그린 「아버지의 저주」를 비롯해서 감상적인 풍속화를 주
로 그렸다. 이 대목의 묘사는 「아버지의 저주」를 이루는 두 장의 그림 중
「배은망덕한 아들」의 내용이다.

남자들의 거친 손은 소리 없이 올라가고, 불룩한 장딴지에 18세기 남자들이 신던 스타킹 같은 흰색 각반을 찬 앙드레 뒤푸르노가 커다란 궤짝 앞에 의기양양하게 서서 짙푸른 색의 물감이 넘실대는 창문을 향해 손바닥을 벌리며 팔을 뻗는다. 하지만 어릴 적의 나는 그의 출발을 다른 모습으로 그려 보았다. "부자가 돼서 돌아올게요. 아니면 그곳에서 죽겠어요." 이미 말했듯이 할머니는 기억할 가치조차 없는 이 말을 시간의 폐허를 뚫고 백 번도 넘게 되살렸고, 공기 중에 소리의 깃발을, 매번 새롭고 매번 과거에 속한 그 깃발을 다시 펼쳤다. 떠나는 사람이라는 진부한 소재를 다시 듣고 싶어서 나는 매번 먼저 이야기해 달라고 졸랐다. 이야기를 듣는 동안 내 눈앞에는 두 개의 넓적다리뼈가 X자로 놓인 '해안의 형제단'* 깃발만큼 노골적인 깃발이 바람에 펄럭이면서 그에 따라오는 죽음을, 그 죽음에 더 잘 달려들도록 사람들이 죽음에 대립시키는 부귀영화를 향한 허구적 갈증을, 영원한 미래, 그것에 맞서며 분노하느라 오히려 서둘러 맞

---

* 17세기 카리브해에서 활동하던 해적단.

이하게 되는 운명의 승리를 선포했다. 그럴 때면 나는 메아리와 학살이 가득한 시를 읽고 눈부시게 아름다운 산문을 읽을 때처럼 예리하게 찔리는 듯한 전율을 느꼈다. 분명 그런 비슷한 감각이었다. 그 순간이 얼마나 중요한지 강조하고 싶었지만 제대로 교육받지 못한 탓에 '훌륭한 문장'으로 다져서 키워 내는 법을 알지 못했던 앙드레 뒤푸르노는 특별한 순간을 드러내기 위해 자신이 고귀하다고 생각하는 어휘 목록에서 끌어온 단어들을 사용할 수밖에 없었고, 그렇게 스스로 어느 정도 만족스럽게 내뱉은 말은 분명 '문학적'이었다. 그리고 그 이상의 무언가가 있었다. 중복되는, 핵심적인, 그러면서 간결하고 우스꽝스러운 그의 문장은 내 유년기를 유혹한, 철든 뒤 나의 손발을 묶어서 끌고 간 ─내가 아는 한 내 인생에서 처음 있는 일이었다.─ 운명의 세이렌 중 하나였다. 그 말은 나에게 '수태 고지'였고, 그러므로 나는 몸안에서 성령으로 잉태가 이루어졌다는 소식을 접한 마리아처럼 그 말의 의미를 완전히 알지 못한 채 전율했다. 나는 아직 알아보지 못했지만 내 미래가 육체를 띠기 시작했다. 나는 아직 글쓰기가 아프리카보다 더 어둡고 더 선정적이고 더 기만적인 대륙이며, 작가가 탐험가라기보다 길 잃기를 갈망하는 종족이라는 사실을 알지 못했다. 작가는 모래 언덕과 숲 대신에 기억과 기억의 서기를 탐험하지만, 금을 가득 가지고 돌아오는 탐험가와 마찬가지로 작가에게도 단어들을 가득 얻어서 귀환하거나 혹은 돌아오지 못한 채 예전보다 더 가난해져서 죽는─그 때문에 죽는─선택지가 주어진다.

앙드레 뒤푸르노가 떠났다. "나의 날이 왔다. 나는 유럽을 떠난다." 바다 공기가 내륙 남자의 폐를 덮친다. 그는 바다를 바라본다. 모자로 얼굴을 가린 늙은 시골 남자들을, 그에게 주어진 새까만 나신의 여자들을, 손을 흙투성이로 만드는 노동을, 수상쩍은 모험가들이 손가락에 낀 거대한 반지들을 본다. "방갈로"라는 단어가 들리고, "두 번 다시"라는 말도 들린다. 그는 사람들의 갈망과 회한을 본다. 무한히 반짝이는 빛을 본다. 그는 상갑판 난간에 팔꿈치를 괴고 자신만만하게 서 있다. 어렴풋한 눈길을 수평선의 광경과 빛에 고정한 채 움직이지 않는 그에게 바닷바람이 불어와서 낭만주의 화가의 손길인 양

머리카락을 흐트러뜨리고 검은색 면 재킷을 고대 그리스인들의 의복처럼 주름지게 한다. 그동안 미뤄 온 그의 초상화를 그리기에 좋은 기회다. 가족 박물관에 보병 제복을 입은 전신사진이 한 장 보관되어 있다. 장딴지 위의 각반을 보면서 나는 곧바로 루이 15세의 스타킹을 떠올렸다. 그는 양쪽 엄지손가락을 허리띠에 끼워 넣고 자랑스러운 듯 가슴을 내밀며 턱을 들어 올린, 키 작은 사람들 특유의 자세를 취했다. 자, 보자. 그는 어느 작가를 닮았다. 젊은 포크너의 사진을 보면 그와 똑같이 키가 작다. 오만한 동시에 졸린 듯 나른해 보이는 태도, 무겁지만 불길하고 번쩍이는 근엄함이 담긴 눈, 말을 해서 소리를 덮듯 살아 있는 입술의 선명함을 가리는 잉크색 콧수염 밑으로 씁쓸한, 여전히 미소 지으려 하는 입매 역시 닮았다. 그는 갑판에서 물러난 뒤 침상에 누워서 자신의 미래를 이루게 될, 자신의 미래가 망가뜨리고 말 소설들을 쓰고 또 쓴다. 그는 자기 삶에서 가장 충만한 나날을 살고 있다. 흔들리는 파도의 시계가 시간의 시계를 흉내낸다. 시간이 흐르고, 공간이 바뀌고, 뒤푸르노는 자신이 꿈꾸던 대로 살아 있다. 지금은 죽은 지 오래되었다. 나는 아직 그의 그림자를 버리지 않았다.

　삼십 년 뒤에 나를 향하게 될 눈길이 아프리카 해안을 훑어본다. 비가 내리치는 석호 끝에 아비장이 눈에 들어온다. 앙드레 지드가 묘사했던 그랑바상 모래톱은 오래전 《르 마가쟁 피토레스크》에 실렸던 삽화 그대로다. 『팔뤼드』의 저자는 그곳의 하늘을 신중하게 전통적인 납빛깔로 그렸고 바다는 차〔茶〕 빛깔로 묘사했다. 뒤푸르노는 역사가 기억하지 않는 다른 여행자들과 함께 크레인이 들어 올리는 흔들의자에 앉아 허공에서 강 하구의 파도를 지났을 것이다. 이어 커다란 회색 도마뱀들, 작은 염소들, 그랑바상의 관료들. 그리고 항구의 입국 서류, 석호를 지나 내륙으로 들어가는 비포장도로. 그 길에서 행렬이 크든 작든 똑같은 불확실성 속에, 생기 없는 현실의 한가운데서 현란한 욕망이 태어난다. 황금색의 끈적이는 뱀들이 잠들어 있는 둠야자나무, 잿빛 나뭇가지 사이로 쏟아지는 잿빛 소나기, 뾰족한 가시가 돋은 화려한 이름의 수종들, 흉측하게 생겼지만 똑똑하다는 민머리황새, 햇빛이나 비를 막아 주기에는 너무 간결한 말라르메적인 종려나무. 그리고 마침내, 책장이 덮이듯 숲이 닫힌다. 이제 주인공이 운을 마주할 때이고, 그의 삶을 기록하려는 사람은 불확실한 가설들을 마주할 때다.

오랜 침묵 뒤 1930년대에 레카르로 편지가 왔다. 전쟁 중에 아직 어렸던 뒤푸르노가 풀밭 끝에서 기웃거리며 기다렸던, 한쪽 팔이 없는 우체부 그대로였다.(나도 그 우체부가 은퇴한 뒤 마을 묘지 가까이에 위치한 하얀색의 작은 집에서 살고 있을 때 그를 보았다. 그는 좁은 정원에서 장미나무 가지를 자르며 목구멍에서 경쾌하게 굴리는 r 소리와 함께 거리낌 없이 큰 목소리로 말하곤 했다.) 아마도 봄이었고, 지금은 먼지가 되었지만 햇볕에 널어놓은 시트들에서 김이 피어오르고 있었고, 지금은 흙 속에서 분해된 몸들이 5월의 환희 속에 미소 짓고 있었다. 그리고 격정적으로 부드러운 라일락 꽃송이들 아래서 열다섯 살의 내 어머니는 이미 사라진 유년기를 떠올려 보았다. 어머니는 편지를 쓴 사람을 기억하지 못했다. 그래도 부모가 흘리는 감동의 눈물을 보면서 과거가 발산하는 성스러운 보랏빛 향기와 그림자 속에서 문학적이고 감미로운 그윽한 감동에 사로잡혔다.

그 뒤로 일 년 혹은 이 년마다 오는 편지가 한 사람

의 삶에 대해 그 삶의 주인공이 말하고 싶어 하는, 그가 살아 냈다고 믿는 것을 알려 주었다. 그는 숲에서 일하는 '벌목꾼'이 되었고, 이제는 열대 농장의 주인이었다. 그는 부사였다. 나는 희귀한 우표와 고롬보, 말라말리소, 그랑라우 같은 낯선 지역의 소인이 찍혀 있던, 어디론가 사라져 버린 그 편지들에 대해서는 한 번도 생각해 보지 않았다. 지금 나는 읽어 본 적 없는 편지를 읽는 상상을 한다. 뒤푸르노는 아주 사소한 사건과 아주 작은 행복에 대해, 그곳의 우기와 전쟁 위협에 대해 말했고, 프랑스에서 온 꽃을 접붙이는 데 성공한 이야기도 했다. 그가 말하길 흑인들은 게으르고, 그곳의 새들은 빛이 나고, 그 지역에선 빵이 비싸다. 그곳에서 그는 낮고 고귀하다. 그리고 마지막 인사 문구와 함께 편지가 끝났다.

나는 그가 말하지 않은 것에 대해서도 생각한다. 한 번도 드러내지 못한 대수롭지 않은 비밀 — 부끄러워서 숨겼다기보다는, 결국 같은 말이겠지만 그가 가진 언어의 재료가 너무 한정된 탓에 정작 중요한 것을 전할 수 없었다. 그의 자존심은 중요한 내용이 초라하고 대략적인 언어 속에서 구현되는 것을 용납할 수 없었다. — 하찮은 몸 주변을 맴도는 방탕한 정신, 갖지 못한 것에서 느끼는 수치스러운 희열. 법이란 원래 그러니까, 우리도 다 아는 일이다. 그는 원하는 것을 갖지 못했다. 고백하기에는 너무 늦었다. 어차피 영원히 이어질 고통임을 알기에 보류할 수도 없으며 새로운 기회가 오지도 않을 텐데, 당최 무엇 때문에 호소하겠는가.

마침내 1947년, 그날이다. 다시 길, 나무, 하늘, 지평선에 늘어선 나무들, 꽃무 정원이다. 이 이야기의 주인공과 그의 삶을 기록하게 될 자가 밤나무 아래서 만난다. 하지만 대담은 흔히 그렇듯이 실패하기 일쑤다. 주인공의 삶을 기록하게 될 자는 아직 아기라서 만남에 대해 아무것도 기억하지 못하고, 주인공은 아이를 보면서 자기 과거를 떠올릴 뿐이다. 그때 만일 내가 열 살이었다면 동방 박사 같은 망토를 입고 도도하고 신중하게 커피와 카카오와 인디고 같은 희귀한 마법의 물건들을 부엌 탁자 위에 내려놓는 앙드레 뒤푸르노를 보았을 것이다. 만일 열다섯 살이었다면 여자와 젊은 시인들이 좋아하는, 짙은 피부에 눈에선 불길이 이글대고 말투와 손아귀 힘이 억센 "뜨거운 나라에서 돌아온 사나운 불구자"*를 보았을 것이다. 어제였으면, 혹시 그가 민머리였다면, 아마도 콘래드의 가장 난폭한 식민지 정복자가 겪었듯이 "야만성이 그의 머리를 이루만졌다."**라고 생각했을 것이다. 오늘 나는 그에 대해, 그가 어떤 상태이든 무슨 말은 하든, 지금 내가 말하고 있는 것만을 생각하리라. 그 이상은 절대 아니다. 결국 마찬가지일 터다.

내가 함께 있었지만 아무것도 보지 못한 그날의 이야기를 물론 나는 더 길게 늘어놓을 수 있다. 펠릭스가 포도주를 몇 병 땄고 — 그의 자신감 있는 손이 병따개를 쥐고 멋진 소리를 내며 코르크 마개를 뺐다. — 포도주와 우정과 여름의 기운에 젖어 행복했다. 펠릭스는 손님에게 먼 나라들에 관해 물어볼 때는 표준어를 쓰고, 추억을 떠올릴 때는 사투리를 쓰면서 적잖이 이야기했다. 펠릭스의 파랗고 작은 눈이 장난기 어린 감상에 젖어 번득였고, 입 밖으로 나오는 말은 불쑥 솟아오르는 감동과 수시로 떠오르는 과거 때문에 부서졌다. 아마도 엘리즈는 두

---

* 랭보의 『지옥에서 보낸 한철』(1873)에 실린 「나쁜 피」의 한 구절이다.
** 조지프 콘래드의 소설 『암흑의 핵심』(1899)에 나오는 구절이다.

다리 사이로 움푹 꺼진 앞치마에 손을 얹고 귀를 기울이면서, 연신 쳐다보면서, 계속 놀라면서, 장성한 남자가 된 뒤푸르노의 모습에서 지난날의 어린 소년을 찾으려고 했을 것이다. 이따금 짧은 한순간, 그가 빵을 자르고 문장을 말하기 시작하고 창밖으로 번개처럼 날아가는 새 혹은 빛줄기를 눈으로 좇는 모습에서 옛 소년을 알아보았으리라. 어느새 뒤푸르노의 입에서는 자기도 모르게 사투리 문장들이 튀어나오며 생각들과 결합했고(아마도 계속 그래 왔을 터다.), 그렇게 생각들을 소리로 끌어냈다.(오랫동안 하지 못한 일이다.) 그들은 세상을 떠난 내 증조부모에 대해, 펠릭스가 농사를 망친 일에 대해, 그리고 거북해하면서 집을 나가 버린 내 아버지에 대해 이야기했다. 집 앞 등나무에 꽃이 피었고, 다른 날들과 다름없이 그날도 저물어 갔다. 저녁에 펠릭스와 엘리즈와 앙드레 뒤푸르노는 다시 만날 날을, 다시 오지 못할 그날을 기원했다. 며칠 뒤 뒤푸르노는 또다시 아프리카로 떠났다.

편지가 한 통 더, 커피 원두 몇 묶음과 함께 왔다. —나는 오래도록 그 원두를 만져 보았고, 어릴 때는 거친 갈색 종이에서 꺼내 굴려 보곤 했다. 원두는 언제까지

나 볶지 않은 채로 남아 있었다. 이따금 할머니는 원두가 놓인 부엌 장 선반 안쪽을 정리하다가 말했다. "아, 뒤푸르노가 보내 준 커피가 여기 있지." 잠시 쳐다보던 할머니는 흔들리는 눈길로 한마디를 덧붙였다. "아직 맛있을 걸." 그럴 때의 어조는 마치 "아무도 먹으면 안 돼."라고 경고하는 것 같았다. 커피는 그 기억의, 그 말의 소중한 알리바이였다. 경건한 형상 혹은 묘비였고, 산 자들의 소음에 취한, 그 소음에 끌려 스스로를 외면한 채 살아가는 정신을 되돌리려는 외침이었다. 볶아서 먹을 수 있게 만들면 커피는 향을 발하면서 퇴색하고 타락해 버릴 터였다. 주어진 순환 주기 중 너무 이른 상태에 멈춰 버린, 영원토록 원두 상태일 커피는 날이 갈수록 더욱더 과거에서, 먼 곳에서, 바다 저편에서 왔다. 그것은 우리가 이야기할 때마다 목소리의 음색을 변하게 하는 것들에 속했다. 뒤푸르노의 커피는 정말로 동방 박사가 들고 온 선물이 되었다.

편지와 커피는 뒤푸르노가 살아 있다는 마지막 징표였다. 그 뒤로 연락이 끊겼다. 죽음이 아니고서는 설명할 수 없는, 다르게 설명하고 싶지 않은 침묵이었다.

심술궂은 '계모'가 어떻게 문을 두드렸을까? 수많은 추측이 가능하다. 나는 피가 흘러도 자국이 거의 남지 않을 열대의 핏빛 홍토 고랑 속에 뒤집힌 랜드로버를 떠올린다. 흰옷을 입은 까만 얼굴의 복사를 앞세운 선교 신부가 심한 고열로 마지막 거친 숨을 헐떡이는 이의 초가집으로 들어서는 장면을 떠올린다. 불어난 강물이 익사자들을 실어 나르고 지붕에서 잠든 오디세우스의 일행 중 하나가 비몽사몽간에 미끄러져 바닥에 처박히는 모습을 떠올린다. 잿빛 비늘을 가진 흉측한 뱀 한 마리가 손가락을 스친 뒤 곧 손이 부어오르고, 팔이 부어오르는 모습도 있다. 마지막 순간에 뒤푸르노는 레카르의 집을, 지금 내가 생각하는 그 집을 떠올렸을까?

가장 낭만적인 —또한 가장 개연성이 있다고 믿고 싶다.—가설은 할머니가 나에게 불어넣었다. 할머니는 그 일에 대해 '나름의 생각'이 있었지만 단 한 번도 그 생각을 전부 털어놓지 않은 채 넌지시 암시하곤 했다. 돌아온 탕아의 죽음에 관해 내가 아무리 집요하게 물어도 답을 회피했고, 불안한 목소리로 당시 열대 농장에서 폭동의 기운이 거셌다는 말만 했다. —사실 백인들이 씌운

굴레에 짓눌려 땅으로 굽은 허리를 펴지 못하고, 그 땅에서 얻은 열매도 한번 맛보지 못한 채 비참하게 살아가던 원주민들의 마음은 그 시기에 태동한 민족주의 이념에 요동칠 수밖에 없었다. 그러니까 유치하기는 해도 개연성이 전혀 없지는 않은 엘리즈의 생각에 따르면 뒤푸르노는 흑인 일꾼들의 손에 죽었다. 그럴 때 할머니가 떠올린 흑인 일꾼들은 지난 세기의 노예들과, 머리에 쓴 붉은 터번처럼 붉은 피가 낭자하고 몸에 걸친 보석처럼 잔인하며 귀청을 찢을 듯이 요란해서 도저히 평화적일 수 없는, 럼주 병에 그려진 자메이카 해적의 인상이 뒤섞인 모습이었다.

어릴 때 나는 쉽게 믿었고, 할머니의 생각을 그대로 받아들였다. 지금도 부인하고 싶지 않다. 엘리즈는 뒤푸르노에게 글을 가르침으로써, 또 그의 아내가 될 수도 있음을 알았지만 어머니의 사랑을 베품으로써 드라마의 초석을 깔았다. 비천한 꼬마에게 어쩌면 출신이 스스로 아는 것과 다를 수 있다고 알려 주고, 사실과 다른 겉모습을 뒤집을 수 있다고 믿게 함으로써 그의 운명을 결정지었다. 엘리즈는 떠나는 뒤푸르노의 목소리에 귀를 기울이며 그가 오만하게 던진 도발적인 말을 받아 주었고, 예언자 시빌라가 되어 그 말을 후대 사람들의 귀에 전해 주었다. 그리고 드라마의 결말을 써야 할 때, 간신히 그 일을 해냈다. 엘리즈가 정한 결말은 주인공의 심리적 일관성을 해치지 않았다. 벼락부자란 원래 다른 사람은 물론 스스로마저 자기 출신을 잊게 하는 데 성공한 사람이고* 사실상 돌아올 기약 없이 부자들의 나라에 유배된 가난한 사람들이므로, 어머니는 뒤푸르노가 가난한 그곳 사람들 속에서 자신의 과거 모습을 맞닥뜨리지 않고자 더 냉혹하게 굴었으리라고 짐작했다. 씨앗과 함께 흙 속에서 뒹굴고 열매를 위해 수액과 함께 땀 흘리는 흑인들의 노동, 쟁기 날에 사방으로 흩뿌려지는 진흙 덩어리, 폭우가 다가올 때 혹은 넥타이를 맨 남자가 다가올 때 감도는 불안한 공기, 그 모든 것이 이전에는 그의 몫이었고, 흔히 사람들이 자기가 잘 아는 것을 사랑하듯이 그가 사랑한 것이기도 했다. 혐의를 부인하고 매질을 피할 때

---

* 프랑스어로 벼락부자, 벼락출세한 사람을 뜻하는 parvenu는 목표로 하는 어느 지점에 '도달하다', '성공하다'를 뜻하는 동사 parvenir의 과거 분사다.

만 쓰이는 잘려 나간 언어의 불확실성 또한 그의 것이었다. 그는 스스로 좋아하던 노동과 자기를 모욕하던 언어를 피하기 위해 그토록 멀리 갔다. 그곳에서 흑인들이 좋아하고 두려워하는 것을 자기 역시 좋아하고 두려워한 적이 있었다는 사실을 부정하기 위해 그들의 등에 가죽 끈을 엮은 채찍을 내리치고 그들의 귀에 욕설을 퍼부었다. 기울어진 운명의 저울을 되돌리고 싶었던 흑인들은 지금껏 수없이 경험한 공포에 맞먹는 최후의 공포를 뒤푸르노에게서 끌어냈고, 그동안 당한 모든 상처에 맞먹는 마지막 상처를 그에게 가했다. 그 순간에야 드디어 자신들의 눈길과 닮은 원래의 모습을 드러낸, 그 겁에 질린 눈길을 영원히 꺼뜨리며 뒤푸르노를 죽였다.

　뒤푸르노가 정말 그렇게 죽었다면 내가 아주 조금 알고 있는 그의 삶과 묘하게 들어맞는다. 엘리즈가 믿는 뒤푸르노의 죽음 이야기에서는 행동의 단일성 외에도 하나의 단일성이 더 있다. 더 어둡고 거의 형이상학적인, 거의 고대까지 거슬러 올라가는 일관성이다. 그것은 삶이 한 욕망의 반영이듯 한 가지 말의 풍자적이고 일그러진 반향이다. "그곳에서 부자가 되거나 아니면 죽겠다."

허세 가득하던 뒤푸르노의 선택은 신들의 책에 단 하나의 문장으로 적혔다. 그는 노동으로 자신의 재산을 일구어 준 이들의 손에 죽었다. 그렇게 신하들의 손에 제물로 바쳐진 왕처럼 화려한 죽음, 피 흘리는 죽음이라는 영화까지 누렸다. 그곳에서 그는 오직 금을 많이 가진 부자가 되었고, 그 때문에 죽었다.

뒤푸르노가 살던 그랑바상의 집 문 앞에는 칼날들이 번득일 때 겁에 질렸던 한 백인의 눈길을, 피 묻은 날들을 뽑아낸 뒤에 너무나 가벼웠던 그의 몸을 기억하는 노파가 아마 어제도 앉아 있었을 것이다. 이젠 노파도 죽었다. 빨갛게 잘 익은 사과를 앞치마로 닦아 건네면서 어린 뒤푸르노를 미소 짓게 하던 엘리즈도 죽었다. 사과와 벌채용 칼 사이로 보잘것없는 생명이 흘렀고, 날이 갈수록 사과 맛은 무뎌지고 칼날은 날카로워졌다. 가짜 귀족이자 타락한 농부였으며, 착한 아이였고 아마도 잔인한 남자였던 그를, 강렬한 욕망을 품었지만 이미 세상을 떠난 늙은 농부 아낙의 이야기 속에만 흔적이 남아 있는 그를 내가 기억하지 않는다면 이제 누가 앙드레 뒤푸르노를 기억하겠는가.

앙투안 플뤼셰의 삶

장브누아 퓌에슈에게

　어렸을 적 무리우에서 살 때 내가 아프면, 혹은 그냥
불안해하면 할머니는 나를 달래 주려고 보물함을 꺼냈
다. 원래는 비스킷 통이었는데 할머니가 전혀 다른 종류
의 양식(糧食)을 넣어 둔, 천진난만한 그림이 있는 두 개
의 양철통을 나는 보물함이라고 불렀다. 할머니는 그 통
에서 이른바 귀중한 물건들과 함께 그 물건들에 담긴 이
야기를, 가난한 서민들에게 전해 내려오는 보석인 기억

을 꺼내 보였다. 복잡한 가계도와 함께 자질구레한 장식품이 달린 구리 사슬, 어느 조상의 시간에 멈춰 버린 손목시계, 일화들을 간직한 묵주, 왕의 옆얼굴이 새겨지고 그것을 준 농민의 이야기와 이름이 담긴 동전. 그리고 엘리즈가 내미는 빈약한 담보물이 진품임을 보증하는 마르지 않는 신화가 있었다. 이 빠진 자수정 혹은 알 없는 반지가 엘리즈의 손바닥 혹은 검은색 앞치마에서 흐릿한 빛을 발했다. 엘리즈의 입이 만족스레 쏟아 내는 신화가 알 빠진 반지의 빈자리를 채워 주고 보석을 투명하게 만들어 주었다. 그렇게 조상들의 이름을 가리키는 낯선 고유 명사들, 백 번째 판을 이어 온 이미 아는 이야기, 결혼과 죽음 같은 막연한 소재들로 말의 세공술을 펼쳤다.

두 상자 중 하나의 제일 깊숙한 곳에 나와 엘리즈를 위한, 우리가 나누는 긴 이야기를 위한 물건, 플뤼셰 가족의 성물이 있었다.

그것은 가장 평범하고 가장 귀중한 보물이었다. 다른 물건들의 이야기를 다 마치고 나면 엘리즈는 어김없이 라레스*의 총애를 받는 플뤼셰의 성물 이야기를 시작했다. 그것은 다른 물건들보다 오래되고 단순했으며, 투박하고 장식 없는 기법으로 제작되어 있었다. 플뤼셰의 성물이 등장하면 나는 이야기가 시작될 때까지 왠지 모를 거북함과 비통한 연민으로 혼란스러웠다. 아무리 쳐다봐도 그것은 엘리즈가 풍성한 이야기를 만들어 낼 만한 물건이 아니었다. 하지만 나는 바로 그 하찮음 때문에, 그 안에 담긴 이야기 때문에 가슴이 시렸다. 그 물건에도, 엘리즈의 이야기에도 세상은 터무니없이 불충분했다. 무언가 내가 읽어 낼 수 없는 어떤 것이 쉼 없이 모습을 감추는데 나는 그것을 읽지 못해서 한탄스러웠다. 알 수 없는 무언가가 폴짝 뛰어 몸을 숨겼고, 사라짐을 신처럼 섬기겠노라 충성을 고백했으며, 차차 희미해지다가 침묵에 빠졌다. 나는 그 모든 게 싫었다. 겁먹은 내 손이 성물을 내려놓고 엘리즈의 손안으로 파고들었다. 나는 목이 메어 엘리즈의 눈길을 갈구하며 애원했다. 소용없었다. 엘리즈는 알 수 없는 무언가에 사로잡힌 듯 먼 곳을 바라보며 계속 말했고, 나는 엘리즈가 보는 것을 보기가 무서웠다. 엘리즈는 달아나는 것에 대해, 사라지고

---

* 고대 로마 종교에서 가정의 수호신.

마는 육신에 대해, 늘 도망치는 우리 영혼에 대해서도 말했다. 그리고 눈에 보이는 부재에 대해, 우리의 소중한 사람들이 없어지면서, 다시 말해 죽어서 혹은 잊혀서 혹은 떠나서 생기는 빈자리에 대해 말했다. 엘리즈는 환희에 젖은 비극적인 말들을 서둘러 쏟아 내며 빈자리를 채웠고, 빈자리는 마치 벌집이 벌 떼를 빨아들이듯 말들을 빨아들였으며, 빈자리에 들어간 말들은 그 속에서 증식했다. 엘리즈는 스스로를 위해, 어린 증인을 위해, 아마도 귀 기울여 들어 주고 보답해 주는 신을 위해, 또한 눈물 흘리며 그날까지 그 물건을 지켜 온 모든 이를 위해 영원한 성물을 다시 창조했고, 자신보다 앞서 그 어머니들이 해 왔고 내가 지금 마지막으로 하게 될 것처럼 성물을 다시 세우고 축성했다.

플뢰셰 가족은 이전 세기에 대가 끊겼다. 내가 아는 한 마지막 플뢰셰는 그 이름을 먼 곳까지 끌고 가서 잃어버리고 만, 영원히 완성되지 못한 영원한 아들, 앙투안 플뢰셰였다. 성물은 이제 더는 아무도 쓰지 않는 플뢰셰라는 이름을 나에게 데려왔다. 여자들의 물건으로 한 여자에게서 다른 여자에게로 전해 내려온 성물은 남자가 모자라는 상황을 보상해 주었고, 사라진 남자 중에서도 가장 불모로 남은 이에게 일종의 영원성을 부여했다. 하지만 늘 해야 할 일이 많고, 너무 일찍 죽고, 너무 일찍 잊는 농부의 후손들은 그 영원성을 지켜 낼 수 없으리라.

앙투안은 사라졌고 꿈이 되었다. 이제 그 꿈이 어떤 것이었는지 이야기해 보자. 앙투안에게는 누나가 하나 있었지만 엘리즈가 한 번도 이야기한 적 없으니 나 또한 그 이야기는 하지 않을 것이다. 나는 앙투안 플뤼셰의 누나 이름이 무엇인지 모르고, 그 여인과 결혼한 가난한 농부의 이름도 모른다. 내가 아는 것은 둘 사이에 외동딸이 있었고, 이름이 마리였던 그 딸이 팔라드라는 성을 가진 남자와 결혼했다는 사실뿐이다. 팔라드 부부는 딸을 둘 낳았다. 그중에 카트린은 후손을 남기지 못했다.(이 여인은 나도 만난 적이 있다.) 다른 딸 필로멘은 레카르 마을의 폴 무리코와 결혼했고, 그 사이에서 태어난 외동딸이 내 할머니 엘리즈다. 엘리즈는 펠릭스 게오동과의 사이에서 내 어머니가 될 외동딸을 낳았다. 내 어머니는 첫딸을 낳자마자 잃은 뒤 나를 낳았다. 여기서 감동적인 점은 내가 앙투안 플뤼셰 이후 남자로는 처음으로, 끈 달린 헝겊 모자에 작업복을 입은 얌전한 외동딸들 사이에서 오랫동안 상속되어 온 물건, 앙투안은 벌써 소유권을 잃었지만 그래도 여전히 그의 이름을 달고 있는 성물의 주인이 되었다는 사실이나. 나는 이 모든 여인들 사이에서 그 그림자의 그림자다. 그토록 오랫동안 ── 한 세기다. ── 내가 앙투안 플뤼셰의 아들 자리에 가장 가까이 있었다. 나와 앙투안은 아내가 되어 아이를 낳은 많은 여인, 땅에 묻힌 나의 조상 여인들 너머로 서로에게 신호를 보낸다. 그와 나의 운명은 다르지 않고, 우리의 욕망은 흔적이 없으며, 우리는 아무것도 이루지 않았다.

성물은 초벌구이 세라믹으로 만든 자그마한 성모자상이다. 이중 바닥에 어느 성자의 유해가 아주 조금 봉인돼 있는, 유리와 실크로 만든 작은 상자 속의 성모는 아무런 표정 없는 얼굴이다. 그 물건은 내가 이미 말한 가계를 따라서 나에게 왔고, 내가 말한 모든 이름을 담고 있다. 해가 내리쪼일 때든 밤에 얼어붙을 때든 변함없는 곳, 샤틀뤼와 생구소와 무리우의 묘지들에 서 있는 묘석들에서 확인할 수 있는 이름들이다. 그 이름들 안에 살았던 다른 몸들은 가장 중요한 싸움을 할 때, 살아 있는 둥지 안에서 존재가 스스로와 부딪히고 그 부딪힘으로 존재가 나타나고 사라질 때, 태어나고 죽을 때 모두 그 성물에 호소했다. 성물은 마법의 부적이었다. 임종의 침상에 누워 있을 때도(바깥에서는 분주한 수확의 열기가 한창이고, 남자들은 셔츠가 땀에 젖은 채 들어와 죽어 가는 사람 곁에서 잠시 눈물을 흘린 뒤 다시 들판으로 나가 하늘 아래 짚과 짚 먼지 속에서, 잔뜩 마신 포도주 때문에 더 많은 눈물을 쏟으며 일한다. 혹은 죽음이 진부해지는, 아무런 장식 없고 의욕도 없는 음울한 겨울날이다.) 무(無) 속으로 휩쓸려 가기 전에 그 옆에 성물을 놓아 주면 겁에 질린 혹은 고요한 눈으로 성물에 입을 맞추고 혹은 저주한다. 마리 팔라드는 말없이 눈을 감았고, 엘리즈 게오동의 임종은 내 눈앞에서 사흘 밤 내내 이어졌다. 남편들은 마지막 순간이 왔음을 부정하기 위해 숨 쉴 겨를도 없이 이야기를 늘어놓고, 두려움의 떨림 속에서 아무렇지도 않은 척 웃었다. 잡을 수 있는 게 창백함과 경련뿐일지라도 그들은 아내의 손을 움켜쥐지만, 그 손은 이미 저승의 사나운 발톱에 붙잡혀 있다. 사악한, 마치 못 박힌 듯 꼼짝도 하지 않는 발톱은 마지막 유언 혹은 이루어질 리 없는 희망처럼 아직은 이승에 있다. 또한 성물은 생명이 겁에 질린 채 온 힘을 다해 거부하면서 어머니 배 속으로부터 나올 때도(수확이 한창인 8월 혹은 음울한 겨울이다.) 맞아 주었다. 끝없이 이름을 불러 대는 분만 때도 성물은 여인들을 달래 주었다. 어린 아가씨가 다시 한 번 이제 더는 아가씨가 아니게 되는 은밀한 방, 시트가 흠뻑 젖은 곳에서 세상을 처음 마주하고 어리둥절한 채 떠는 아기의 가녀린 울음소리 역시 신비하고 마음을 달래 주는, 어머니가 주무르고 아이가 더럽히는, 영원한 처녀의 인형이 주관했다. 마리는 그것을 품에 안은 채로(앞서 어머니 쥘리에트도 그랬다.) 어린 필로멘이 몸 밖으로 나와서 이름도 얼굴도 없이 울음을 터뜨릴 때까지 비명을 질렀다. 이십 년 뒤에는 필로멘이 성물 인형을 품에 안고 똑같은 비명을 질렀고, 엘리즈가 될 아이 역시 그렇게 울음을 터뜨렸다. 그 일은 다시 이십 년 뒤 엘리즈와 앙드레에게 일어났고, 마침내 이십오 년 뒤 앙드레와 더는 이 원무(圓舞)를 이어 갈 수 없을 나 역시 그랬다.

1850년 쥘리에트가 눈물을 흘리며 출산한 투생 플

뤼셰의 아들 앙투안 또한 원무를 이어 갈 수 없었다.

앙투안 플뤼셰는 샤탱에서 태어났다. 식물이 무성한데도 돌이 많고, 독뱀이 많고 디기탈리스가 피고 메밀이 자라는 곳, 푸른 그림자가 아치를 그리며 드리우고 그 아래 키 큰 고사리들이 자라는 곳이다. 그곳에서 아이가 태어나 처음 창밖으로 본 세상은 생구소의 종탑이었다. 이끼에 침식되고 이끼가 소생시킨 반궁륭 종탑 아래 채색된 나무 성자상이 지키고 서 있다. 성자는 옛날 부사제들이 입던 소박한 제의 차림이고, 그 옷자락은 이곳 사람들이 '작은 소'라고 부르며 떠받드는, 옆에 엎드린 황소의 검은 옆구리를 스친다. 부사제는 1000년경 이곳에 은거한 열렬한 목자이자 엄격한 학자로, 이 마을에 이름을 준 구소 성자였다. 황소의 몸에는 웃으며 혹은 비탄에 빠져 사랑을 찾게 해 달라고 비는 아가씨들이 서툴게 꽂아 둔, 부인들이 아이를 낳게 해 달라고 빌면서 좀 더 능숙하지만 이미 지친 손으로 꽂아 둔 핀들이 가득했다.* 내

---

* 생구소 마을의 성자상에 기도하면서 그 곁 황소의 몸에 핀을 꽂으면 남편감을 찾거나 아이를 가질 수 있고, 혹은 가축의 병이 낫는다는 전설이 있었다.

가 그랬듯이 어린 앙투안은 어른들 손에 이끌려 가정을
돌보는 그 신들 앞에 섰다. 앙투안의 부드럽고 무모한 작
은 손은 아버지의 커다란 손아귀에서 길을 잃었다. 목소
리를 낮춘 아버지가 설명할 수 없는 세상을 나지막하게
속삭였다. 아버지는 아들에게 나무로 만든 차가운 성자
상이 어떻게 숨결에 온기를 지닌 가축들의 상태를 좌지
우지하는지, 나무에 그려진 감정 없는 사물이 어떻게 어
둠 속에서 솔개보다 더 빠른 날갯짓으로, 그리고 종달새
보다 더 단호하게 날아올라 넓은 여름 들판을 다스리는
지 말해 주었다. 채색 유리창이 이끼로 덮인 성당 안은
어둠이 군림하고 있었다. 마침내 아버지가 부싯돌로 불
을 밝혔다. 수많은 핀이 양초 불빛에 반짝였다. 사제복이
전율하고, 나무 조각상이 두 손을 치켜들며 황토색 두 손
을 벌렸다. 온전히 모습을 드러낸 성자는 냉소적인 순진
한 눈길로 하염없이 아이를 내려다보았다.

　　(아마도 나중에 열여섯 혹은 열여덟 살이 된 아이는 벌레
먹은 것, 여인들의 작은 욕망이 실린 핀에 찔린 것과 작별하기
위해, 아이일 때 자기도 모르게 사로잡혔던 것을 확인하기 위
해 다시 찾아왔을 터다. 자기에게 중요한 것은 — 떠나겠다는

격정, 고결한 성자의 길이든 큰길에 나가서 저지르는 노략질이든 탈주의 이름과 상관없이, 어쨌든 그것은 거부이자 무기력이었다. ─사람들이 와서 하는 일, 오래전부터 각자 아주 작은 흔적을 남기면서 분할된 작은 욕망을 핀으로 꽂아 놓는 일이 아님을, 오히려 그보다는 분할되지 않은 욕망을 지녔고 후손을 남기지 못한 시조이자 오로지 혼자였던, 목석같은 눈길을 가진 어느 성자의 일임을 확인해야 했다. 야유를 퍼부으며 자기를 쫓아냈던 사람들이 다시 애원하러 오기를 바라는 분노 어린 희망 속에서 이곳의 숲에 은거했던 이처럼, 아마도 거칠고 지나치게 건방진 인간이었을 옛날의 수도자, 지금은 그 초상이 다섯 교구에 걸친 넓은 땅의 수확을 주관하고, 아가씨들을 달아오르게 하고, 여인들을 수태하게 하고, 탕아들에게 집 밖의 거친 세계를 열어 주는 구소 성자처럼, 그 수도사처럼, 재를 덮어 잉걸불을 살려 내는 모든 이들처럼 전부를 가지기 위해서는 전부 빼앗겨야 했다. 결코 잊을 수 없는, 하지만 모두가 잊고 만 아이의 얼굴을 상상하는 나에게 그 진부한 이야기는 경이롭기만 하다. 나는 아직 수염이 나지 않은 어린 앙투안이 분노와 웃음으로 입술을 떨며 항상 어둠에 잠겨 있는 성당을 영원히 떠나는, 다가올 영광으로 들어서듯 햇빛 속으로 들어가는 모습을 상상해 본다.)

샤탱에서의 유년기는 어땠을까? 까진 무릎, 심심할
때 잡아 들고 풀을 쓰러트리는 개암나무 막대기, 낡아 빠
지고 "똥 냄새 나는 옷",* 화려한 그늘에서 사투리로 내
뱉는 독백, 곡식을 베어 낸 좁은 길을 따라 마구 달리기,
우물. 짐승들은 그대로이고 지평선도 똑같다. 여름이면
긴 오후가 암탉들의 황금빛 눈에 고정되고, 멈춰 선 수레
들이 채를 해시계처럼 들어 올려 짐을 내린다. 겨울이면
까마귀 울음소리가 땅의 주인이 되어 붉게 물든 저녁과
바람을 지배한다. 축 처진 아이가 아궁이 불과 성에 깨지
는 소리에 무기력을 달래고, 무겁게 내려앉은 새들을 날
아오르게 하고, 얼어붙은 공기 속으로 흩어지는 자기 고
함 소리에 놀란다. 다시 여름이 온다.

앙투안의 부모는 늦게 얻은 아이를 사랑했을 것이
다. 쥘리에트는 말이 거의 없다. 옆구리에 빵을 낀 그녀
가 걸음을 멈추고, 문턱에 양동이를 내려놓는다. 그러
자 먼지 덮인 회색 돌들이 시원한 물을 마신다. 불을 때

---

* "똥 냄새 나는 낡아 빠진 옷"은 랭보가 1871년에 쓴 시 「일곱 살의 시
인들」의 한 구절이다.

다가 고개를 돌리면 한쪽 뺨이 환해지면서 다른 쪽 뺨은 어두워진 그녀가 귀여운 아이를, 마음을 빼앗아 간 꼬마를, 플뢰셰 가족의 마지막 아이를 바라본다. 아버지는 키가 크다. 밭에서 일할 때는 아주 작아 보이는데, 어느새 멍에 혹은 부싯돌 총을 어깨에 멘 그가 해처럼 높이 그림자 속의 문간에 서 있고, 아이에게 산비둘기 한 마리와 금작화 한 줌을 건넨다. 그는 정이 많다. 어느 날 그는 오리나무 혹은 사시나무 껍질을 벗겨서 아들에게 줄 호각을 만든다. 굵은 칼이 바늘처럼 정확하게 움직이고 껍질이 벗겨진 자리에 수액이 맺힌다. 거친 손안에서 호각은 깃털처럼 가볍고 새처럼 연약하다. 아이가 진지하게 열중해서 호각을 불자 아버지는 크게 기뻐한다. 그런데 그는 거칠다.

생구소에는 교사가, 혹은 자신이 지닌 약간의 교양을 아이들에게 나누어 주는 사제가 있었다. 11월에 시작해서 혹독하게 추운 1월을 거쳐 온통 진흙밭이 되는 3월까지 아이는 이른 아침에 장작을 챙겨 들고 사제복 냄새와 옴 가득한 마을 아이들의 옷 냄새 속에 자리를 잡았다. 그리고 몇 년 동안 이런저런 것들을 배웠다. 낱말은 굉장히 광대하지만 믿을 수 없음을, 참으아리는 클레마티스라고도 불리며 생장 축일*에 십자가로 만들어서 외양간 문에 못으로 걸어 두어야 하는 다섯 가지 풀이 생로크의 풀 외에 생마르탱 혹은 생트바르브 혹은 생피아크르의 풀, 우단담배풀, 솔체꽃, 엉겅퀴라는 사실을 배웠다.* 그곳 사람들이 쓰는 말은 우주의 모든 것을 담지 못하며 표준말도 마찬가지임을, 라틴어는 그저 천사들이 연주하는 바이올린이기만 한 것이 아니라 존재들을 담고 있음을, 우리가 잠잘 때 느끼는 즐거움과 잠에서 깨어날 때 맛보는 즐거움에 이름을 붙이고 구세주의 상처를 불러오듯이 나무와 숲 가장자리를 불러들인다는 점을 배웠고, 그런 라틴어조차 충분하지 않음을 배웠다. 마지막으로, 아마도 같은 이야기일 테지만 성합이나 결혼반지, 옛 금화 아닌 다른 것들 역시 금으로 되어 있음을 배웠다.

내가 지어낸 이야기는 하나도 없다. 레카르의 다락방에 나무로 된 여행용 궤짝이 있고 ─ 지금은 벌레들이

---

* 세례 요한은 프랑스 이름으로 생장(성자 장)이라고 불린다. 생장 축일을 기리기 위해 불놀이를 하고 약초를 캐는 풍습이 있었다.

멋대로 갉아 먹고, 밤이면 흐릿한 부엉이들이 와서 똥을 싼다. —— 엘리즈가 "샤탱의 상자"라고 부르던 그 궤짝 안에는 이제 사라진 플뤼셰 가족의 초라한 흔적이 잠들어 있다. 『목동 연감』 여러 권, 결혼식 때 사용한 메뉴판 몇 장, 술통 혹은 관을 받았음을 증명하는 오래된 수령증들, 타고 남은 양초들, 그리고 그 사이에 내게 증인이 되어 준 세 권의 책이 있다. 거의 온 우주가 들어 있는 생뚱맞고 경이롭게 올바른 책, 책장 한가운데에 너무 잘 보이게끔 앙투안 플뤼셰의 이름 첫 글자들이 서명된 이상한 책. 염가판 『마농 레스코』, 브누아* 성자의 허망한 계율집, 작은 지도책이다.

아이는 자라서 청년이 되었다. 책들이 그의 것이 되었는지 아닌지는 중요하지 않다. 그의 옷에서는 여전히 냄새가 나고, 챙 모자 아래 먼 곳을 바라보는 침울한 두 눈동자와 극단적인, 굶주린, 집어삼킬 것이라고는 자기 자신밖에 없는 시작부터 낙심한 영혼이 있다. 앙투안은 아버지만큼 크고 힘이 세지만 그의 팔은 쓰임새가 없다.

---

* 베네딕트 수도회를 세운, 1세기 무렵 활동한 이탈리아의 성인 베네딕트의 프랑스 이름이다.

그 팔은 아무것도 안지 않고, 오직 부수고만 싶어 하다가 그냥 내려온다. 성스러운 자, 쓰임 없는 자, 축복받은 자가 자기 무덤 냄새가 밴 땅속의 작은 성당에서 명령하듯 두 손을 벌린 체 곡식을 지켜 주고, 수확을 망친다.

아마 어느 날 투생 플뢰셰가 아들에게서 마음에 안드는 무언가를, 어떤 몸짓 혹은 말 혹은 침묵을 발견했고 ─ 그것은 이후에도 계속 눈에 띄었을 것이다. 쟁기를 잡은 손에 힘이 들어가지 않거나 생활이 게을렀을 테고, 아무 문제 없는 호밀을 보거나 폭우로 쓰러진 밀을 볼때 고집스레 한결같은 눈길, 광대하고 변함없는 땅을 닮은 그 눈길이 있었으리라. 아버지는 자신이 일구는 땅을 사랑했다. 그러니까 그에게 땅은 가장 큰 적이기도 했다. 늘 서 있게 하는, 삶을 차지해 버린, 그가 태어나기 전에 이미 시작되었고 영원히 끝나지 않을 싸움과 공모해 서서히 그를 죽여 가는 치명적인 싸움 속에서 태어난 투생 플뢰셰는 자기가 품은 무자비한 증오를 사랑이라고 여겼다. 그런데 아들은 무기를 내려놓았다. 아들의 치명적인 적은 땅이 아니었다. 앙투안 플뢰셰의 적은 너무 높이, 너무 아름답게 날아오르는 종달새, 혹은 불모의 광막한 밤, 혹은 장터에서 산 헌 옷처럼 사물들 주변을 떠다니는 단어들이었다. 그러니 무엇과 겨루어야 한단 말인가.

그리고 끔찍한 그날 밤이 있었다. 분명 봄날, 달이 뜨지 않은 밤, 쌓여 있던 건초의 마력과 밤꾀꼬리들이 나는 하늘의 마력에 사로잡힌 밤이었으리라. 일을 마친 두 남자가(이제 앙투안도 다 자랐다.) 겨드랑이에 낀 낫의 손잡이 때문에 달아오른 상태로 느지막이 집으로 돌아올 때 거대한 태양이 만들어 낸 두 개의 긴 그림자가 거친 돌길 위에서 서로 부딪혔다. 저녁 기운과 함께 문 앞의 커다란 딱총나무 냄새 속으로 흩어진 허구의 관찰자는 몸의 윤곽이 같고 땀에 젖은 모자가 같은, 목덜미까지 똑같이 벌겋게 익은, 아버지와 아들이 늘 그렇듯이 막연하게 신화적인 두 남자가 이 땅의 공간 속에 두 가지 시간을 겹쳐 놓으며 집으로 들어서는 광경을 본다. 아버지가 마음을 바꿔 딱총나무 앞으로 나와서 소변을 본다. 무언가 시커먼 것을 씹는 그의 눈길엔 흙먼지가 어려 있다. 다시 문이 닫히고 지긋한 밤이 다가온다. 집 안에서 촛불을 밝히니 수프 접시 위로 고개를 숙인 세 식구의 모습이 창유리 밖에서도 보인다. 쥘리에트가 쥔 국자가 오가

고, 겁에 질린 커다란 나비 한 마리가 창유리에 부딪힌
다. 포도주가 많이, 아버지의 잔에만 잔뜩 흐른다. 아버
지가 갑자기 희미한 빛 속에 드러난 앙투안의 잉크색 얼
굴을 쳐다본다. 집믹은 딱총나무의 꽃들이 가벼운 바람
에 흔들리고 기울어지며 창유리를 스친다. 촛대의 불빛
이 갑자기 환해진다. 불빛에 드러난 앙투안의 눈빛 속에
오만함이, 분노하고 무심하고 이유 없는 긍지가 드러난
다. 그 순간 부엌에서 비명이 일고, 커다란 그림자가 손
발을 휘저으며 들보를 향해 튀어 올랐다가 내려앉고, 의
자들이 부딪쳐 넘어진다. 딱총나무에서 집 안의 소리를
들으려고 귀 기울여 봐야 소용없다. 두꺼운 벽을 넘을 수
있는 것은 북소리처럼 울리며 폭풍우가 들이닥치는 소
리, 움푹하게 들어간 돌을 문지를 때 나는, 아이들을 울
리고 개들도 불안에 떨게 하는 기이한 소리, 가족들 사
이에서 최고조에 이른, 오래되고 처참한 괴성뿐이다. 일
어서 있는 아버지가 무언가를 들어 휘두르고 저주를 퍼
부으며 바닥에 내동댕이친다. 물이 가득 찬 컵, 그리고
아마도 책이다. 굵은 주먹이 허공을 날아 탁자를 때리면
서 아무도 듣지 않는 유일한 진실들을, 조상들과 헛된 죽

음들과 끝없이 이어져 온 불행을 들먹이면서 겁에 질린 사납고 보잘것없는 진실들을 내뱉는다. 제일 안쪽 구석의 처량한 찬장 옆에 웅크린 초라한 몸, 더 많은 그림자를 갈망하는 그림자, 어머니는 깨진 가련한 도자기 조각들을 줍는 일마저 포기한 채 무엇을 하고 있는가. 아마도 흐느끼거나 침묵을 지키거나 기도할 것이다. 어머니는 무언가를 알고 있고, 어머니에게도 죄가 있다. 마침내 오래된 가부장의 교만이 유구한 결정적 손짓을 되찾는다. 아버지의 오른손이 문을 향한다. 촛불이 흔들리고 아들은 일어서 있다. 묘석이 넘어지듯 문이 열리고, 갑자기 집 안에서 쏟아져 나오는 불빛을 받은 딱총나무는 한없이 부드럽게 흔들린다. 잠시 문턱에 멈춰 선 앙투안의 모습은 역광을 받아서 어둡다. 딱총나무도, 아버지도, 어머니도 그때 아들의 얼굴이 어땠는지 알지 못한다. 머리 위의 밤꾀꼬리가 밤을 넓히고 세상의 길들을 그려 준다. 이끼 덮인 저 길이 청동이 되고 머리 위에서 노래하는 저 하늘은 쇠가 되겠구나. 앙투안이 계속 떠난다. 아들은 이제 없다. 그 집에서 소리를 지르는 혹은 갑자기 입을 다물면서 두 손으로 머리를 감싸쥔 아버지, 부모의 시야에서 사라지고 발소리를 더는 들을 수 없을 만큼 작아진 아들, 그리고 딱총나무의 꽃과 나뭇가지에 마치 유령처럼 존재 없이 은밀히 섞여 있던, 어둠 속의 향기보다 더 빨리 흩어지고 1867년의 짧았던 개화보다 더 허망하게 사라진 목격자. 어쩌면 그 셋 사이에서는 여전히 옛 그림 같은 혹은 로마네스크 양식의 기둥머리처럼 흐릿하고 거칠고 무거운 현실이 이어지고 있을지도 모른다. 나는 그것을 반쯤 감지하지만 이해하지는 못한다.

촛불이 꺼지고 밤꾀꼬리가 딱총나무에서 사라진다. 아마도 생구소에서는 벌레 먹은 성당 문이 삐걱거리며 열리는 소리가 들릴 것이다. ── 어쩌면 그냥 마구간 문이 열리는 소리일지도, 혹은 덤불숲에서 나뭇가지들이 부딪히는 소리일지도 모른다. 별들이 사라지고 누군가 이끼 덮인 창 너머에서 부싯돌로 불을 붙이자 황금빛 도롱뇽들이 달아난다. 개들이 무턱대고 목청껏 짖어 대느라 기진맥진해하는 이 밤은 무엇을 슬퍼하는가. 수탉들의 울음 속에서 어떤 오래된 가족극이 이어지는가. 홀을 든 고사리들의 그림자가 짙어진다. 빛줄기가 검이 되어 길 위에 선을 그린다. 마침내 자작나무 위로 떠오른 달빛일 수

도 있다. 이제 딱총나무 잎들은 그냥 놓아두자. 딱총나무
는 죽었다. 아마 1930년 무렵이었다.

　나에게는 투생이 남았다.
　다시 날이 밝는다. 다시 풀을 베러 가야 한다. 예컨
대 랄레제 협곡 근처의 어두운 숨결 속 짙은 안개가 깔
린 곳, 온통 경사지인 클레르 초원으로 간다. 이제는 그
곳에서 한 사람의 낫질 소리밖에 들리지 않는다. 개똥쥐
빠귀들이 안개를 뚫고 날아가고 땅에서 거친 욕설이 올
라온다. 허공에 오른 낫이 잠시 머물지도 못하고 다시 내
려온다. 안개가 걷히면 역시 랄레제의 풀을 베어 내려오
던 자크맹 부자, 데상브르, 주아노의 아들들이 혼자 경사
를 거슬러 오르며 풀을 베는 투생을 본다. 그는 정오가
되어도 쉬지 않는다. 오후에 내리쬐는 태양은 성가시게
달라붙는 등에처럼 그의 화를 돋운다. 그는 늦게까지 낫
질을 계속한다. 환하게 웃으며 제일 늦게 집으로 돌아간
주아노의 아들들은 이미 한참 전부터 수프를 먹고 있다.
다가갈 수 없지만 가까이에 있는 투생을 지켜보는 것은
키 큰 전나무들뿐이다. 전나무들은 자신들의 비탄이 아

닌 일에는 귀를 막은 채로 자기들끼리 속삭인다. 아버지는 마음속으로 저들 위에 신의 불길이 떨어지길 기원한다. 그리고 집으로 돌아간다.

어두운 길을 걷는 그의 모습을 상상해 보자. 그 모습을 남긴 은판 사진은 없지만 운명이 그 순간에 투생 플뢰셰에게 만들어 준 얼굴을 상상해 보자. ── 아니 운명이라기보다 밤은 위조꾼들에게 유리한 시간이므로 그냥 우연이라고 하자. 투생 플뢰셰의 초상은 저기 작은 성당에서 후광을 발하는 경쟁자의 얼굴, 너무도 분명한 그 얼굴만큼이나 허구다. 그는 얼굴이 두툼함에도 이목구비의 윤곽은 뚜렷하다. 햇볕에 그을려 번들거리는 콧등 주위로 볼록한 두 뺨과 짙은 눈썹이 모여 있고 속눈썹은 굵다. 그러니까 고귀한 상이다. 그 아래 콧수염은 그 시절에 세상을 떠난 레옹 블루아*나 남부 연합을 이끈 장군들의 수염처럼 제복과 가부장의 지위와 준엄한 태도에 잘 어울리는 강건하고 비정한 모습이다. 그는 이따금 걸음을 멈추고 고개를 들어 별들을 쳐다본다. 다가올 순간

---

* 기독교적 바탕에서 고통을 통한 정신적 부활을 설파한 프랑스 작가.

을, 앙투안이 집에 돌아와 있는, 오리나무 호각을 불던 아들이 미소를 지어 주는 순간을 맞보기 위해서다. 그 순간 아버지의 눈가는 뜨거워지고 어린애 같은 장난스러운 눈매가 드러난다. 그가 다시 걸음을 재촉하면 모자에 가려진 얼굴에서는 격렬한 절망을 삭이는 단단한 턱만 보인다. 노인의 모습이다. 멀리 샤탱의 오솔길에 들어선 투생 플뢰셰는 거의 이전 모습 그대로다. 하지만 농부의 무거운 걸음걸이에 속아서는 안 된다. 그 어깨 위에는 마법 같고 단호하게 번쩍이는 무언가가 있다. 그것은 옛날 시편을 짓던 왕의 수금(竪琴) 같고, 용맹하던 시절을 뒤로하고 이제 밤이면 헛것을 보는, 산울타리 앞에서 돌연 뿔피리와 갈라진 소 발굽*을 찾아내는 늙은 용병의 미늘창 같다. 아버지가 어깨에 멘 것은 낫이다. 문 앞에 내려놓은 낫이 곧바로 요란스러운 소리를 내며 문 쪽으로 쓰러진다. 아버지의 손이 너무 떨렸기 때문이다. 앙투안은 돌아오지 않았다.

쥘리에트 — 샤르댕의 그림 속 농부 아낙들이 쓴 두

---

* 갈라진 발굽은 악마의 상징이다.

건 모자, 성모상 혹은 늙은 여자 조각상처럼 헐렁한 옷에 살아생전 가려졌던 쥘리에트의 몸은 내 마음속에서, 또 이 글 속에서 완전히 부식되었지만, 나는 세월의 흔적으로 이미 등이 굽은, 커다란 두 눈만큼은 여전히 아름다운 그녀의 모습을 상상해 본다. — 그녀는 한 손으로 의자 등받이를 움켜쥔 채 서 있고, 다른 손에는 성물이 비 맞은 새처럼 놓여 있다. 죽어 가는 사람도 없고 태어날 아이도 없는데. 아버지가 말없이 애원하며 아내를 바라본다. 분노하기도 했을 것이다. 앙투안이 어쩌자고 그 말을 진짜로 받아들였단 말인가. 이번에는 남편이 가구를, 등받이를 붙잡는다. 그는 한참 만에 의자에 앉고, 다시 일어서서는 계속 그러고 있다. 그리고 쥘리에트가 앉는다. 똑같은 시계추 소리만 이어지고, 바깥에서는 어제와 똑같이 희미한 새 울음소리가 들려온다. 쥘리에트가 일어선다. 아들을 세상에 맡긴 부부는 양초가 다 타고(이미 6월의 날이 밝아 온다.) 그 순간이 밤하늘의 무게를 모두 실어 그들을 짓누를 때까지 밤새도록 생기 없고 공허한 앞날을 그려 보며 끝없이 샘솟는 누추한 기억 속을 돌아다닌다. 혹은 이미 부서져 버려서 과거만이 과도해질 뿐인 이런 시간 감각은 어쩌면 성급한 짓일지도 모른다. 그들은 마음을 달래려 애쓰고 서로를 괴롭히면서 전율 속에 계속 아들을 기다린다. 돌아올지도 모른다는 희망이 소용돌이치며 그들을 휘어잡았다가 다시 내치고, 생명이 꺼져 가는 그들을 버려둔다. 희망이 생명을 조금 되찾아 주지만 다시 밖에서 짖어 대는 개들한테 내던지고, 섬광처럼 추억이 떠오르면 다시 비굴하게 주워 와서는 잠시 잊는다. 괘종시계처럼 어김없이 되풀이된다.

아버지는 일 년, 이 년, 어쩌면 십 년을 기다렸다. 부득불 해야 하는 노동, 음울하도록 집요하게 이어지는 하루하루가 그 시간을 메웠다. 난 그 이야기는 건너뛸 생각이다. 그 시간 동안 투생은 곪아 갔고, 희망이 시들어 갈 때면 부재의 씨앗이 마음속에 싹을 틔웠다. 마침내 어느 날 그는 현실을 완전히 떠났다.

몇 차례 사건이 있었다. 어느 날 저녁에 2마력 자동차 한 대가 도시 냄새, 사법 보조원이나 법원 서기관의 냄새를 풍기며 문 앞에 섰다. 러시아 소설에 나올 법한 낯선 윤곽의 뒷모습이 진흙밭 위로 내려섰다. 검은색 양복에 실크해트를 쓴 젊은 남자는 곧 문 안으로 사라졌다. 투생은 모자를 벗고 콧수염을 만졌다. 쥘리에트는 손님에게 포도주 한 잔을 따라 주었다. 손님이 마셨을 수도 마시지 않았을 수도 있다. 손님은 아궁이를 쳐다보았고, 자리에 앉아서 아버지와 어머니에게 말했다. 무슨 말을 했는지는 아무도 모른다.

이어 성령 강림 주간의 어느 날 아침이었다. 남자들이 높이 쳐든 들것에 올라탄 채 옆에 소를 거느리고 거친 손들 틈에서 거리로 나선 누추하게 화려한 차림의 성자가 새로 돋아난 나뭇잎들의 싱그러운 기운을 맛보며, 두 팔을 벌려 죽은 이들을 부르고, 산 자들에게서 악을 쫓아냈다. 농부 같기도 하고 사제 같기도 한 성자가 파란 하늘 혹은 소나기를 향해 초연한 황금빛 미소를 지을 때 투생 플뤼셰가 옛 수호성인처럼 손을 벌리고 서서 똑같이 그림자 같고 기원하는 듯한 공허한 눈길로 조용히 미소 짓고 있었다. 성자는 언제나처럼 망자들의 등불* 앞에서 멈췄고, 다시 한 번 한결같은 눈길로 깊은 계곡과

---

* 마을마다 벽돌을 쌓아 만든 작은 탑에, 날이 어두워지면 망자들의 영혼을 하늘로 안내하기 위한 등불을 켜 놓았다.

숲과 마을과 그곳의 고통받는 마음들을, 자기 교구의 땅 위에 펼쳐진 넓은 지평선을 살폈다. 소매가 넓은 흰 예복을 입은 농부들이 방울을 흔들고, 차가운 바람이 고요 속을 지나고, 라틴어 문장들이 허공을 맴돌고, 마을 사람들이 무릎을 꿇었다. 그리고 조금 떨어진 곳에 투생 플뤼셰가 "장엄하고 완전하고 고독하게,"* 부사제처럼 도도하고 소처럼 진득하게 여전히 황홀한 표정으로 마치 정지 화면인 양 서 있었다. 늘어뜨린 한 손은 깃털이거나 어린아이의 손이었을 테지만 눈에 보이지 않는 무언가를 쥐고 있었다.

또 한번은 ─ 거칠고 말없이 우뚝 서 있는, 정면에 창이 없는 오래된 집의 담벼락 말고는 그 내부를 본 사람은 아무도 없다. ─ 아버지가 아들의 방에서 떨리는 손으로 책 세 권 중 하나를 펼쳤다. 그날 『마농 레스코』를 읽은 투생 플뤼셰가 가장 놀란 점은 이해할 수 없지만 홀린 듯이 이해해 버린 정념의 기제와, 너무나 명료해서 막연해진 표현이었다. 그 경험은 그때까지 들은 그 무엇

---

* 스테판 말라르메의 시 「장례 축배」의 한 구절이다.

보다, 그 책에서 본 여인숙, 덮개로 가린 마차를 타고 떠나는 야반도주, 타락한 여자와 부를 잃어버린 남자, 눈물흘리게 하는 여러 가지 이유, 운명으로 정해진 죽음, 그 모든 것보다 경이로웠다. 그리고 그가 브누아 성자의 책을 들고 한 장 넘기자마자, 아마도 성자의 가르침을 해설한 늙은 수도사가(그는 먼 옛날 쥘리에트가 부엌에 보관중인 성물을 그 함의 무게에 짓눌려 등이 굽은 나귀에게 매질해 가며 이곳까지 가져온 수도사 중 하나였거나, 사라센족 혹은 아바르족과 벌인 전투에서 함성 속에 불타는 은거지를 겁에 질린 채 어깨 너머로 바라보던 유령 부대* 중 한 명이었으리라.) 그의 귀에 대고 "한 형제가 어떤 것을 많이 아끼는듯하면 그것을 없애 버려야 하며, 스스로에게서도 그것을 내쫓아 버리면 고되긴 해도 분명히 구원이 온다."라고속삭였을 것이다. 그리고 지도책은 애당초 그의 눈에 들어오지도 않던 철저한 상징 기호들을 통해서 세상의 모든 땅은──경작할 수 있는 곳이든 아니든 똑같이 가난에 찌든 마을들은 조각상 성자의 눈에 비치듯이 같은 기

----

* 유럽의 민담과 전설에서 말을 타고 하늘에 떠 있거나 땅 위를 질주하는 유령 무리를 말한다.

호로 표시되어 ─ 동등한 가치를 갖는다는 사실을 가르쳐 주고, 풀을 베어 말리던 계절의 어느 날 저녁에 투생 자신을 도구로 삼아 시작된 방황이 가닿을, 아들이 나아가는 죽음 아닌 모든 가능한 길들을 보여 주었을 것이다. 아들은 그의 눈 아래 어디엔가 있었다. 아니면 더는 없다. 저녁이 되었다. 고개를 든 투생의 눈앞에 창 너머로 어린 앙투안이 늘 보던 풍경이 펼쳐졌다. 저기 종탑, 삼종 기도를 싣고 오는 보이지 않는 여정, 나뭇가지에 매달린 종달새 혹은 검은 헝겊 같은 까마귀, 종달새 아래 플뢰셰 가족이 일구는 몇백 제곱미터의 땅. 투생의 눈길은 마치 그림을 보듯 그 땅을 훑어본 뒤 다시 살아 있는 종달새가 되어 파란 종탑으로 돌아갔다.

(이 모든 것에서 투생이 아무것도 깨닫지 못했을 수도 있지만 아마 그렇지는 않았으리라. 그는 거칠게 지도책을 덮고 욕설을 내뱉고 분노를 쏟아 내며 취하도록 마셨다. 알다시피 이미 그는 늙은 농부였다.)

마지막으로, 어느 해인가 데샹브르의 아들 피에피에가 투생의 일을 도와주러 왔다. 그는 그해 봄과 여름에 찾아온 뒤 점점 자주 방문했다. 피에피에는 다소 단순한 인간이고 술을 좋아했다. 말도 너무 빨리, 그리고 많이 했을 것이다. 그는 마른 몸에 손을 떨었고, 축 늘어진 불그스레한 얼굴에는 물기가 고인 눈이 있었을 터다. 그는 크루아뒤쉬드 근처의 오두막에서 지냈다. 그때도 버려진 상태였던, 지금은 가시덤불에 뒤덮여 아예 폐허가 된 오두막을 나도 본 적이 있다. 피에피에가 혼자 떨어져 지낸 까닭은 스스로 원해서라기보다 그럴 수밖에 없어서였다. 데상브르 집안의 남자들, 그러니까 아버지와 형제들과 서서히 멀어진 그는 매일 술을 마시면서 자기도 모르게 술꾼이 되어 가는 완만한 경사길을 내려가고 있었다. 피에피에는 아무것도 안 먹고 오로지 네 명 몫의 포도주만을 다 마셨다. 그가 마시는 포도주는 조상들이 남긴 본보기와 후손들의 취향이 희석된 묘약이었고, 그 속엔 서민들이 자랑스럽게 생각하는 저급한 오불관언의 태도, 멍청하고 은밀한 자부심 따위가 녹아 있었다. 피에피에는 다른 사람들과 마찬가지로 사물들을 보았지만 아무도 그가 무엇을 보고 있는지 알 수 없었다. 그는 어른이 아니고 늙어 버린 젊은이도 아닌 그저 술꾼이었다. 어디서나 놀림감이었고, 고약한 사람들은 그를 거칠게 대했다.

하지만 튼튼한 팔로 일만큼은 잘했기 때문에 식탁에서 환영받았다. 그는 바로 그 팔을 써서 주중에 일했다. 그리고 일요일에는 다른 모든 이들과 마찬가지로 일을 벗어던지고 술독에 빠졌다. 그런 날이면 피에피에는 샤틀뤼와 생구소와 무리우의 술집을 비틀거리며 나선 뒤 아무 곳간이나 들어가서 푹신한 곡물 다발 위에 쓰러졌고, 마을 아이들이 수상한 발걸음으로 다가와 그의 얼굴에 양동이의 물을 끼얹거나 웃옷 안에 발 없는 차가운 도마뱀을 집어넣을 때까지 밤새도록 어둠 속에서 혼자 주절주절하며 오만한 웃음을 터트리고 칙령을 선포하고 분노를 토해 냈다. 그의 허술한 왕국은 도망치는 아이들의 웃음소리와 함께 무너졌다.

그즈음 사람들은 피에피에가 투생과 같이 있는 모습을 자주 보았다. 여전히 꼿꼿이 서서 고압적으로 먼 곳을 바라보는 노인의 그림자 아래 피에피에가 절뚝거리며 깡총거렸다. 그들은 작은 마당에서 소를 수레에 묶고 엄숙하게 출발했다. 끌채를 잡은 피에피에가 이마 털이 곱슬거리는 수소들을 불러 대며 보병 같고 혹은 엘리자베스 여왕 시대의 광대 같은 괴상하고 시끄러운 목소리로 야유를 보냈다. 발아래 삐그덕대는 바퀴 소리를 들으며 짐수레 앞쪽에 꼿꼿이 서 있는 수염이 허옇게 센 노인은 패배한 혹은 노쇠한, 어쨌든 초췌해진 왕, 혹은 힘을 잃고 쫓겨난 까닭에 분노한 영주 같았다. 그의 굵고 짧은 목소리가 이따금 소들의 무딘 어깨 위로 떨어졌고 피에피에에게 욕을 내뱉기도 했다. 그러면서도 기분이 좋은지 피에피에와 그들이 지나간 길들만이 겨우 알아볼 수 있는 옅은 미소를 지었다. 집에 돌아오면 피에피에는 지하실에서 다시 술 한 병을 가지고 올라와 퍼마셨다. 폐허가 된 성채 같은 검은 속치마 속에서 몸의 윤곽을 잃은 쥘리에트는 여전히 신음하고 중얼거리며 무언가를 준비하느라 그 자리에 없었다. 투생은 술을 마시지도 신음하지도 않았다. 어쩌면 환희에 젖어, 향수 혹은 자신감에 취해 무슨 말인가 했을 것이다.

그 시기에 샤틀뢰와 생구소와 무리우의 술집에서, 술로 시작되고 피로가 더 크게 키운 말들 속에서, 날품팔이 일꾼들이 늘어놓는 이야기들 속에서, 술에 취한 날이면 필연적으로 옛날 일을 들먹이는 남자들이 집에 돌아와 그의 말을 믿지 않으려는 아내에게 싸울 듯이 전하는 이야기들 속에서 앙투안이 되살아났다.

앙투안은 아메리카에 있다, 피에피에가 그렇게 말했다. 사실 피에피에는 믿을 만한 사람이 아니었기에 다른 사람의 말을 전한 게 아니었다면 다들 웃고 말았을 것이다. 그런데 처음 그 말을 했다는 사람은 설령 이제 배신당하고 몰락했을지언정 한때 죄수를 추방하는 일을 했던 수수께끼 같고 단호한 노인이었다. 그래서 모두 긴가민가하면서도 가시덤불 덮인 오두막에 살며 누더기를 걸친 피에피에가 쩌렁쩌렁한 목소리로 전하는 그의 말이 마치 선지자의 계시인 양 은밀히 흥분한 채 귀를 기울였다. 피에피에는 아메리카 이야기를, 그 땅에 있는 앙투안의 유령 이야기를 했다. 피에피에는 자기 말에 귀 기울인 사람들과 마찬가지로 아메리카 땅이 로리에르나 소비아 너머에, 주에산 혹은 퓌데트루아코른*의 반대편 능선에, 가 본 사람은 없지만 모두 소문으로 아는 마을들 옆에 자리한 도시들과 비슷하다고 믿었다. 그곳은 부유

---

* 중부 산악 지대인 마시프상트랄의 한 언덕으로 크뢰즈도 여기에 속하는데, 뿔 모양의 세 언덕이라는 뜻이다. 앞에 나오는 로리에르는 서쪽의 리모주 방향, 소비아는 동쪽의 클레르몽페랑 방향에 있는 마을이다.

하지만 위험한 곳, 눈 뜨고 코 베이는 곳, 사방에서 사람들이 모여드는 곳, 시나이산의 가시덤불과 약속의 땅 가나안의 마을 축제가 있는 곳이었다. 방탕할지언정 남자를 사랑해 주는 여자들이 넘쳐 나고, 화려하거나 참혹한, 혹은 어차피 그곳의 운명은 풍문으로 전해질 뿐이니 참혹하면서 화려한 운명들이 가득한 곳이었다. 모두 앙투안이 그곳에 있다고, 십 년 전 아이 때의 모습 거의 그대로라고, 건방진 성격과 은근한 고집, 조용함에 어울리는 무언가 수상하고 치명적인 일을 하고 있다고, 포주 혹은 기계공이 되어서 악당 모자를 한쪽 눈썹까지 눌러쓰고 있거나 쏜살같이 달리는 기관차를 운전하고 있다고, 얼굴이 검게 그을렸어도 두 눈은 여전히 용맹하고 느긋한 품위를 지녔다고 믿었다.

(피에피에의 치세는 일요일마다 이어졌을 것이다. ─ 정작 그가 모든 것을 어떻게 이해했는지, 어떻게 아버지의 군사(軍使) 자리에 올라서 그의 아들 이야기의 고리 역할을 하게 되었는지, 피에피에 스스로 얼마나 파악하고 있었는지는 나도 잘 모른다. 피에피에는 워낙 단순해서 정확한 두 가지 생각조차 배열할 능력이 없었지만 투생에게는 헌신적이었고, 한편

그의 입술은 아메리카라는 단어를 낚아채서 끝없이 되풀이했다. 투생에게 그 단어는 쥘리에트의 성물과 같았으므로 누군가에게 전해 줄 수 있는 것이었고, 가능한 모든 허구와 허구라는 생각까지를, 다시 말해 피에피에가 절대 얻지 못할, 존재하지 않지만 신비스럽게 호명된 것을 요약해 주는 말이었다. ─ 피에피에의 치세, 그가 머리에 쓴 어두운 짚 왕관과 손에 든 취기의 왕홀, 얼굴 위로 쏟아지는 양동이 물과 아이들의 고약한 심술에 능욕당하는, 거미들에게 헌정된 요란스러운 왕위는 단하나의 가련한 단어 위에서 행해지는 통치였다.)

리모주 너머에 있는 야만의 땅, 미시시피주 혹은 뉴멕시코주에서 앙투안의 편지가 왔다. 직접 본 사람은 아무도 없었지만 그 편지가 존재하지 않았다고 단언할 만한 증거 역시 없었다. 편지들에 서명한 이는 아마도 머나먼 엘패소의 노란 태양 아래서 시커먼 기관차를 몰았으리라. 혹은 캘리포니아를 향한 제2의 골드러시가 난투극, 사나운 사금 채취업자들, 잃어버린 순수의 물결과 함께 샤탱의 어린 영혼을 싣고 갔을 것이다. 앙투안은 아마도 남부군 카우보이모자를 쓰고 양키 콜트 권총을 찬 채 남성성을 내뿜는 신화적인 몸들과 나란히 걸어갔을 테고, 무엇이든 팔고 말을 훔쳤으리라. 훔친 가축을 끌고 야음을 틈타 국경을 넘어갈 때면 침착하던 성자와 온순한 어린 소를 떠올렸을지도 모른다. 혹은 소박한 직업을 가진 소시민으로서 아내와 함께 사막 주변에 편지로 지은 집에서 "초자연적으로 질박"*하게 살았을 수도 있다. 사람들은 흰 장갑을 끼고 침례교회 예배에 참석하는 여자가 앙투안의 합법적 아내인 줄 알겠지만, 실상은 갤버스턴 혹은 배턴루지의 사창가에서 주사위 게임으로 얻은 여자였을 것이다. 또 어쩌면 가까운 해안이 지겨워져서, 그가 읽지 못한 『죽음 저편의 회상』** 속 선원이 아조레스 제도까지 가서 베네딕트회 수도사가 되었듯, 아니 그러지는 못했을지라도 서인도 제도의 보라색 구릉 위에 정착한 뒤 애인의 품에 안겼을지 모른다. 나라면 그렇게 상상할 것이다. 하지만 투생에게는 그런 상상을 하기 위한 물자, 즉 언어의 파편이, 에피날의 판화 혹은 할리우드의 사진이 없었다. 투생은 아메리카에 관해서 아

---

* 『지옥에서 보낸 한철』에 수록된 랭보의 시 「불가능」의 한 구절이다.
** 19세기 초 프랑스 낭만주의의 선구자로 꼽히는 프랑수아 르네 드 샤토브리앙의 작품이다.

무엇도 떠올릴 수 없었다. 하지만 아들의 두 다리가 멀쩡하고 바다는 증기선을 타면 건널 수 있음을 알았다. 또한 그는 기관차에 대해, 금을 좇는 욕망에 대해, 사창가에 대해 알았으므로 그 세 가지 상태, 혹은 세 군데 중 한 곳에 있는 앙투안을 상상할 수 있었다. 그는 혼자만 아는 재료들을 덧대어서 미국인이 된 아들의 삶을 설득력 있게 만들어 냈다. 그가 사용한 재료는 나와 달랐다. 분명 더 제한적이었지만 더 풍부하고 자유분방하게 배치되었으므로 훌륭했다. 그리고 마침내 투생은 작은 지도책에서 지명들을 읽었다. 엘패소, 갤버스턴, 배턴루지.

그 이름들을 읽었다. 당연히 지도책은 지금 제일 누렇게 빛바랜 북아메리카 부분에서 펼쳐져 있다. 내가 조금 전에 말한 도시들의 이름 아래, 마치 목수들이 목재에 그어 놓은 표시처럼 짙고 두꺼운 연필 선이 그어져 있다.

아버지가 서서히 자기 땅을 버려두었다는 사실을 굳이 언급할 필요는 없으리라. 투생 플뤼셰는 덤불과 자갈과 싸워서 일구어 낸 8헥타르 혹은 10헥타르의 메밀밭을 버려두기 시작했다. 아들의 무관심이 서른 세대를 이어 온 플뤼셰가의 잃어버린 세월과 헛된 땀이라는 애절한 유물에서 아버지를 끌어냈다. 아버지가 오른손을 뻗은 그날, 거친 자갈과 그 안에 파묻혀 있던 땅이 일어섰고 아버지는 그 돌과 밀단과 땅에 묻힌 조상들의 무게 밖으로 밀려났다. 늙은 아버지는 이제 다른 것과 씨웠다. 피에피에는 아무 데나 멋대로 밀을 키웠고, 요란하게 손짓을 하며 돌아다녔고, 까마귀들에게 돌을 던지고 소들을 조롱했다. 투생의 밭은 차차 가시덤불에 뒤덮였다. 마치 피에피에가 의뭉스럽게 자기 집에서 가시덤불 씨앗을 가져왔든가, 혹은 술에 취한 채 꺾꽂이 가지에 긁혀서 피 흐르는 손바닥에 그 씨앗을 묻혀 오기라도 한 것 같았다. 클레르 초원에서는 금작화가 사람 키만큼 자랐다. 밭 한가운데서 딱총나무들이 자라난 탓에 바람이 약간 불거나 새들이 날아오르기만 해도 흰 먼지가 피어올랐다. 아들의 낮을 만들어 내며 생명을 주던 아버지는 자기 밤의 어두움 역시 만들어 냈고, 시편을 지은 왕의 수금만큼이나 한가해진 멋진 낮을 아무 생각 없이 어깨에 걸친 채 천천히 걸어갔고, 까마귀들에게 말을 걸었고, 엘패소를 상상했다. 피에피에 앞에 우두커니 선 아버지는 놀리는 듯한, 그러나 흔들림 없는, 결코 같은 편이라고 할 수 없는 표정으로 그를 바라보았다. 어릿광대 피에피에는 신이 나서 웃었고, 열심히 더 빨리 팔을 휘저으며 이쪽 흙덩이에서 저쪽 흙덩이로 건너뛰고 소들을 괴롭히면서 제구실을 해냈다. 아버지는 흡족해하며 콧수염을 매만졌고, 숲 가장자리 그늘로 들어가서 나무 기둥에 기댄 채 팔다리를 뻗고 앉았다. 엉망이 된 그의 땅 위로 해가 내려앉고, 멀리 캘리포니아에서 흩어진 아들이, 영광스러운 미국인의 몸이 금을 캐고 있었다.

투생과 피에피에는 그렇게 밭에 있어도 아무 일도 하지 않았고, 마치 성당 안에 들어가 있거나 장터에 나가 있거나 혹은 연극 무대 앞에 자리 잡은 사람처럼 알수 없는 무언가를 기렸다. 저 아래, 저 산울타리 모퉁이를 돌아가면 나오는 검은 집에서는 아메리카라는 단어를 단 한 번도 입에 올린 적 없는 어머니가 성물을 손에 들고 바르브 성녀, 플뢰르 성자, 피아크르 성자의 이름을 중얼거렸다.

실체가, 혹은 실체로 여겨지고자 하는 것이 나타났다. 어느 이른 아침에 피에피에와 투생이 돼지 시장이 열리는 무리우로 떠나는 모습을 그려 보자. 안개가 콧수염에 방울져 맺혀 있다. 주어진 역할을 잘 움켜쥐고서 숲을 지나가는 그들은 스스로 소박하게 만들어 낸 기쁨을 인정해 달라고 누구에게도 청하지 않은 채 오로지 자신들의 삶을 살며 행복하다. 그들은 짐짓 허세를 부리고 말을 안 듣는 돼지 몇 마리를 뒤에서 밀며 걷는다. 농담도 한다. 생크루트 언덕을 오를 때는 웃음소리도 들린다. 그들이 이 순간을 마음껏 누리길. 이제 무리우에 왔다. 투생의 진실이 흔들린 그곳에 늘 굳건하게 버티고 선 성당, 꽃이 핀 혹은 다 져 버린 등나무 때문에 황금색 간판이 가려진 공증인 사무소, 그리고 내가 이 글을 쓰고 있을 방의 창문 사이였다고, 혹은 비슷한 다른 곳이었다고 상상해 보자. 장이 선 뒤 투생과 피에피에는 다른 가축 장수들과 함께 마리 자블리의 술집으로 들어간다. 피에피에는 금방 취해서 흥정을 제쳐 두고 멋대로 목청껏 떠들기 시작한다. 술꾼들 사이에서 아메리카가 나타나고, 앙투안이 씩씩하게 그 성스러운 땅을 걸어 다니며 술집에 모인 사람들을 향해 크게 손짓한다. 검은 넥타이와, 장날이나 결혼식 때에만 꺼내는 풀 먹인 깃, 농부들의 불편한 어깨에 바보같이 매달린 지난 세기의 뻣뻣하고 기이한 옷차림의 늙은 아버지는 의기양양하게 떠드는 피에피에를 뿌듯한 마음으로 말없이, 마치 대화라는 헛되고 저급한 일을 대필 작가에게 버려둔 문학가처럼 너그럽게 지켜본다. 그때 젊은이들 무리에서 빈정거리는 단호한 목소리가 들려온다. 로슈포르*에서 복무하고 돌아온, 반들거리는 군화를 신고 어쩌면 커다란 중사 견장을 단, 아마도 건방진 주아노네 아들일 것이다. 마치 현실이 직접 반들거리는 군화를 신고 시골 술집에 들어서기라도 한 듯 자부심에 취하고, 단호하고, 멋을 낸 목소리다. 그 목소리가 앙투안은 미국에 있지 않다고, 그를 자기 눈으로 봤다고 말한다. 그러니까 앙투안 플뤼셰는 부두에서 생선 파는 여자들의 야유를 받으며 두 명씩 짝을 지어 사슬에 묶인 행렬에 낀 채 레 도형장**으로 가는 배에 오르고 있었다.

---

* 프랑스 중서부 대서양에 면한 항구 도시로 식민지 지배와 노예 무역의 기점이었고 도형수 감옥이 있었다.
** 도형수들은 카리브해의 기아나, 남태평양의 누벨칼레도니 같은 해외 감옥으로 가기 전에 대서양 레섬에 한동안 수감되어 있었다.

아버지는 눈도 깜박이지 않았다. 한참 동안 몸이 굳어 버린 듯 꼼짝 않고 정면을 응시했다. 이어 손을 무겁게 움직여 모자를 썼고, 술값을 계산하고 큰 소리로 인사한 뒤 밖으로 나갔다. 술집 안에 남은 피에피에는 흥분했지만 아무도 더는 그의 말에 귀를 기울이지 않았다. 우상을 파괴해 버린 청년 주위로 모두 몰려갔다. 이에 놀란 피에피에가 내뱉는 말들은 적잖이 멍청한 술꾼이 떠드는 반향 없는 주정에 지나지 않았다. 결국 피에피에도 너무 큰 분노의 무게에 비틀거리며 바보처럼 술집을 나섰다. 이번에는 술이 부족하지도 아이들이 웃으며 놀리지도 않았지만 피에피에는 무척 슬프고 비통했다. 투생은 가축 물통 옆의 등나무 아래에서 물이 끝없이 떨어지는 맑은 소리를 등 뒤에 두고 꼿꼿이 서 있었다. 이제 투생과 피에피에가 비를 맞으며 샤탱으로 돌아가게 놔두자. 밤의 어둠이 밤나무 외투로 그들을 점점 깊이 감싸고, 피에피에는 사냥감을 쫓는 여우처럼 날카롭게 울고, 노인의 징 박힌 무거운 장화 소리가 외롭게 퍼져 나간다.

음침한 논리 때문에 더욱 진짜 같은 앙투안의 새로운 이야기가 주변 마을들에 다 퍼졌다. 요란스러운 붕괴를 찬미하고 몰락을 통해 화려함을 증대시키기 좋아하는 교묘한 험담들은 아메리카 땅을 두고 그랬듯이 도형수 감옥으로 달려들었다. 그러다가 한 이야기가 다른 이야기들의 절정, 기존 이야기들의 속편으로 느껴지기 시작했다. 다른 사람의 손으로 쓰인 속편은 더 어두웠지만 이전 이야기에 어울리는, 말하자면 필요한 속편이었다. 아메리카 이야기로 아버지는 십자가의 형벌만은 피해 갈 수 있으리라고 믿었건만, 그것은 시기상조이고 미완성인 임시변통이었다. 너무 일찍 영광을 얻고 승천하려 할 때 멋을 낸 젊은 유다가 나타나서 예기치 못한 "이 사람을 보라."*를 안겨 버렸다.

실제로 무슨 일이 일어났는지는 아무도 알지 못했다. 앙투안의 부모는, 어느 날 느닷없이 찾아온 실크해트를 쓴 남자에게 들어서 이미 알았을지도 모르지만(내가 단언할 수는 없다.) 그 실크해트의 남자가 누구였는지, 어떤 말을 전했는지는 알 수 없다. 어쩌면 앙투안은 미국인이 되어서 행복하게 살았고, 아니면 줄무늬의 죄수 모자

---

* 원서에는 라틴어 Ecce homo로 표기돼 있다.

를 쓰고 "도형수들이 마구 죽어 나가던"* 로슈포르 항구에서 더는 돌이킬 수 없이 노역을 했을지도 모른다. 혹은 어떤 순서로든 두 가지 일을 다 겪었을 수도 있다. 생마르탱드레**에서 채찍질당하며 배에 오른 뒤 아메리카대륙의 기아나로, 그 먼 땅에 가서 자신이 소중하게 읽은 『마농 레스코』에 흩어져 있던 감옥의 예언과 아버지가 믿던 이야기를 모두 완수하지는 않았을까? 아니면 릴 혹은 엘패소 변두리의 빛이 들지 않아 어둑어둑한 호텔 방에서 점원으로 혹은 서기로 일하며, 제대로 써 보지 못한 건방진 태도를 그대로 간직한 채 진부한 고독 속으로 사라졌을지도 모른다. 그게 아니라면 제대로 뭔가가 되어보기도 전에 실패한 작가, 글을 읽어 줄 사람이 없는 작가가 되어서, 만일 뤼시앵 샤르동이 물에 뛰어드는 순간에 도형수 보트랭***이 붙잡아 주지 않았더라면 치러야

---

* 오노레 드 발자크의 소설 『화류계 여인들의 영화와 몰락』(1847)에서 로슈포르 도형장을 묘사한 말이다.
** 레섬에 있던 성채이며 도형수 감옥으로 쓰였다.
*** 발자크의 「인간 희극」 속 인물로 『고리오 영감』, 『잃어버린 환상』, 『화류계 여인들의 영화와 몰락』 등에 등장한다. 도형수 감옥에서 탈출한 뒤 여러 가지 가명으로 살아가다가 『잃어버린 환상』에서 자살하려는 젊

했을 그 일을 맞닥뜨렸을 수도 있다. 내가 보기에 앙투안은 까다로운 작가가 되기 위한 모든, 거의 모든 것을 가졌다. 사랑받다가 재앙처럼 끊긴 유년기, 가혹하리만치 억센 자존심, 잘 알려지지 않았지만 타협을 모르는 수호성인, 열심히 읽고 나서 규범이 되어 버린 책들. 오늘날 말라르메를 비롯해서 얼마나 많은 작가들이 추방을 경험하고 아버지를 거부했던가. 늘 그렇듯이 유년기가 조금만 달랐더라면, 영국 소설들을 접할 수 있고 인상주의 살롱전에서 장갑 낀 어머니의 손을 꼭 쥘 수 있는 조금만 더 도시적이고 조금만 덜 가난한 유년기를 보냈더라면 앙투안 플뢰셰의 이름이 우리 기억 속에 아르튀르 랭보의 이름처럼 울려 퍼졌을 수도 있었으리라.

쥘리에트는 포기했다. 그녀는 숨을 거두었다. 두 남자는 살아남았다. 투생부터 보자면 그는 아무것도 변하지 않은 듯했다. 한 가지 계시만 받은 게 아니었기에 혹은 이단이라면 얼마든지 맞서 싸울 수 있었기에 아버지

은 시인 뤼시앵 샤르동을 살려 주며 자기 말에 무조건 복종하는 조건으로 부자가 되게 해 주겠다는 계약을 맺는다.

는 주아노의 아들이 한 말에 흔들리지 않았다. 그는 논쟁하려 하지 않았다. 밭을 지나는 발걸음은 화급을 다투는 일이라도 있는 양 더 민첩해졌고, 그가 작은 까마귀들을 향해 외치는 먼 도시들의 이름은 더 우렁차고 더 위압적이게 울렸다. 그가 부르면 먼저 떠나 버린 식구들이 상냥하게 미소를 지어 주었다. 그는 자랑스럽게 낫을 들고 있었다. 그리고 지평선을 따라 샤틀뢰 쪽으로 펼쳐지는 생장 축일과 성모 승천 축일의 불놀이를 한참 동안 바라보았다. 그 불빛 속에 스무 살 때처럼 고운 쥘리에트가 아들을 향해 밤의 어둠을 오르고 있었다.

아버지는 전설을 수정했다. 하지만 아버지를 그림자처럼 따라다니던, 아버지의 말을 대신 해 주고 아버지의 그림자였던 피에피에는 계속 버티면서 괴로워했다. 피에피에는 일요일마다 샤틀뢰와 생구소와 무리우의 술집에서 패배하고 도망치는 경험을 지치지 않고 이어 갔다. 이제 그가 마시는 포도주는 술맛 외에 다른 맛을 다 잃었고, 조롱은 다시 그의 몫이 되었다. 또다시 그 조롱을 참을 수는 없었다. 이미 한번 사람들이 그의 말을 들어 주었기에, 한순간 그가 누렸던, 지고의 말이 사람들의 찬동을 얻어 내던 맛을 경험했기에 피에피에는 청중의 변덕을, 청중이 갑자기 영영 떠나 버렸다는 사실을 감내하지 못했다. 그는 첫 술병이 덜걱거리는 탁자 앞에 말없이 앉아 울먹이면서 몽롱한 상태로 저녁까지 혼자 술을 마셨다. 누군가 장난으로 아메리카라는 단어를 입에 올리면 피에피에는 곧바로 그 말을 낚아챘고, 행복의 가면을 쓴 광대 같고 선지자 같은, 긴장한 얼굴을 들었다. 조금 망설이긴 했지만 못 미더워하는 눈길들과 포도주의 자극이 그를 부추겼다. 조급해진 그는 반쯤 일어서서 벌겋게 상기되고 확신에 찬 얼굴로 한마디 내뱉을 때마다 더욱 흥분했다. 그러다 완전히 일어서서 아들은 죄가 없다고, 먼 나라에서 떵떵거리며 살고 있다고 앙투안 플뤼셰의 영광을 선언했다. 그 순간 폭소가 터졌다. 피에피에는 숨이 막혔고, 멀리서 두 팔과 두 다리가 묶인 채 경관들에게 몽둥이질당했던 앙투안은 이제 술집 바닥에 내동댕이쳐졌다. 욕설과 주먹질이 이어지고 의자들은 넘어졌다. 등나무 향기가 진동하던 무리우에서도 그랬고, 이미 세상을 버린 쥘리에트가 잠들어 있는 바람 부는 생구소의 묘지 옆에서도 그랬고, 느릅나무가 심긴 샤틀뤼의 경사진 광장에서도 그랬다. 매번 밤이었다. 피에피에는 웅장하게 무너지고 욕설을 쏟아 내고 입속의 피와 깨진 벽토 조각과 함께 아메리카를 되씹었다. 그러다 잠이 들면 쉼 없이 부딪히는 거친 꿈속에서 투생과 쥘리에트를 보았다. 당당한 투생과 새 신부처럼 미소 짓는 쥘리에트가 마차에 올라 있고, 실크해트를 쓴 앙투안이 마부 의자에 꼿꼿이 앉아서 기쁨에 취한 얼굴로 말을 몰며 랄레제 언덕길을 전속력으로 내려갔다. 그들은 리모주로, 아메리카로, 그 너머로 달려가는 마차와 함께 사라졌다. 피에피에가 그 뒤로 곧장 달려갔지만 따라잡을 수 없었다.

이제 여름이건 겨울이건 주중의 시간은 두 남자에게 주변 여자가 다 사라졌을 때의 시간과 같았다. 엉망진창이고 뒤죽박죽이며, 유년기의 아름다움이나 취기를 잃은 채 어린애 같았다. 피에피에는 일을 하려고 크루아뒤쉬드의 오두막을 일찍 나섰지만 이미 그것은 노동이 아니라 성지 순례였고, 그의 배낭은 머리 부분이 녹슨 연장, 커다란 빵 덩어리, 짧은 끈, 아마도 갓 벗긴 나무껍질로 만든 호각 같은 순례자의 잡동사니로 가득했다. 그들은 이따금 농토로 나가서 그나마 완전히 버려두지는 않은 땅, 소 없이 일구는 밭 몇 군데에서 대단치 않은 것이나마 얻기 위해 양식이 되어 줄 양배추를 심었고 보자기에 메밀을 싸서 가져왔다. 그들은 밥때가 아닌 시간에 식탁에 앉아서 오래도록 먹었다. 호기심 때문이든 불쌍히 여겨서든 그나마 아직 그들과 교류하는 마을의 나이 든 여자 몇 사람이, 그러니까 자크맹가의 어머니들과 늙디늙은 마리 바르누이유가 창문으로 남은 햄과 흰 치즈와 채소를 건네주며 그들이 뭘 하고 있는지 살폈다. 더없이 지저분하고 온갖 물건이 뒤죽박죽 나뒹구는 길쭉한 부엌 제일 안쪽의 창문 앞에 무표정한 투생이 광풍처럼 흐릿한 윤곽의 판토크라토르*처럼 후광을 발하며 서 있고, 피에피에는 홀로 황폐한 공간을 이쪽 끝에서 저쪽 끝으로 마치 여러 명인 양 쉼 없이 뛰어다니고, 술을 병째로 마시고, 스튜를 젓고, 식탁 위의 물건을 치워서 등받이 없는 긴 의자에 내려놓거나 화덕에 가져다 놓고, 술을 연신 마시면서 빵을 자르고, 누군가의 이름을 들먹였다. 늙은 여자들은 집으로 돌아가면서 웃기도 하고, 그들을 가

---

* '모든 것을 주재하는 자'라는 뜻으로 중세 종교화에 자주 등장하는 예수의 도상 중 하나다.

없이 여기기도 했다. 그러나 그녀들조차 우리에게 그 이상을 말해 주지는 못한다. 두 남자가 무언가 의혹을 품었더라도 다른 누군가에게 드러내지는 않았을 테니, 오직 그들만의 일이었다. 그들이 승리에 취하는 것 역시 자기들만을 위한, 그들이 함께 있는 부엌과 그들의 그림자, 그들을 공격하지 않는 그 고색 창연한 장소만을 위한, 의심 많은 귀들과 공격의 말을 가득 실은 입들로부터 멀리 떨어져 있는 무해한 유령들만을 위한 일이었다. 5시가 되면 피에피에는 술잔을 내려놓고 긴 의자 위나 바닥의 부대들 사이에 쓰러진 채 머리를 박고 잠들었다. 투생은 몸을 조금 숙여서 잠든 피에피에를, 아마도 무심한 눈길로 다정하게 바라보곤 했다.

어느 날부터 어릿광대가 오지 않았다.

아마 여름이었을 것이다. 그렇다, 8월이었다. 기계처럼 무감정한 파란 하늘이 수확해 놓은 곡식과 히드 위로 몸을 숙이며 플뤼셰의 집 안으로 선명한 그림자를 드리웠다. 마을에 남은 검은 옷을 입은 늙은 여자들이 긴 하루만큼 참을성 있게 자기 집 입구에서 바깥을 지켜볼 때, 이따금 투생이 어두운 문간에서 모습을 드러냈다. 그는 드넓은 쪽빛 하늘을 바라보며 더 파란 곳으로 날아가는 까마귀들을 살폈고, 무슨 일을 혹은 생각을 하려는지 알 수 없지만 아무튼 외양간으로 들어간 뒤 희미한 빛 속에서 너무 늙어 일할 수 없게 된 소들을 바라보며 이름을 불러 보았다. 오래전에 피에피에가 소들이 끄는 마차의 끌채를 잡고 팔짝거리던 때를 떠올렸다. 투생은 다시 작은 마당으로 나와서 차가운 우물 옆에 섰다. 이제 마을의 늙은 여자들과 함께 한 번 더 그를 바라보자. 살아남은 노인의 상아색 콧수염 위로 신분을 알리는 문장 같은 프롤레타리아의 모자가 햇빛을 받아서 빛난다. 정오가 되자 그의 기다림은 그때까지 잊고 있던, 가슴 아픈 다른 기다림을 떠오르게 한다. 그는 피에피에를 자주 혼냈지만 그래도 사랑했다. 피에피에는 그를 주인이라고 부르고, 맛없는 커피를 함께 마시고, 죽은 쥘리에트를 함께 기억하고, 자꾸 변신하는 아들 곁에 고집스레 남아 주었다. 일요일마다 피에피에는 술에 절어 치욕을 겪고 얻어맞아 가며, 그러니까 산 자들 사이에서 죽은 이들과 죽은 것이나 다름없는 한 사람을 위해 고통을 치렀다. 피에피에는 눈물겨운 어린 시절을 보냈고 어른이 되어서는

더 힘든 삶을 살았지만, 타인에게서 빌려 온 기억 하나가
그를 너무도 높이 끌어올린 탓에 그 뒤로는 천사와 망령
들만을 상대하며 살았다. 그는 시끌벅적한 건국 신화 같
은 이야기에 휩쓸려서 함성을 질렀고, 그의 허약한 삶은
모든 것을 치르느라 피할 수 없었던 필연적인 순교를 맞
았다. 피에피에 데상브르는 짓누르는 태양 아래, 크루아
뒤쉬드의 가시덤불 속에 죽어 있었다.

오후 중 가장 더운 시간에 마을의 늙은 여자가 발견
했다. 피에피에는 누추한 자기 오두막 바로 옆에서 말벌
들이 모여드는 땅바닥에 얼굴을 박고 쓰러져 있었다. 머
리에 난 상처에서 오디 열매와 함께 피가 흘러내렸다. 저
녁이 되자 "나비와 꽃들이 그려진 목초지"* 향내가 피에
피에의 몸을 스치며 퍼져 나갔다. 넘어질 때 억센 가시
에 걸린 한쪽 옷자락이 마치 풀 먹인 듯 뻣뻣해져서 그
의 허약한 목 위로 더없이 고운 그림자를 드리웠다. 누군
가한테 맞았을 수도 있고, 아니면 취해서 비틀거리다가
신대륙의 칡덩굴처럼 짙고 잔인하고 무성한 가시덤불에

---

* 샤토브리앙의 『죽음 저편의 회상』에서 미국 풍경을 묘사한 구절이다.

걸려 넘어지며 이마를 돌에 아주 세게 부딪혔을 수도 있다. 아무도 알 수 없었다. 마을의 늙은 여자가 샤틀뢰에 내려가서 신고했다. 테를 두른 모자를 쓴 사람들이 왔고, 해가 기울어 이각모를 쓰고 말 위에 앉은 기병들의 그림자가 멀리 뻗어 나갈 즈음, 밤이 시작되는 그 시각에 노인은 모자도 쓰지 않고 미처 잠그지 못한 플란넬 허리띠마저 바지 아래로 늘어뜨린 채 무릎을 꿇고서 죽은 광대를 끌어안았다. 그는 거듭 똑같이 경악하며, 죽은 아이를 알아보고 힐책하면서 한없이 울었다. "투안, 투안." 누군가 시체 위로 기병 외투를 던졌다. 여전히 뜨고 있는, 더 이상 울지 못할 두 눈이 사라졌고, 외투에 달린 경기병 장신구는 엉망으로 흐트러진 가난뱅이의 머리카락을 장식했다. 바람이 불어오는 생구소의 묘지에서 노인은 시신이 흙 속에 묻힐 때까지 조용히 아들의 이름을 불렀다.

나머지 이야기는 몇 마디면 충분하다. 투생은 더 이상 누구의 이름도 부르지 않았다. 이미 많은 죽음을 겪은 그는 피에피에가 죽은 뒤에도 살아남았다. 아마도 그는 죽은 사람 모두를 섞어 버렸을 것이다. 그는 모두의 그림자를 한데 빚어서 그가 살아가도록 해 주는, 그를 덮어 주고 그에게 힘을 주는 커다란 그림자를 만들었다. 소들이 죽자 그 양순하고 느릿한 그림자도 더했다. 그렇게 많은 사람을 잃으며 숱한 그림자를 가지게 된 사람에게 몇 년을 더 산다는 게 무슨 의미일까? 투생에게 남은 것은 그가 쓰던 낫, 모든 굴레를 벗어던진 부엌의 호사, 우물, 늘 한결같은 지평선뿐이었다. 이제 아무도 앙투안 이야기를 하지 않았다. 피에피에에 대해서는 어차피 누구도 이야기한 적이 없었다.

가장 좋게든 가장 나쁘게든 아무튼 가장 인간적인 두세 명의 늙은 여자들이 무너진 판토크라토르를 만나기 위해 지하 납골당처럼 서늘한 그의 부엌을 마지막까지 찾아 주었다. 투생은 제일 안쪽에서 이끼에 덮여 빛나는 녹색의 비잔틴식 창문 앞에 똑바로 서 있었다. 때로는 진홍색의 디기탈리스가 종을 울렸다. 성모 마리아 같은 늙은 여자들이 그의 때 묻은 식탁에 오디와 딱총나무 열매로 만든 잼과 꼭 필요한 빵을 가져다 놓았다. 여자들은 올해 수확이 엉망이라고, 딸이 임신을 했다고, 술주정뱅이들이 또 진탕 마셨다고 끝없이 이야기를 이어 갔다. 노인은 가볍게 고개를 끄덕였다. 헌병처럼 진지하고 애퍼 매톡스에서 항복한 리 장군처럼 의젓한 콧수염을 기른 그는 귀 기울여 듣는 것 같았다. 그러다가 갑자기 무언가를 떠올렸다. 그가 전율하자 빛을 받은 콧수염이 살짝 떨린다. 그는 마리 바르누이유를 향해 몸을 기울였고, 교활한 표정으로 눈을 깜빡이면서 자랑스러운 속내를 털어놓듯 살짝 거드름을 피우며 말했다. "1875년에 내가 배턴루지에 있을 때……."

아버지는 아들을 이미 만났다. 아들을 확실히 껴안고서 아들과 함께 우물 테두리의 썩은 돌 위로 올라선 뒤 세차게 뛰어들었다. 한 명은 성자처럼, 또 한 명은 성자의 소처럼 웃는 눈으로 팔을 벌려 서로 껴안은 채 곤두박질쳤다. 그들의 추락이 지네들과 쓴 풀들을 쓸어 버렸고, 도도하게 잠자던 물을 깨워서 마치 어린 여자아이를 들어 올리듯 일으켜 세웠다. 아버지는 다리가 부러질 때 비명을 질렀다. 아니, 어쩌면 아들이었을 수도 있다. 시커먼 물속에서 아버지와 아들은 죽을 때까지 서로를 부둥켜안고 있었다. 그들은 한 어미의 배에서 나온 죄 없고 미련한 두 마리 고양이처럼 사실상 한 몸으로 물속에서 죽었다. 그리고 1902년 1월에 한 사람의 관에 같이 들어가서 덧없이 흘러가는 하늘 아래 땅속에 함께 묻혔다.

생구소에 바람이 분다. 세상이 거칠게 날뛴다. 하지만 세상이 겪어 보지 못한 거친 힘이 과연 있겠는가? 자비로운 고사리들이 병든 땅을 가려 준다. 그 땅에서는 부실한 밀이, 어리석은 이야기들이, 금이 간 가족들이 자란다. 거인 같고 광인 같은 태양이 바람에서 솟아오른다. 그리고 플뢰셰 가족이 잠들었듯이 잠든다. 한 이름이 살아 있는 사람과 짝을 이루지 못할 때 잠들었다고 한다. 그 이름을 말하는 것은 이제 혀 없는 입들뿐이다. 누가 바람 속에서 계속 거짓말을 하는가? 돌풍 속에서 피에피에가 소리친다. 아버지는 천둥소리를 내다가 갑자기 후회하고 바람의 방향이 바뀌면 속죄한다. 아들은 영원히 서쪽으로 도망가고, 어머니는 눈물 냄새가 나는 가을철 히드 아래서 구슬프게 운다. 모두 죽었다. 생구소 묘지에 가면 앙투안의 자리는 비어 있다. 마지막 자리다. 만일 앙투안이 그 자리에 누워 있다면 내가 누울 자리는 죽음이 어떻게 오느냐에 따라 어디든 가능하리라. 앙투안은 그 자리를 나에게 남겨 주었다. 한 혈통이 끝난 자리에 그를 기억하는 마지막 사람인 내가 눕는다. 그때가 되면 앙투안은 완전히 죽는다. 내 뼈는 누구의 것이든 될 수 있고, 앙투안의 아버지 곁에서 앙투안 플뤼셰가 될 수 있다. 바람 많은 그곳이 나를 기다린다. 그곳에 누워 있는 아버지가 나의 아버지가 될 것이다. 돌 위에 내 이름이 새겨지지는 않을 테고, 밤나무 가지들이 만든 궁륭, 요지부동으로 버티고 선 모자 쓴 노인들, 내가 즐겁게 기억하는 작은 것들이 있으리라. 그리고 멀리 떨어진 중고품 가게에 값싼 성물 하나가 있을 것이다. 메밀 수확이 좋지 않을 테고, 고지식하고 방치된 성자가 있고, 150년 전 소녀들이 떨리는 가슴으로 꽂아 둔 핀들이 있다. 나의 일족이 여기저기 숲속에서 썩어 간다. 마을들, 마을의 이름들이 있다. 그리고 여전히 바람이 있다.

외젠과 클라라의 삶

나는 내 아버지, 마치 신처럼 다가갈 수 없이 숨어 있는 그 사람에 대해 직접 생각하지 못한다. 신을 믿는 — 아마도 신앙심은 없는 — 신도처럼 천사나 사제 같은 매개자가 필요하다. 제일 먼저 떠오르는 기억은 내가 어릴 적 일 년에 한 번 찾아와서(그 이전에는 아마도 여섯 달에 한 번이었고, 처음에는 한 달에 한 번이었다.) 어김없이 내 아버지의 부재를 상기시키던 친조부모다. 일종의 의례였던 그들의 방문은 당혹스러웠고, 애정의 표지는 꺼내자마자 가로막혔다. — 두 노인이 우리가 살던 학교 사택의 식당으로 들어서던 모습이 아직 눈에 선하다. 키가 크고 두 볼이 움푹하게 팬 창백한 안색의 클라라, 조마조마한, 체념하고 받아들인, 그러나 뜨겁게 타오르는 죽음의 모습을 한 내 할머니의 얼굴에는 저승의 가면 위에 더없이 생기 있고 활기찬 표정이 펼쳐진 듯 기이한 조합이 깃들어 있었다. 클라라는 길쭉하고 가녀린 두 손을 꽉 쥐어서 앙상하게 마른 무릎 위에 얹었다. 나를 바라보며 미소 지을 때면 나이 탓에 가늘어지긴 했어도 여전히 윤곽이 뚜렷한 입술이 길어졌다. 말로 표현할 수 없는 그리움으로 흐릿해진 그 미소는 또한 여전히 젊은 여인의 예리하고 매혹적인 미소였다. 클라라의 파랗고 커다란 눈이 나를 응시할 때면 늙어 가는 기억 속에 내 모습을 영원히 새기려는 듯이 쳐다보는 슬프고 예쁘고 날카로운 눈길 때문에 나는 불안했다. 그리고 내 불안은 그 눈빛을 받는 동안 짐작할 수 있었던 것, 그러니까 그 애정이 나만을 향한 게 아니라는, 어린아이였던 내 얼굴 너머에서 가짜 아버지, 내 아버지의 얼굴을 찾고 있다는 사실 때문에 더욱 커졌다. 나는 흡혈귀 같으면서 동시에 모성을 품은 눈길의 양가성에 혼란스러웠고, 당당하고 무서우면서 매혹적인, 또한 클라라라는 색다른 이름*과 그 직업을 부르던 '지혜로운 여인'**이라는 명칭 때문에 한결 신비스럽던 할머니에 대해 내가 내린 예민한 판단 역시 나를 불안하게 했다. 무리우에 살던 시절만 해도 '지혜로운 여인'의 의미를 알지 못했던 나에게 그것은 오직 클라라 한 사람만을 지칭하는 말이었다.

　　할아버지 외젠은 클라라에게 완전히 가려졌다.—물론 클라라는 수다의 장벽과 신랄한 생색을 앞세워 남편의 입을 막고 제대로 생각하지도 못하게 해서 결국 살 수 없게 하는 아내들과 전혀 달랐다.—정말이다. 클라라로 하여금 존재감을 훨씬 두드러지게 하고 외젠을 압도하는 듯 보이게 한 것은 늘 미소 짓는, 상냥하지만 둔한 외젠의 선량한 미숙함과 클라라의 활력 넘치는 정신 사이의 심각한 불균형이었다. 게다가 놀라우리만큼 서민적인 행색에 보기 싫을 정도는 아닐지라도 못생긴 외젠의 외모는 성직자 계급의 섬세함을 지닌 할머니

---

* 클라라는 20세기 중반까지 많이 사용되지 않던 이름이다.
** 프랑스어로 산파를 뜻하는 sage-femme은 '지혜로운, 현명한'이라는 형용사와 '여자'라는 명사가 합쳐진 말이다.

의 얼굴과 ─ 물론 그 대조가 재미있기는 했지만 ─ 전혀 어울리지 않았다. 나는 외젠이라면 조금도 무섭지 않았다. 펠릭스의 친구들이 포도주를 잔뜩 쌓아 놓고 모여 앉아 있을 때처럼 외젠과 있을 때는 조금도 불안하지 않았다. 나는 "그를 사랑했다." 하지만 두 노인 중 한 명을 사랑했다면 그것은 클라라였다. 사물들을 스칠 듯 말 듯 한 눈길, 회한이 일어도 무거운 침묵으로 삭이고 부드러운 애무로 감싸 안는 눈빛, 고통이 담긴 클라라의 희미한 두 눈이 내 마음을 아프게 했다.

여기서 고백하자면 내가 어릴 적에 좋아한 사람은 모두 여자였다. 적어도 나에게 모델이 되어 줄 만한 '아버지'를 찾을 수 없었던 가족 안에서는 그랬다. 나중에 내가 다시 이야기하게 될 너무 말이 많았던 학교 선생님, 집안의 친구이던, 지나치도록 과묵하게 아버지를 대신해 주던 상상의 아버지들마저도 전부 존재감 없는 인물들이었다. 차라리 한 세대 전으로 올라가서 이전 세기의 아들, 과거의 아들이 되면 어땠을까? 내 아버지보다 한 단계 더 올라가서 아예 할아버지들로부터 아버지의 상을 찾을 수 있었을까? 아마도 나는 그렇게 했고, 지금 한 장한 장 과거로부터 태어나려고 애쓰는 이 글이 바로 그 증거일지도 모른다. 아무리 허구라 한들 더 늙는 게 기쁜 일은 아님에도 나는 정말로 그러기를 바랐다. 그런데 친가 쪽도, 외가 쪽도 지적인 측면에서 보자면 비교가 안 될 만큼 월등히 여자들이 남자들보다 나았다. 엘리즈와 펠릭스 사이에도 물론 클라라와 외젠만큼은 아닐지라도 부조화가 존재했다. 펠릭스의 상대적인 우둔함은 제대로 판단하지 못하는 상태가 아니라——내가 보기에 마지라의 외젠은 이 경우에 해당한다.——그저 어수선하고 충동적인 성격과, 피상적이고 조금 이기적이며 정돈되지 못한 감수성 때문에 판단이 흐려진 상태였다. 그럼에도 어쨌든 수다스럽고 금방 진창에 빠져 버리는 그의 사고력은 엘리즈의 민첩한 사고력과 상대가 되지 않았다.(엘리즈는 펠릭스와 반대로 결정적이고 강경한 판단을 싫어했지만 그래도 이따금 그녀의 생각은 놀랍도록 간결했다.) 마찬가지로 늙어서 퇴화한 엘리즈의 몸에는, 물론 클라라의 크고 곧은 몸이 지켜 낸 것보다는 덜 분명했지만 귀족적이고 우수에 젖은 사려 깊은 무언가가 있었다. 그리고 두 할머니는 신, 운명, 미래 같은 고귀하고 이해하기 힘든 단어들을 입에 올렸다. 그 단어들이 오늘날까지 간직하고 있기에 소리가 울려 퍼질 때면 내 마음속 귀에 들려오는 음색은 두 할머니가 새겨 둔 그대로다. 한마디로 나는 엘리즈와 클라라의 말을 '다른 귀로' 들었다. 두 할머니는 말을 잘했다. 클라라는 살짝 뽐내면서 말했고(그녀는 다소 광신자로 통했다.), 반대로 울 때조차 조심스러운 엘리즈는 농부 아낙다운 놀라운 고집으로 '그런 것'을 이야기하길 피했다. 하지만 그것은 어차피 사람들이 다 말하는, 누구에게나 해당하는 보편적인 일이므로 되레 대단해 보이고, 생각에 머무는 것이었다. 형이상학과 시는 여자들을 통해 나에게 왔다. 내 어머니의 입속에서 맴돌던, 어머니가 중등학교에서 배웠다면서 추억 삼아 읊곤 하던 라신의 12음절 시구들이 그랬고, 모호한 신앙을 지닌 내 두 할머니가 선량하고 서툴게 엄숙한 단어들로 전해 준 추상적 개념들로 가득 차 있던 신비들이 그랬다.

외젠에 대해 몇 마디만 더 해 보자. 외젠은 덩치가 크고 진지하면서 허술한, 다른 사람들의 눈에는 없는 것과 진배없고 같이 있는 사람들조차 곧 그 존재를 잊게 되는 노인이었다. 내 기억에 ─ 물론 확실하지는 않다.

그림자를 오려 놓은 듯 분명하고 부드럽게 각진 클라라와 달리 외젠에 대한 기억은 흐릿하다. ── 외젠은 등이 구부정했다. 젊을 때 왕성한 기운을 뿜내던 넓은 어깨가 나이 들면서 오랑우탄의 어깨처럼 변해 버렸다. 이를테면 '손을 쓰는' 육체노동자가 그 손을 어찌해야 할지 모를 정도로 늙어 버려서 순전히 도구로 사용되던 시절에 강하고 효과적이었던 만큼 이제 무거워진 몸을 어색하게 끌고 다녔다. 예전에 외젠은 석공이었고, 아마도 별다른 말썽 없는 민첩한 석공이었다. 정확히 말하자면, 아무 말썽도 없을 뻔했다. 내가 그에 대해 아는 얼마 안 되는 이야기에 따르면 성격이 너무 나약한 탓에 끝없이 휘둘리느라 심한 괴롭힘을 당하고 환멸과 굴욕을 오가다가 결국 절반은 얼이 빠진 듯한 상태가 되어 버렸고, 그래서 내가 익히 아는 늘 미소를 띠고 흔히 술에 취한 모습이 되었다. 물론 내가 어릴 때 외젠을 보면서 이런 생각을 한 것은 아니다. 그때 나는 외젠의 벌겋게 달아오른, 그러면서 가슴 아픈 ── 광대라기보다 무너진 리어왕 같고 지쳐서 염치를 내던진 용병 같은 ── 얼굴, 붉고 커다란 코, 코에 못지않게 굵고 커다란 두 손, 강아지를 닮은 눈

꺼풀 위의 기이한 주름살, 개구리 같은 목소리를 듣고 바라보며 다만 웃고 싶었다. 그 불안한 웃음은 아마도 비극을 돌려놓는, 불편함을 부정하는 한 가지 방식이었을 것이다. 웃고 싶다는 은밀한 욕망이 느껴지는 순간에 나는 '사랑해야 할 사람'에게 의심스럽고 심지어 놀리는 눈길을 보낸다는 게, 그 사람이 못생겼다고 노골적인 생각을 품는다는 게 너무도 심각한 잘못으로 느껴졌다. 그런 식의 불경한 생각은 보나 마나 '괴물들'의 작품이고 오로지 괴물들만이 할 수 있는 일일 테니 결국 나 역시 괴물이라는 뜻 아니겠는가. 나는 곧바로 외젠을 더 많이 사랑하겠노라 다짐했고, 그런 다짐과 함께 — 혼자서 모든 역할을 떠맡아야 하는 내면의 연극은 흔히 아직 미숙한 시기라고 일컬어지는 어린 나이의 나에게 중요한 정서적 요인이 되었다. — 불쌍하고 늙은 할아버지에 대한 애정이 마구 샘솟았다. 내 두 눈은 회개의 감미로운 눈물에 젖었고, 나는 상냥함을 겉으로 드러냄으로써 그 회개의 눈물을 완성하고 싶었다. 정말 그렇게 했는지는 잘 모르겠다.

덧붙이자면 선량한 외젠은 감상적인 사람이었다. 나는 당장이라도 울 것 같은 클라라의 얼굴을 보면서는 놀라지 않은 때가 많았지만(나에게 여자들의 눈물이란 세상의 질서에 맞는 것이고, 감기에 걸리고 비가 내리는 것과 다르지 않은, 늘 근거를 지닌 것이었다.), 반면에 두 노인이 마지라의 집에 배어 있을 낡은 냄새를 예고하는 고물 자동차에 오를 때 외젠이 쏟아 내던 남자의 울음, 술에 취한 거칠고 육중한 오열은 매번 나를 당혹스럽게 했다. 나에게는 이미 펠릭스가 진지한 감정에 목이 메거나 혹은 술을 너무 마셨을 때 흐느끼는 모습으로 익숙해진 울음, 메마르고 짧은, 시작하자마자 곧 삼켜 버리는 울음과 똑같은 것이었다. 울음이기도 하고 아니기도 했다. 두 할아버지가 그런 날이면 함께 술을 많이 마신다는 사실을 나는 벌써 알고 있었다. ── 술 한 병을 가운데 두고 마주 앉은, 제일 중요한 것에 대해서는 말하지 못하는 두 남자의 대화는 어떤 것이었을까? 내 앞에서, 또 아마도 다른 곳에서 그들은 어떤 우회로로, 어떤 희미한 단어를 사용해 가며 '사라진 사람'을 지칭했을까? 이 멜로드라마 속의 배신자이자 내 존재를 '데우스 엑스 마키나'로 삼아서 존재가 증명되는 한 사람, 자리를 이탈한 연출가이지만 그가 아니었더라면 같이 있을 일 없었을 두 노인을 술병 앞에 마주 앉히고, 할 말을 찾지 못한 채 우두커니 있게 한 바로 그 사람을 두고 자신들의 역할을 잊어버린 두 배우는 연출도, 프롬프터도 없는 무대에 서서 어떻게 했을까? 그들이 오래전에 품있던 희망, 시로의 이이를 결혼시키던, 오늘처럼 울었지만 오늘과는 다른 이유로 울컥했던, 돌아보면 아무것도 아니었던 사라진 그날의 희망을 그들은 어떤 침묵으로 피해 가고 혹은 되살렸을까? 부자연스럽고 거북하지만 선의로 가득 찬 그들의 대화가 아직도 내 귀에 들린다.

누군가 나에게 말해 주길 — 아마도 엘리즈일 것이다. — 클라라는 젊었을 때 외젠과 한 차례 영원한 이별이라고 믿으며 헤어졌다. 그러다가 "가면과 칼"*이 불필요한 소품이 되었을 때, 가면이라고는 주름살밖에 남지 않고 오직 추억만이 머릿속 긴 칼의 날을 세우게 되었을 때 두 사람은 다시 결합했다. 내 아버지는 정말로 늙은 석공의 아들이기는 할까? 외젠이 돌아왔을 때, 혹은 집에 와도 좋다고 다시 받아들여졌을 때 내 아버지가 몇

----

* 샤를 페기의 시집 『노트르담의 타피스리』 중에 샤르트르의 노트르담 성당으로 가는 순례자들을 노래한 구절에서 나오는 표현이다.

살이었는지 나는 모른다. 어쨌든 외젠은 내 아버지에게 아무 쓸모 없어서 부재하는 것이나 다름없는 아버지였다. 어쩌다 있을 때조차 몇 가지 정신적 자질이 가장 중요한 특징이던 누군가에게는 지적으로 받아들일 수 없는 본보기였으리라.—그 정신적 자질에 대해서 나는 내 아버지를 알았던 사람들이 하나같이 하던 말을, 모두가 서민이고 자기들은 갖지 못한 것을 "머리가 좋다."라는 표현으로 설명하던 증인들의 말을 믿는다. 에메가 사랑한 아버지, 혹은 그가 가족의 식탁에서 영원히 자기 앞에 놓인 곡면경을 거부하듯 증오한 아버지 외젠이 내 아버지에게 끼친 영향은 분명 간접적으로 부정적이었을 터다. 에메의 아들인 내가 그랬듯이 외젠의 아들 에메는 집 안의 남자들이 모두 부실함을, 저버린 약속이 있음을, 어머니가 보잘것없는 사람과 결혼했음을 감지했으리라. 에메의 여성적 감수성은 바로 그 보잘것없는 사람, 심장 안에서 도려내진, 눈물을 불러오는 자리, 내가 수많은 증거를 지닌 그 자리를 중심으로 형성되었고, 분명한 냉소주의 역시 그 보잘것없는 사람 속에 닻을 내렸을 것이다. 에메는 빠진 고리를 제자리로 이어 줄 실을 찾느라 인생을 소진했을 터다. 그의 몸과 그의 삶에 알코올이 침투한 까닭도 그 빈자리를 채우려는—우리가 잘 아는 충만함으로, 늘 빌려 오지만 늘 사라지는, 병 속에 원하는 만큼 아버지와 어머니와 아내와 아들을 품고 있는, 액체 상태의 금이라는 포악함으로 그 자리를 채우려는 시도가 아니었을까? 하지만 에메가 술을 마신 또 다른 이유는 자신의 의지를 구속에서 풀어 주기 위해, 안타깝게도 결코 잊을 수 없는 어머니를 향한 사랑을 떨치고 달아나기 위해서였으리라.

클라라와 외젠이 무리우로 찾아오던 슬픈 일요일들이 생각난다. 마지라는 겨우 100킬로미터 거리밖에 안 되는 곳이었지만 오전 11시에 도착해서 밤 운전을 피하기 위해 오후 5시에는 돌아가야 했다. 특히 두 노인이 어김없이 들고 오던 선물, 늙고 불안한 손들이 과장된 정성을 쏟으며 꾸렸을 온갖 잡다한 물건들이 들어 있던 상자가 떠오른다. 물건이 깨지지 않도록 공처럼 구겨 넣은 수많은 신문지 뭉치 사이로 구식 접시, 거울, 전쟁 전에 유행하던 장난감이 하나씩 모습을 드러냈고, 그 틈새에서 화장품, 부싯돌 없는 라이터, 다리 하나가 없어진 돼지

저금통처럼 이상하고 매력적인 물건이 나타났다. ─그
것은 외진 동네에 사는 가난한 두 노인이 새로 산 물건
이 아니라 원래 가지고 있던 잡동사니를 가져온 것이다.
선물 상자를 다루는 과정은 암묵적으로 정해진 의례에
따라 진행되었다. 외젠과 클라라는 도착한 뒤 차에서 내
리면서 그 상자를 꺼냈고, 집으로 들어와서는 식당 한구
석에 내려놓았다. 나는 연신 힐끔거렸고, 어쩌다 잠시 상
자를 잊어도 곧 내 눈이 다시 그 존재를 일깨워 주었다.
대부분 점심 식사가 끝난 뒤에 상자를 열었다. 빨리 보고
싶어서 안달이 난 손자를 위해 클라라는 늘 살짝 연극적
으로, 일부러 긴장과 효과를 자아내며 ─그 물건들이 대
단치 않았기 때문이다. ─ 천천히 열었다. 아마도 클라라
는 내 모습을 보는 게 재미있었고, 어쩌면 내가 조금 바
보 같아 보였을지도 모른다. 어쨌든 그날 하루 중에 바로
그때가 클라라의 눈 속에서 조금 오만한 심술이 반짝거
리는 유일한 순간이었다. 클라라는 상자 속 물건들이 얼
마나 하찮은지 누구보다 잘 알았지만 미안하다고 말하
지 않았다. 당당하면서 겸손하게 하나씩 이름을 짧게 말
했고, 최소한의 정확한 손짓만으로 낡고 이가 빠진 도자

기를 마치 오래된 작센 자기를 선물하듯 소개했으며, 낡은 보석 상자를 조심스럽게 연 뒤에는 마치 다이아몬드 거래상 같은 손가락을 뻗어서 옛날 군인들이 만든 흉한 알루미늄 반지를 가리켰다.

물론 부재하는 사람에 대해서는 누구도 이야기를 꺼내지 않았다. 암묵적이든 아니든 두 가족 사이에 조약이 맺어졌을까? 미리 무죄로 판명된 피고였던 내가 출두하기 이전에, 마치 드레퓌스 사건의 판사들이 법정에 들어서기도 전에 "그 질문은 안 된다."*라고 규정해 버린 것처럼 그들은 이미 핵심 사항에 대해 숙고한 뒤 생략하기로 합의한 것일까? 모르겠다. 하지만 그때 침묵 속에서 서로 난처해하던, 거의 성사(聖事) 의례를 치르는 듯하던 엄숙한 분위기가 무엇이었는지, 양쪽 할머니, 할아버지 들과 함께 보낸 일요일들이 어떤 순간이었는지 지금은 안다. 그것은 죽은 이를 위한 경야 의식이었다. 사

---

* 드레퓌스 사건에서 드레퓌스의 무죄를 주장하며 신문에 「나는 고발한다」라는 글을 기고한 에밀 졸라는 군법 회의를 중상했다는 혐의로 재판을 받았다. 그 재판에서 재판장이 졸라의 죄가 아닌 드레퓌스 사건과 관련한 언급을 금지하기 위해 여러 차례 한 말이다.

라진 사람의 주검이 두 가족을 모으는 유일한 구실이었다. 그들은 그의 상(喪)을 치르기 위해 모였다. 나는 가련한 두 노인이 다시 자기들만큼이나 늙은 이상한 자동차에 올라타고 출발할 때면 나의 고통과 연민이 누구를 향하는지 알지 못했다. 아마도 추위와 눈물과 어둠 속으로 사라지던, 돌아가서 온기와 휴식을 되찾을 그들의 집을 내가 알지 못했기에 더욱 가련해 보이던 두 노인을 향했으리라. 그리고 수수께끼와도 같은 죽은 이를 향했던 것 같다. 마지막으로, 사라진 이가 누구인지 감히 묻지도 못한 채 얼이 빠지고 어리둥절해하던 나 자신을 향했다. 나는 점점 커지는 그림자 속에서, 우수에 찬 내 어머니의 눈 속에서, 추위로 무릎이 벌겋게 된 내 몸속에서 그 주검을 찾았다. 내가 죽지 않았음에 놀란 게 아니라 그저 몰라서, 무한히 고통스럽고 무한히 불완전해서 놀랐다.

내가 중등학교에 들어가면서 외젠과 클라라의 방문은 뜸해졌다. 그들은 더 늙었고, 클라라가 더는 운전을 할 수 없게 되었다. 1950년대 말까지만 해도 이따금 찾아왔지만 더 이상 의례는 없었다. 그때쯤 이미 "나는 알

았다." 외젠과 클라라가 찾아와도 더는 하늘이 슬픔에 잠
기지 않았고, 자연에서 나는 모든 소리가 관에 못을 박
는 듯 들리던 시절도 끝났다. 슬퍼해야 할 죽음이 사라
졌다. 게다가 외젠과 클라라 단둘이서 오지도 않았다. 아
들, 그러니까 내 삼촌인 폴이 마지라에 다녀오는 참에 같
이 왔다. 자동차도 달라졌다. 아마도 쥐바*였으니 여전
히 구식이었다. 마치 장례차를 떠올리게 하던 이전의 이
상한 고물차는 폐차장으로 갔거나 무덤 속의 관처럼 창
고의 거미줄 아래서 잠자고 있을 터였다. 여전히 들고 오
는 상자에서 전보다 더 떨리는 늙은 손들이 똑같이 아기
자기하고 더 많이 금이 간 선물들을 꺼내 놓았지만, 이
제 나는 그것들이 서랍 안쪽에서 나왔다는 사실을 깨달
았고, 클라라 역시 내가 그 물건들 때문에 더는 흥분하지
않는다는 점을 알았다. 내 머릿속에는 다른 게 들어 있었
다. 공부를 잘한다는 사실에 취해 있던 나에게는 우스꽝
스러운 노인들보다 성적이 더 중요했다. 내 삶이 아름다
우리라고, 나는 부자가 되고 늙지 않으리라고 믿었다.

---

* 1937년부터 1960년까지 르노에서 생산한 쥐바카트르를 말한다.

나는 마지라에 세 번 가 보았고, 그중에 두 번은 클라라와 외젠이 살아 있을 때였다. 그 뒤에는 그들을 다시 만나지 못했다. 마지라의 집은 마을 한가운데에 덩그러니 놓인, 학교를 마주 보는 중심 도로변에 자리한 초벽을 바른 평범한 집이었다. 나는 그곳에서 이전에 나를 만나러 온 두 노인이 슬픔에 젖은 채 집으로 돌아가고자 비틀거리며 올라타던 로잘리*의 좌석에서 나던 냄새를 확인했다. 마지라의 집에는 시큼한 냄새, 먼지, 너무 오래된 탓에 깨끗하게 보이려는 마지막 노력조차 불가능한 형체 없는 거북함이 있었다. 나는 그곳에서 두 노인의 더없이 단순한 감정과 불가항력적인 고독을 보았다. 그들은 온화했고, 비탄 속에 죽어 가고 있었다. 내가 그 원인 중 하나임을 스스로도 알았다. 부재들이 벽을 침식해 나갔고, 과거는 메워지지 않았고, 세월만큼이나 배은망덕한 시간의 아들들인 내 아버지와 내가 온 세상을 차지해 버렸다. 늙은 두 유령에게는 모든 게 유령이었다. 그곳에

---

* 1930년대에 시트로엥에서 생산하던 자동차.

는 옛날 두 노인이 무리우로 끌고 오던 부재들, 사라져 버린 소중한 이들이 너무 짧고 너무 드물게 나타나는 것만으로는 결코 지울 수 없는 후광과도 같던 부재들이 있었다. 마지리에는 "두꺼운 부재"*의 심장이 있었고, 마지라에서 나는 그 심장이 뛰고 있음을 느꼈다. 마지라의 문을 드나드는 것은 죽은 자들뿐이었다. 눈을 휘둥그레 뜬 외젠과 클라라가 비틀거리며 일어섰고, 더는 무엇으로도 온기를 줄 수 없는 이들에게 온기를 주려는 듯 두 팔을 벌려 껴안았다. 클라라와 외젠은 단 한 번도 나를 책망하지 않았다. 나 역시 어린 자식이 아니었던가.

그날 아침, 몇 년 전부터 한번 찾아오라고 편지를 보내오던 노인들의 바람을 들어주기로 결심하고 마지라 행 기차에 올랐을 때 나는 스무 살이 다 된 나이였다. 마을에서 5킬로미터 정도 떨어진 역에 내려서 걸어갔다. 여름이었고 날씨가 좋았다. 나무 그늘 아래를 걷는 기분이 좋았다. 그렇게 걸으면서 나는 당시에 내가 많은 시간을 할애하던, 집안 좋고 학문에 관심이 많으며 상당히 큰

---

* 폴 발레리의 시 「해변의 묘지」에서 인용한 구절이다.

키에 갈색 머리카락을 지닌 여인에게 바칠 편지를 머릿속으로 써 내려갔다. 적어도 내 눈에는 유식한 척하는 가소로운 짓으로 보였지만, 어쨌든 우리는 진부한 사랑 외에 좀 더 고결한 편지를 주고받고 있었다. 나는 외젠과 클라라를 만나는 순간을 미리 그려 보며, 내 여인에게 들려줄 이야기를 지어냈다. 많은 내용을 바꾸고 거짓말을 섞어야 했으며, 거북함과 비탄과 돌이킬 수 없는 부재에 대해서는 침묵해야 했다.(그때 우리는 '존재'의 현전을 신봉했다.) 또한 외젠의 코와 눈물과 적포도주처럼 내 여인이 숭배하던 플라톤적 미의 기준으로 용납할 수 없는 독한 향취를 지닌 것들 역시 건너뛰어야 했다. 그리스 애호가를 자처하는 경박한 여인이 두 노인에게 호감을 가질 수 있도록 나는 어찌해 볼 도리 없는 그들의 늙은 얼굴에 분장을 하고, 그들의 침묵을 말로 채웠다.

　그렇게 나는 외젠과 클라라를 배신하면서 마지라에 도착했다. 집은 조금 전에 묘사한 그대로였다. 가구 위에 각기 다른 시절의 내 사진들을 한데 넣은 액자가 놓여 있었다. 클라라는 에메가 찾아와서 사진들을 보며 울었다고 했다. 그 액자와 대칭을 이루는 또 다른 액자 속에는 에메의 사진들이 있었다. 부재의 집인 그곳에서는 부재하는 한 사람이 부재하는 다른 사람을 위해 울었고, 부재하는 두 사람은 서로의 사진과 벌레 먹은 탁자들과 냄새를 매개로 소통했다. 궤짝 위에 놓인 사진들 사이로, 마치 하나의 무덤에 세워진 두 묘석 사이를 오가는 전언만큼 과시적이고 현실성을 결여한 전언이 오갔다. 그 감동적이고 을씨년스러운 대면이 이루어지는 자리로부터 멀리 떨어진 곳에서 우리 둘 다 살고 있었다. 하지만 우리는 영원히 헤어진 채로 살았다. 이 집에서 마치 저주의 부적처럼 유령끼리 만나는 순간은, 우리가 어디에 있든 한 사람이 다른 사람의 유령을 간직하고 있음을, 자신은 그 다른 이의 유령임을 환기해 주었다. 우리는 서로에게 시체이면서 또한 벽화였다. 햇빛이 황금빛 나무 액자 위에서 흔들렸던 것 같다. 나는 고개를 들었다. 7월 14일*을 맞이해, 창밖의 군청 건물 합각머리 삼각 면에는 삼색 국기가 걸려 있었다. 옆 농가의 수탉들이 울었다. 죽은 사람같이 비쩍 마른 클라라가 다정한 눈길로 나를 응시했다.

---

* 프랑스 대혁명 기념일이다.

잠시 후, 외젠이 나를 카페로 데려갔다. 여름의 광채가 퍼져 나가던 그날의 길 위에서 춤추던 외젠의 어수룩한 몸의 윤곽이 아직 눈에 선하다. 그의 손은 내 어깨 위에 놓였고 "그의 늙은 팔이 내 팔 안에 있었다."* 외젠은 나와 함께 술을 마신다는 상황이 뿌듯하면서도 실감나지 않는 듯했고, 누군가를 만날 때마다 나를 "손자"라고 소개했다. 그 말이 좋았으므로 외젠은 흐릿하고 상냥하게 한없이 되풀이했으며, 그 말을 술잔에 담아 입술로 가져가서 포도주와 함께 음미했다. 그는 내가 자신의 손자라는 사실, 그 눈부신 혈연을 좀체 믿지 못했다. 나 또한 믿지 않는다는 점을, 정확히는 별로 신경 쓰지 않는다는 점 역시 알았을 것이다. 그에게 나는 초상의 슬픔이 밴 사진들을 품은 액자이면서, 동시에 이미 조금 취해 바보같이 미소 지으며 우쭐해하는 허깨비일 수 없었다. 그래서 외젠은 기억이 떠오를 때마다 작은 소리로

* 랭보와 헤어진 폴 베를렌은 열일곱 살의 뤼시앵 레티누아를 연인이자 아들로 사랑했고, 육 년 뒤에 뤼시앵이 갑자기 병으로 죽자 그 슬픔을 노래한 시들을 시집 『사랑』(1888)에 실었다. 그중 「영혼이여, 기억하는가」에 "내 늙은 팔이 그의 팔 안에 있었다."라는 구절이 나온다.

끝없이 "손자"라는 말을 되풀이함으로써 그 기쁨을 확인
했다. 그 뒤로 외젠은 그 카페에 들어설 때마다 내가 전
에 그곳에 있었고 이제는 없음을 떠올리며 사람들에게
물었다. "봤지요?" 그리고는 늘 앗이 가고 실망만 안기는
현재를 우아한 과거 시제로 바꿔 놓으며 말했다. "내 손
자였어요." 할아버지와 나는 술을 여러 잔 마셨고, 우리
가 앉은 카운터 자리의 낡은 구리 장식은 내 기억 속에
남은 그 여름날의 모든 것과 마찬가지로 번쩍거렸다. 카
페를 나설 때 나는 어두운 취기와 밝은 태양 때문에 눈
이 부셨다.

　손들이 내 손을 꽉 쥐고, 눈길들이 애도와 애정으
로 흐려지던 그날 저녁의 일은 잘 기억나지 않는다. 아마
도 외젠과 나는 마지막으로 한 번 더 마시러 나갔고, 아
마도 클라라가 농담 섞인 힐책으로 남편을 "늙은 허수아
비"라고 불렀다. 우리 발걸음에 밤늦게까지 남아 있던 새
들이 달아났고, 머리 위에서 별들이 반짝이며 우리 그림
자의 윤곽을 땅에 새겼고, 마침 지나가던 행인이 잠시 함
께였던 우리의 그림자를 본 뒤 곧 잊어버렸다. 아를의 반
고흐 침실처럼 창문이 좁고 곰팡내 나는 작은 방에 흰색

침대 커버, 새우 비슷한 분홍색의 털 이불과 함께 내 침대가 준비되었다. 아르토가 "농부들의 낡은 부적"*이라고 묘사한 거친 수건들과 축성한 회양목이 걸려 있었다. 클라라가 가져다 놓은 꽃도 있었다. 아마도 백일초였고, 금이 간 컵에 꽂혀 있었다. ─쓸 만한 꽃병은 해마다 지치지 않고 나를 위해 가져오던 선물 상자 속으로 하나씩 사라졌다. 아침에 클라라가 들어와서 나를 깨웠고, 내가 눈을 뜨자마자 100프랑짜리 지폐 한 장을 손에 쥐여 주었다. 클라라는 학생이던 나에게 무엇이 제일 부족한지 알았기에 바로 아침 햇빛과 함께 그것을 주었다. 그리고 빙그레 웃었다. 그 순간 무언가가, 사건에 가까운 일이 일어났다. 내 기억에 따르면 그랬다. 지난 꿈속에서 내가 명예를 만끽하고, 멋진 사랑의 욕망을 채우기라도 한 걸까? 햇살을 보며 너무 기뻤던 걸까? 잠이 덜 깬 탓에 그림에서 본 다른 방의 기억과 헷갈린 채 그 방에서 눈을 떴음이 행복했을까? 아무튼 내 정신 속으로 한 줄기 빛

───────────

* 작가이자 연극 이론가인 앙토냉 아르토가 『반 고흐, 사회가 자살시킨 사람』(1947)에서 고흐의 그림 「아를의 침실」 속 벽에 걸린 수건을 묘사한 말이다.

이 파고들었고, 설명할 수 없는 강렬한 감정이 나를 사로잡았다. 나는 흥분 상태로 두 팔을 벌려서 스스로도 놀랄 만큼 진심으로 아침 인사를 했다. 몇 년이 흐른 지금 생각해 보면 그날 하루가 밝아 오던 그 순결한 순간이야말로 내가 기쁜 마음으로 클라라를 사랑한 유일한 순간이었다. 클라라는 그 환희의 순간만큼은 슬픔에 짓눌리지 않은, 유령이 아닌, 내가 그렇고 다른 모두가 그렇듯이 고통과 기쁨으로 빚어진 그대로의 존재였다. 그 명철한 순간에 나는 그녀를 내 아버지의 부재에 눌려 마음을 도려낸 사람으로 느끼게 했던 치욕감을 밀어냈다. 그때 나에게 클라라는 부재하는 신으로 이어지는 통로도, 불길 혹은 부재를 영원히 태우는 제단도 아닌, 그저 맞서 싸우고 이해한, 쓰러졌다가 다시 일어선 노인이었다. 클라라는 나를 세상에서 가장 자연스럽게 사랑했다.

나는 도취의 기분을 이어 가고 싶었다. 옷을 입는 동안 모든 사물을 따뜻하게 바라보았다. 적나라한 색채들과 단단하고 강인하고 단호하고 영속할 것 같은 꽃잎이 있던 그 방에 백일초도 있었다. 열린 창문 너머 비잔틴 성상 같은 황금빛 지평선 위로 녹색과 파란색의 세상이 다가왔다. 누구도 존재를 의심할 수 없는 장엄한 태양이었다. 하지만 성찬이 펼쳐진 세계의 환상은 내가 누렇게 바랜 사진들이 있는 아래층으로 내려가는 순간에 사라졌다. 천사들은 먼 황금빛 속으로 날아가고, 종착점이 얼마 남지 않은 두 노인을 포함해서 죽음을 피할 수 없는 인간들끼리 남았다. 내 아버지는 없었다. 나는 그날 저녁에 곧바로 마지라를 떠났다.

그리고 다른 해 여름, 아마도 이듬해 여름에 다시 마지라에 갔다. 그때도 날씨가 좋았다. 내가 운전을 하고 어머니가 옆자리에 앉았다. 우리는 밀의 무게에 눌려 시들어 가는 시골 한가운데에 엄숙하게 서 있는 로마네스크 성당의 분위기에 대해, 내가 어릴 때 읽은 아동 소설의 삽화에서처럼 초록색 바탕 속에 홀로 있는 철교에 대해 신나게 이야기하며 유쾌해했다. 길이 아주 큰 곡선을 그리며 철교를 따라갔다. 그런데 그날 오후 마지라에서 보낸 시간에 대해서는 아무것도 기억나지 않는다. 이전의 작은 방과 액자 속 사진들도 본 기억이 없다. 두 노인이 집에 있었는지조차 잘 모르겠다. 나는 내가 마지막으로 본 두 노인의 손짓이 어땠는지 기억하지 못한다. 마지막 말도 영원히 빼앗겼고, 작별 인사도 거센 바람의 커튼 뒤로 날아가 버렸다. 비틀거리고 애통해하며 문 앞에 서서 배웅하던 두 노인의 모습을 다시 추억하는 일은 결코 없을 테지만, 그래도 그들은 온전히 무덤에 들어간 뒤에도 나의 배은망덕한 기억 속에 여전히 친절하고 힘차게, 길이 완전히 꺾이며 숲에 삼켜지기 전부터 눈물 때문에 흐릿해진 손자의 차가 사라질 때까지 손을 흔들던 모습으로 남아 있다.

외젠은 1960년대 말에 세상을 떠났다. 그의 죽음이 어떻게 왔는지, 날짜가 언제였는지 알지 못하지만 나는 자꾸 1968년 봄이었다고 생각한다. 그때 나에게는 늙은 술꾼의 마지막보다 더 시급하고 고귀한 다른 관심사가 있었다. 낭만적인 아이들이 불행을 연기하는(자신들도 나중에 깨닫겠지만 그중 일부는 정말로 불행했다.) 포템킨호의 앞쪽 선루를 재현한 무대에서 나는 주인공 배역을 맡았다. 그해 5월*의 뜨겁게 이글대던 달콤함, 그 5월 신문

* 1968년 5월은 파리의 학생들을 중심으로 기성 체제의 권위주의에 맞선 자유와 성 해방 등을 주장한 사회 운동이 일어난 때다.

의 표제 기사들이 우리의 자만심에 아첨하는 것 못지않게 빠르게 우리의 욕망을 채워 주던 여자들에게 불어넣은 열기, 나에게는 그것들이 한 노인의 죽음보다 더 가까이 느껴졌다. 게다가 그때 우리는 너도나도 가족을 증오했다. 아마도 내가 브루투스로 분장하고 세상에서 가장 엄숙하게 절대자유주의를 주장하는 상투적 문구들을 낭송하던 그날, 늙은 광대의 피는 흐름을 멈추었다. 그리고 그 어느 때보다, 술에 취했을 때보다 더 붉은, 수천 병의 술에 맞먹는 죽음의 취기에 젖은 붉은 승리의 가면을 만들고 마침내 아무도 흉내 낼 수 없는 임종을 펼치며 심장으로 되돌아갔으리라. 클라라 혼자 이웃의 도움을 받아서 풀치넬라*의 시신을 묻었다. 외젠은 개처럼 죽었다. 내 죽음도 다르지 않으리라고 생각하면 위안이 된다.

몇 년 뒤에 클라라가 입원했다는 전갈을 받았다. 노령으로 인한 질병 때문에 고생하던 그녀는 더 이상 초벽을 바른 작은 집에서 유령들과 지내고 싶어 하지 않았다. 아마도 다른 사람들이 구급차 뒷자리에 실어 준 낡은 여

---

* 이탈리아 희극 코메디아델라르테에 등장하는 전형적 인물로 못생긴 농부 혹은 하인이다.

행 가방에 약간의 소지품을 넣어 갔을 테고, 옛날 내가 합승 마차처럼 생긴 낡은 차에서 맡았던, 지금도 기억나는 냄새를, 그리고 사진들에 담겨 있는 부재를 가져갔을 것이다. 클라라는 내 어머니에게 보낸 편지에서 내가 한번 들러 주길 부탁했다. 나는 가지 않았다. 편지는 그 뒤에 몇 차례 더 오고 나서 더는 오지 않았다. 편지가 끊긴 뒤에도 어머니와 나는 클라라가 살아 있음을 알고 있었다. 클라라가 나한테는 한 번도 편지를 보내지 않았다. 나는 더 이상 아이가 아니었다. 나는 이미 외젠의 유해를 따라가기를 거부했고, 클라라가 죽어 가는 동안 찾아보지 않았다. 그때 나는 내 유년기를 부인하는 중이었다. 수많은 부재가 유년기에 새겨 놓은 공백을 한시라도 빨리 채우고 싶어서 당시 유행하던 멍청한 이론들을 받아들였고, 그것을 무기 삼아 나보다 더 크게 부재의 고통을 겪는 이들을 공격했다. 그때 나는 사막이었고, 그 사막을 말들로 채우고 글쓰기의 베일을 엮어서 내 얼굴의 휑한 눈구멍을 가리고 싶었다. 하지만 성공하지 못했다. 아무리 채우려 해도 고집스레 버티는 종이의 공허가 세상을 오염시키며 모든 것을 낚아채 버렸다. 승승장구하는 부재의 악령이 여태껏 다른 많은 애정을 방해했듯이 내가 사랑하던 늙은 여인의 애정을 가로막았다. 나는 클라라에게 편지를 쓰지 않았고, 그녀는 나에게서 아무것도 얻지 못했다. 예전에 클라라가 지치지 않고 집요하게 선물 상자를 고물 자동차에 싣고 와서 우리 집 식당 구석에 내려놓았듯이 나는 맛있는 과자가 든 상자를 보냈어야 했다. 그러나 클라라는 단 한 번도 받지 못했다. 그리고 결국 숨을 거두었다. 어느 환한 아침에 백일초가 타오르는 작은 방에서 기분이 밝아진 청년이 기쁜 마음으로 아침 인사를 건네던 때를 그녀가 삶의 마지막에 한 번은 기억했기를.

시부모의 무덤을 찾아가는 어머니를 따라서 마지막으로 마지라에 갔다. 내가 왜 같이 갔는지는 기억나지 않는다. 그때 나는 아무런 욕망도 품을 수 없는 상태였다. 무너지는 중이었다. 이유는 나중에 말하겠지만 그때 나는 호언장담하듯 세상이 나에게서 모든 것을 앗아 갔다고 외치면서 세상이 하는 일을 내 손으로 완성하려 했다. 나의 배들을 모두 불태웠고, 술에 빠져 허우적대면서 알코올에 정신을 취하게 하는 온갖 약물까지 집어넣었다.

나는 죽어 갔다. 나는 살아 있었다. 마녀의 가마솥에 빠진 채 부재하던 나는 늘 그렇듯이 아무도 없는 무덤 앞에 섰다. 아, 가련한 혼령들이여! 미친 척하는 덴마크 왕자라도 나만큼 어리석게 정신이 나가 있지는 않았으리. 당신들이 누워 있는 땅 앞에서 허구의 죽음 속에 있던 나는 맨드락스*를 삼키려고 주목 뒤에 숨었다. 흔들리는 내 머리 위로 비에 흠뻑 젖은 나뭇가지에서 물이 쏟아졌다. 나는 어느 대리석 묘석에 앉아 입가에 행복한 미소를 띤 채 어렴풋한 손짓으로 빗물을 닦았다. 당신들의 유해에 인사하러 간 그날에 대해 내 기억에 남은 것은 이게 전부다.

아니, 거짓말을 했다. 다른 기억이 하나 더 있다. 어머니와 나는 할아버지가 나를 데려가서 행복해했던 카페에 갔다. 그날 만난 먼 친척이 어머니와 따뜻한 데 들어가서 이야기를 나누고 싶어 했기 때문이다. 나는 비틀거리고 행복해하며 두 여자를 따라갔다. 그리고 말과 복장이 모두 보잘것없던 그 여인에게서 내 아버지가 알코

* 1960년대에 처음 합성되어 진정 수면제로 사용된 메타콸론의 상표명 중 하나다.

올 중독의 마지막 단계까지 갔고, 아마도 약물에마저 중독되었다는 말을 들었다. 소리 없는 나 혼자만의 섬뜩한 웃음이 내 정신을 뒤흔들었다. 부재하는 내 아버지가 내 안에 있었다. 무너진 내 육신 속에 그가 살고 있었고, 그의 손이 내 손과 함께 탁자를 부여잡았다. 내 안에서 그가 마침내 나를 만나고 전율했다. 벌떡 일어서서 토하러 달려간 것 역시 내 아버지였으리라. 지금 외젠과 클라라의 초라한 이야기를 마무리하는 것 역시 내 아버지일지도 모른다.

바크루트 형제의 삶

어머니는 아직 어린 나를 기숙 학교에 들여보냈다. 가혹한 처사는 아니었다. 그때는 다들 그렇게 했다. 중등학교는 멀었고, 자주 다니지도 않는 기차는 운임마저 비쌌다. 게다가 바깥의 공기와 자유가 가르칠 수 있는 것이란 일찍이 지겨워지고 단조롭게 느껴지는 몇 가지 핵심적인 동작뿐이라고 믿는 사람들이 보기에 세상 만물의 이치를 배우는 영광스럽고 늘 새롭고 항상 발전적인 과업을 수행하려면 마땅히 로마 가톨릭의 수도원 같은 칩거 생활을 감수해야 했다. 나 또한 이미 오래전부터 마음의 준비가 되어 있었다. "네가 기숙 학교에 가게 되면……." 나에게 기숙 학교는 어른이 되기 위한, 내가 원하기만 하면 주어질 행복과 영광에 이르기 위한 과정이었다. 하지만 단순히 과정만은 아니었다. 그곳에서 보낸 칠 년* 동안 라틴어는 내 자산이, 지식은 내 본질이 될 테고, 다른 학생들은 내가 싸워 이겨야 하는, 물론 내가 이길 테지만 어쨌든 경쟁자가 될 것이었다. 또한 내가 청할 때마다 어머니가 낭송해 주던 라신의 이해하기 어려운 문장들, 하나하나 다르지만 동등한, 개별적인, 마치 시계추의 운동처럼 어떤 하나가 규칙적으로 다른 하나를 덮어 버리는, 하루의 끝이 아닌 어느 먼 목표를 위해 협력하는 문장들에도 다가가게 될 테고, 그 목표가 무엇이며 모든 파도가 어느 해변을 향해 가는지 알게 될 것이었다. 번듯한 친구도 생기지 않겠는가. 내가 말하면 우리, 그러니까 나와 친구들 중 나는 희열에 젖고 친구들은 나를 향한 존경심에 젖어서 자신들의 언어 주변을 방황하는 동안, 내가 그 언어의 중심에 살고 있다는 사

---

* 프랑스의 교육 제도는 초등 교육 오 년, 중등 교육(중고등학교) 칠 년으로 이루어진다.

실을 깨닫게 되지 않겠는가. 이 모든 것을 위해 유폐라는 대가를 지불해야 했다. 그것은 무엇보다 어머니를 볼 수 없다는 뜻이었고, 어머니와 함께 부드러운 언어의 주변을 방황하는 시간이 끝났다는 의미였다. 그리고 운명이 마련한 좀 더 어두운, 뚜렷이 드러나지 않았지만 내가 보기에는 확실한 또 다른 보상이 나를 전율하게 했다. 몇 년 전에 내가 꾼 꿈 때문이었다. 구름 한 점 없는 하늘 아래 할아버지가 높은 벚나무에 올라가서 버찌를 따고 있었다. 할아버지는 노래를 흥얼거렸고, 나는 나무 아래 서서 탐스럽게 맺힌 버찌를 탐욕스럽게 쳐다보고 있었다. 내가 할아버지를 불렀다. 할아버지가 돌아보고 머리를 조금 숙이면서 나를 향해 빙그레 웃었고, 그러다가 발을 헛디뎠다. 할아버지가 천천히 떨어지는 동안 나뭇가지가 꺾이고 버찌 열매들이 한가득 쏟아져 내리며 흩어졌다. 할아버지의 몸이 내 눈앞에서 부서졌다. 그래도 나한테 빙그레 웃어 보였다. 저토록 다정한 할아버지에게 왜 이런 일이 일어난단 말인가. 나는 흐느꼈고 소리를 질렀다. 어머니가 왔다. 나는 할아버지와 할머니 없이는 못 사는데 둘 다 이미 늙지 않았느냐고, 언제까지 살 수 있느냐고 물었다. 어머니는 처음에 대답을 회피했지만 다시 자러 가고 싶은 마음에 아직 어린아이인 나를 안심시키고자 나에게는 한없이 멀게 느껴질 훗날을 제시했다. 네가 중등학교에 가게 되면. 어머니가 말했다. 나는 잊지 않았다. 중등학교에 간다는 것은 곧 죽음이라는 결정적인 소멸로서 확인 가능한 시간 속으로 들어간다는 뜻이었다. 그렇게 나는 면책 특권이 사라지고 악몽이 실현되는 시기, 죽음이 존재하는 시기에 다가섰다. 지식을 향한 나의 욕구는 시신들을 밟고 나아간 셈이다. 두 가지는 분리될 수 없었다. 물론 펠릭스와 엘리즈는 내가 중등학교를 마친 뒤에야 죽었지만 그때도 나는 어떤 점에서 아직 '기숙생'이었다. 나는 어머니와 떨어진 뒤에도 사물들을 껴안지 못했다. 언어는 여전히 비밀이었고, 나는 그 비밀을 손에 넣지도, 지배하지도 못했다. 세상은 어린아이의 방이었고, 매일 나는 더 이상 별다른 기대도 없이 '공부를 시작해야' 했다. 다른 가능성은 배우지 못했다.

어머니는 10월의 어느 날에, 내가 나비가 되어 나오리라고 결심한 마법의 집으로 나를 데려갔다. 학교가 자리 잡은 언덕 위의 밤나무들이 잎을 떨구고 있었다. 빛바랜 벽돌과 화강암을 번갈아 쌓은 높은 건물이었고, 검은 슬레이트 지붕의 윤곽은 어두운 검은 하늘에 묻혀 있었다. 그 건물은 내 눈에 여러 모습으로 나타났다. 직각이고, 치명적이고, 신전처럼 내부가 뚫려 있고, 창기병이나 기병들의 병영 같기도 했다. 내가 아직 이름을 혼동하던 판테온이나 파르테논이 바로 그런 모습일 듯했다. 상상의 존재이기는 하지만 게걸스러운 오래된 괴물, 어머니를 앗아 가고 열 살 된 아이를 세계의 모상(模像)에 내던지는 지식이라는 괴물이 도사린 곳. 그래서 바람도 잎을 잃은 밤나무들 사이에서 요동치고 있었다.

오후 내내 입소 절차가 이어졌다. 어머니는 세탁장과 공동 침실과 자습실을 분주하게 오갔다. 벽장들과 침대에 내 이름이 붙어 있었다. 나는 그곳이 너무 낯설어서 어리둥절했다. 잔뜩 겁을 먹고 또 겁먹었음을 창피해하던 내 자리는 여전히 앞서 걸어가는 여자들의 치마 속이었다. 나는 그리로 달려가서 다시 어린애가 되고 싶었다. 나에게 주어진 특권을 정작 겁이 나서 별로 사용하고 싶지 않았고, 그냥 포기하고 싶었다. 하지만 조심성 없이 서툴기만 한 다른 사내아이들이 같이 있는 자리에서 차마 그럴 수는 없었다. 저녁이 되어 어머니와 헤어졌다. 내 마음은 어머니와 함께 달려가서 집으로 돌아가는 동력 객차*에 올라탔고, 이내 무리우에 도착했다. 그런데 나는 그곳에 없었으므로 슬펐다. 내 무거운 몸은 여기서 무얼 하고 있는가. 야간 휴식 시간에 나는 운동장으로 내던져졌다. 깜깜한 운동장에 거센 바람이 불면서 달빛을 받아도 새까맣고 구겨진 이상한 종이들이 날아올랐다. 하얗고 유령 같고 부엉이를 닮은 신문지들이 아주 약한 바람만 닿아도 밤의 어둠 속에 떠다녔고, 소용돌이치며 바닥으로 침몰했다. 너무 보잘것없는 소멸의 광경 앞에서 나도 무너졌다. 나는 눈물을 흘렸고, 흐르는 내 눈물을 감췄다. 어리숙한 다른 신입생들 역시 운동장을 둘러싼 지붕 덮인 통로에 가만히 서서 눈을 크게 뜨고 더없이 허약한 신문지가 떨어지는 어둠의 우물을 멍하니 바라보고 있었다. 머리 위에서 수직으로 비추는 노란 불빛 때문에 아이들은 더 작고 더 고립되어 보였다. 그저 작

* 기관차가 객차를 끄는 기차 이전에 사용되던, 객차 자체에 동력이 탑재된 철도 차량이다.

은 손짓밖에 하지 못했고, 주머니에 든 펜나이프를 만지
작거리거나 바보처럼 느릿느릿하게 새 손목시계를 들여
다보았고, 한 걸음 옮기려다가 재빨리 포기하고 슬그머
니 몸을 숙여 밤 한 톨을 주워 들었고, 그 밤으로 뭘 할
지 망설이며 신기하게 생긴 껍질을 살짝 주물러 보다가
학생복 주머니 속에 넣은 뒤 더는 밤 생각을 하지 않았
다. 어떤 아이들은 베레모에 가려서 얼굴이 보이지 않았
고, 또 어떤 아이들은 너무 긴 옷 때문에 체구가 작은 노
인처럼 보였다. 아이들은 자신이 멍청하다는 사실을 알
았고, 자기들 동작 하나하나가 무능해 보이리라고 짐작
했다. 모두 마음이 무거웠다.

　이따금 멀리 어둠 속에서 상급생들이 몰려나와 여
기저기 움푹 팬 운동장을 기병처럼 달려갔다. 앞 단추를
풀고 뒤로 돌려 입은 학생복이 기병의 망토처럼 펄럭였
고, 한쪽으로 기울여 쓴 베레모 때문에 용맹스러워 보였
다. 그들은 이상한 차림새를 과장하고 추한 모습을 우아
하다고 주장하면서 정말로 그렇게 입고 다니며 그 옷을
자랑스러워하고 다른 사람이 되는 법을 배운 터였다. 학
생복을 입는 요령만 익히면 누구든 그 안에 위대한 몬

느* 씨의 조끼를 감출 수 있었다. 멋쟁이들은 기세등등 했다. 그들은 한 어린 학생을 둘러쌌고, 그 어린 학생은 쏟아지는 저속하고 달콤한 질문들과 웃음 앞에서 점점 더 당황한 채 어쩔 줄 몰라 했다. 그런 사악한 전차가 어떻게 끝날지는 뻔했다. 어린 학생은 분노하며 저항하거나 울음을 터트리는 수밖에 없었고, 그중 어느 쪽을 택하든 구타가 돌아왔다. 분수를 모르고 반항한다고 화내는 척하며 벌을 주거나, 혹은 계집애처럼 약해 빠졌다면서 따귀를 날렸다. 자습 감독관들은 모든 일을 세상의 질서라 여기며 모르는 체했다. 괴롭히던 큰 아이들이 돌아간 뒤 어린 학생은 코를 조금 훌쩍이고 땅바닥을 뚫어져라 쳐다보면서 모자를 고쳐 썼고, 주머니 속에 들어 있던 밤을 꺼냈다. 아이는 갈색 껍질이 너무 단단한 데에 한 번 더 놀랐고, 갈라진 자리 없이 매끄러운 밤알의 부피감이 마음을 채워 주자 고통스럽게 그 충만함에 빠

---

* 알랭 푸르니에의 소설 『위대한 몬느』(1913)의 주인공 오귀스탱 몬느를 말한다. 몬느는 다른 소년들에게 미지의 세계에 대한 동경과 모험을 심어 주는 인물이며, 소설에서 화자가 학생복 안에 비단 조끼를 입은 몬느를 보고 놀라는 대목이 나온다.

져들었다. 모든 게 그랬다. 불투명한, 들여다볼 수 없이 닫힌, 읽어 낼 수 없는 거대한 대의명분에 복종했다. 눈 먼 바람이 잎사귀들을 껴안고 흔들어 대며 밤송이들을 뜯어낸 뒤 바닥에 떨어뜨려 깨트리고, 옷을 벗겨서 세상에 내어놓는다. 눈 없는 밤알이 그대들의 눈 아래서 조금 달려가다가 멈춘다.

내 차례가 왔다. 저항과 눈물이라는 두 가지 방어를 하나씩 시도해 본 뒤에 나는 어디서 멈춰야 하는지 깨달았다. 운동장 세 면을 둘러싸고 지붕 덮인 넓은 통로를 닮은 공간이 내 슬픔을 맞이했다. 발걸음이, 어두운 희열이 나를 바람이 제일 거세게 들이치는 쓸쓸한 곳으로 데려갔다. 그곳에는 우리 키보다 높은 — 아마 그 너머로는 학교 건물 뒤편 밤의 어두움 속에 나무딸기와 개밀이 자라는 경사진 들판이 펼쳐져 있을 — 담이 있었고, 그 위로 바깥세상의 공기가 제멋대로 휘몰아치며 밀려들었다. 난간 없는 계단으로 이어진 아주 넓지만 몹시 낡은, 먼지가 까마득히 짙게 뒤덮인 유리문 하나가 약간의 바람에도 흔들리며 소리를 냈다. 빛이라고는 계단 입구에 매달린 전구 불빛뿐이었고, 유리문을 지나면서 희미해진 그 불빛은 운동장을 둘러싼 지붕이 끝나는 곳에서 사라졌다. 차가운 빗줄기가 떨어지기 시작했다. 무거워져서 더는 날아다닐 수 없게 된 신문지들이 바닥에서 물에 머금고 그대로 떵이 되었다. 그곳에 다른 신입생 한 명이 팔짱을 끼고서 바람을 맞으며 서 있었다.

그는 베레모를 쓰지 않았다.(그런데 지금 내가 그곳 아이들이 쓰고 있었다고 주장하는 베레모가 정말로 내 유년기의 것인지 아닌지 자신할 수 없다. 오래된 책에서 읽은, 더 가난하고 더 어둡고 더 끔찍하게 미련스러운 이들에게 해당하는 것을 그곳 아이들에게 씌우면서 일부러 그들과 나를 늙게 만들고 있는 건 아닐까? 그렇게 우리를 함께 땅에 묻고 있는 것이 아닐까? 잘 모르겠다.) 아이의 이마에서 똑바로 뻗은 숱 많고 억센 곱슬머리, 붉은 기운이 도는 금빛 머리카락이 관자놀이와 목덜미 근처에서 바짝 짧아졌다. 희미한 불빛은 이마 위의 머리카락만 겨우 비추었고, 밤의 어둠에 가려진 얼굴에서는 약간 볼록하게 튀어나온 턱 위의 연한 반점밖에 보이지 않았다. 그의 자세에서, 정면을 응시하는, 아마도 어둠 속에서 나를 바라보는 눈길에서 나는 이상한 결의를 감지했다. 그는 학생복 위에 같은 다

갈색의 소매가 아주 짧은 스웨이드 재킷을 입었고, 주머니는 안에 뭐가 들었는지 불룩하게 일그러져 있었다. 나는 아이들이 꾸준히 모아 두곤 하는, 그 주머니에 들어 있을 골동품과 부적들이 부러웠다. 그런 잡동사니를 모으는 일은 이른바 자연법칙에 못지않게 치명적인, 어차피 두 법칙 모두 알 수 없기는 마찬가지지만 나이가 들수록 명백해지는 자연법칙과 반대로 점점 더 의심스러워지는, 마치 암호 같고 불규칙한 법칙들을 따른다. 나는 그 아이를 더 지켜볼 수 없었다. 큰 아이들이 우리를 덮쳤다. 그들은 이미 나를 충분히 괴롭혔음을 기억하고는 그대로 지나갔다. 그리고 조용히 서 있는 아이에게 달려들었다.

단조로운 시련이 시작되었다. 아이는 달아나려 했지만 큰 아이들이 금방 따라잡았다. 둘러선 아이들 위로 빗줄기가 쏟아지며 푸르스름한 후광이 생겼다. 나는 조심스레 떨어져 서서 귀를 기울였다. 무언가 문제가 생겼다. 누군가의 목소리, 다른 목소리들처럼 빈정대거나 꾸며 낸 목소리가 아니라 정말로 화가 나고 격분해서 야단치는 목소리가 쩌렁쩌렁하게 울려 퍼졌다. 다른 목소리들은 아마도 놀랐는지 아니면 굴복했는지 곧 조용해지고, 거칠게 내지르는 고독한 목소리만이 남았다. 그 목소리가 내뱉는 말의 의미는 조금 전에 내 눈물을 끌어냈던 밀과 다르지 않았다. 지극적이고 괴상망측한 질문들, 심문하듯 캐묻는 억지들, 빠져나갈 길 없는 경고들, 모두 같았다. 하지만 그의 말에는 가학적 즐거움이 들어 있지 않았다. 건성으로 행하면 행할수록 점점 더 증폭되는 지배력이 없었다. 어조에 부합하는 마음이 들어 있지 않거나 혹은 너무 많이 들어 있었다. 그 마음이 말하는 것은 오랫동안 고문당한 사람이 마치 사랑에 지친 연인처럼 자기를 너무 오랫동안 신음하게 한 형틀과 고문 도구를 그대로 써서 복수할 순간을 상상하는, 그러나 그 사용법을 알지 못해 흥분한 손이 떨리고, 그러느라 손에 든 것을 떨어뜨리고 마는, 그러니까 고문 집행관의 표정 없는 눈길 앞에서 혼자 흥분한 채 헛되이 소리만 질러 대는 이의 무력하고 격정적인 분노였다. 그런데 분노를 받는 작은 아이는 고문 집행관처럼 무표정하지 않았다. 그의 큰 턱이 떨렸다. 하지만 그와 마주 서서 조금 내려다보는 다른 큰 턱도 떨렸다. 똑같은 빗줄기 혹은 똑같은 눈물이 두 아이의 얼굴에 흘러내렸다. 어둠이 거칠게 앗아 간 두 얼굴, 번개가 번쩍하는 순간에 잠시 드러난 똑같이 창백한 두 얼굴 위로 바람이 불어와서 똑같이 덥수룩한 머리카락을 일으켜 세웠다. 두 아이는 그렇게 거울 놀이를 하면서 괴로워했다. 그들은 형제처럼 닮았다.

큰 아이가 악을 쓰는 소리가 점점 커지더니 작은 아이를 때리기 시작했다. 심술궂은 주먹을 짧게 날리며 주먹에 온몸의 무게를 실어서 때렸다. 자습 시간을 알리는 종이 울려도 주먹질은 잦아들지 않았다. 전자 벨 소리가 끝없이 이어졌지만, 별똥별처럼 단조롭고 갑작스럽고 날카로운 전자음이 빗소리, 바람 소리와 화음을 이루며 울려 퍼지는 내내 큰 아이는 계속 가치 없는 말, 누구도 알아들을 수 없고 오직 자신에게만 외치는 말을 이어 갔고, 목이 쉬고 몸을 움직일 수 없게 하는 폭풍 같은 침묵을 침울하게 즐겼다. 그때 무언가 완벽한 일이 일어났다. 우리는 벨 소리에 응답했고, 작은 아이도 우리를 따라오는 데 성공했다. 우리가 멀어지는 동안 큰 아이는 잠시 더 가만히 서 있었다. 더는 아무 말도 내뱉지 않고 증오에 찬 손짓도 가라앉았다. 그의 눈길은 다가오는 밤의 어둠에 부딪히고 흘러내리는 빗줄기에 섞여 들었다. 내가 학생복 냄새에 뒤섞인 채 자습실 앞에서 줄을 서고 있을 때 마침내 그가 걸음을 뗐다. 처음에는 천천히 움직였고, 이어 뛰는 모습이 보이지 않았지만 어둠 속에서 비에 젖은 땅 위를 달려 3학년 자습실로 달려가는 발소리만은 들렸다.

지금도 바크루트 형제를 생각할 때면 나에게 그들을 데려온 그날의 비, 힘 빠진 전구 불빛 때문에 노란색을 띠었던 그날의 바람이 떠오른다. 형제 중 동생은 당시 우리가 좋아하던 멍청한 놀이, 그러니까 밤송이를 실에 꿰어서 똑같이 실에 꿴 다른 밤송이를 부서뜨리는 일종의 기마창 시합에서 뛰어난 실력을 보였다. 그 아이가 망가진 병사 인형, 색칠한 호두, 커다란 열쇠, 나중에는 여자 사진까지, 그야말로 보잘것없는 수집품들을 정성스럽게 펼쳐 놓던 자습 시간도 생각난다. 그의 목소리, 변성기 전의 목소리도 기억난다. 형 바크루트는 5월의 태양이 내리쬐는 운동장에서 이를 악물고 삐쩍 마른 몸으로 부자연스럽고 능란하게 폼*을 쳤다. 나는 그가 밤나무에 기댄 채 말없이 멍하니 서 있는 모습을 그려 본다. 똑같이 말없이 멍하니 서 있는 나무의 회색 껍질 속에 회색 학생복의 윤곽이 지워진 상태로 그는 입속의 깨진 치아를 혀끝으로 훑었다. 그러다가 갑자기 고함을 질렀고, 나는 다시 한 번 포석 위에 서서 그의 맹목적인 분노를 지켜보았다. 바크루트 형제는 학년이 바뀌어도 장소를 바꾸어 가며 서로 으르렁댔다. 이 땅에 아직 남아 있는 한 명은 아마도 얼굴로 다가오는 숨결을, 주먹으로 옆구리를 치는 바람을 여전히 느낄 테고, 구름이 데려가 버린 가벼워진 형제 앞에서 다시 한 번 주먹을 치켜들고 경계 자세를 취할 것이다. 어쨌든 두 형제 모두에게 해당하는, 그들의 망토와도 같은 상징은 바로 비가 퍼붓던 그날 밤이다. 가장 아름다운 유년기가 끝나던 그 시작의 밤, 형제가 분필처럼 하얀 얼굴로 영원히 고정되어 버린, 겨울을 향해 흔들리며 나아가던 그 가을날이다.

형제는 겨울에서 왔다. 질퍽하고 고집스러운 이름

---

* 중세 때부터 행해진 공놀이로 테니스의 전신이다. 처음에는 손바닥(폼), 이어 장갑을 끼고 치다가 라켓을 사용하게 되었다.

그대로다. 그들의 먼 조상은, 물론 누구이든 상관없지만 아무튼 먼 조상은 플라망인이었다. 얼굴 생김새, 얼굴에 드러나는 영혼이 정말 그랬다. 말하자면 중세, 흙, 요컨대 플랑드르의 광기가 낳은 길 잃은 자식들이었다. 내 기억은 형제를 그 북쪽으로 끌고 간다. 그들은 반 고흐의 초기 그림처럼 거대한 회색을 띤 하늘 아래 이탄 습지, 바다가 지나가는 광활한 황무지, 매립지, 알 작은 감자가 가득한 땅을 걸으며 서로를 찾는다. 형은 크레셀*을 앞세운 나병 환자 혹은 「이카로스의 추락」**의 전경에서 밭을 일구는 헐렁한 갈색 바지의 농민 같고, 더 어리고 더 멋 부리는 동생은 남이 입던 것 같은 촌스럽고 후줄근한 옷 위에 스페인식 목주름 장식을 달고 톨레도 검을 찬 바타비아 사람 같다. 이미 말했듯이 형제는 얼굴이 백묵처럼 하얗고, 당장 부서질 것 같은 그 얼굴에 돌처럼 단단한 턱이 돌출되어 있다. 하를럼 프로테스탄트들

---

* 바람개비 형태의 나무를 돌려 소리를 내는 놀이 기구로 중세 때는 행인들에게 나병이나 흑사병 환자가 지나가는 것을 알리기 위해 사용했다.
** 16세기 플랑드르 화가 피터르 브뤼헐의 그림으로 물에 빠진 이카로스의 다리, 밭을 가는 농부, 하늘을 올려다보는 양치기 소년, 물가에 앉아 낚시질하는 사람이 그려져 있다.

의 높고 음침한 모자가 어울릴 청교도주의적 창백함이다. 그 아래로 지옥의 얼음을 계속 응시하면서 자신이 보는 모든 것에 그 얼음을 옮겨 놓는, 델프트 도자기 같은 푸른 눈빛에서는 음산한 광기가 흐른다. 분노라고 하기에는 너무 창백하고, 기쁨이라고 하기에는 너무 고집스레 짙은 눈썹은 아무것도 표현하지 않는다. 그러나 떨리는 입을 보면 눈물을 참고 있음을 알 수 있다. 이제 전설의 브라반트를 떠나자. 형제가 서로 드잡이하며 다시 어린아이가 되게 하자.

동생인 레미 바크루트는 나와 같은 반이었다. 그는 명랑하지만 비사교적이었고, 이따금 그 명랑함에 균열이 생길 때면 광기에 가까운 무관심의 밑바닥을, 보는 사람으로 하여금 공포를 불러일으키는 독단적인 비탄을 드러냈다. 어느 봄날 저녁의 자습 시간이 생각난다. 레미 바크루트는 내 앞쪽, 해가 저물 즈음 열린 창밖으로 밤나무들이 내뱉는 숨결이 올라오는 창가 자리에 앉아 있었는데, 꽃향기처럼 사납고 뜨거운 더벅머리는 그 숨결 속에 잠겨 있었다. 당시에 그가 모으던 물건들은(그는 수집품을 수시로 바꾸었다. 어떤 게 좋아지면 먼저 가지고 있던 것을 싫어했고, 때로는 예기치 못한 연결점을 찾아내서 짝을 짓기도 했다.) 낚시찌, 파리, 미끼, 포악한 낚싯바늘에 다는 밝은색 깃털 등 낚시에 쓰이는 자질구레한 것들이었다. 책상 위에 서류철을 세워서 상징적으로 가린 뒤, 수집품을 모두 꺼내 늘어놓고는 한참 동안 바라보며 이따금 물건들의 순서를 바꾸기도 했다. 심사숙고하는 표정으로, 처음에는 머뭇거리는 듯하다가 마치 체스 경기에 열중한 사람처럼 서서히 그 느림 속에 자신감을 불어넣었다. 자습 감독한테 들키면 모두 압수되었다. 그러면 잠시 뿌루퉁했다가 곧 수많은 우회로가 달린 스웨이드 재킷 속에 너무도 교묘하게 숨겨 놓은 태양 빛깔의 날개가 달린 아름다운 파리 한 마리를 꺼냈고, 파리를 손바닥에 놓고 바라보면서 저녁 햇빛에 조금씩 달라지는 모습을 관찰했다. 그러다 갑자기 석회 같은 얼굴이 더 딱딱해지면서 가령 흐느낌처럼 목쉰 소리로, 도발도 원한도 담기지 않은, 오히려 흥분과 희생이 담긴 소리로 모두에게 들릴 만큼 크게 짧은 웃음을 터트리고는 가느다란 빛살을 창밖으로, 이미 밤으로 넘어간 나뭇가지들 사이로 던졌다. 자습 감독이 와서 따귀를 갈겨도 마치 수레에서 떨어진 돌이 거친 길 위를 굴러갈 때처럼 그의 얼굴에는 아무런 반응도 끼어들지 않았다.

당시에 G 중등학교에는 학생들을 괴롭히는, 반어적으로 아킬레우스라는 별명으로 불리던 라틴어 교사가 있었다. 전사의 위용이나 맹렬함 따위는 눈곱만큼도 찾아볼 수 없는 그가 옛 미르미돈족의 매혹적인 왕자와 공유하는 특성이라고는 큰 키와 호메로스의 언어를 구사하는 능력뿐이었다. 아킬레우스는 덩치만 클 뿐 볼품없는 생김새였다. 무슨 병 때문인지 머리카락과 수염, 눈썹이 없었다. 머리에는 가발을 썼지만 모든 털이 자취를 감춘 얼굴에서 고통스럽게 나신을 드러내는 눈길까지 가릴 수는 없었다. 사실 아킬레우스의 얼굴은 감추기 힘들었다. 흡사 세습 귀족 같은 강인한 얼굴, 무너진 관능으로 무거운 얼굴 위에 위엄 있게 자리한 큰 코와 여전히 싱싱한 분홍빛 입술은 외려 눈에 띄었다. 그런데 그 건축물에는 뭔가가 아주 조금 부족했고, 그 결여 때문에 마치 목소리가 무너진 늙은 카스트라토처럼 더없이 우스꽝스럽고 병적이고 연극적인 얼굴이 되었다. 그는 곧게 서서 걸었고, 복장에도 신경을 썼으며, 짧은 애가를 좋아했다.

그러나 베르길리우스의 시도 그의 입에서 나오면 우스꽝스러워졌다. 그가 교실에 들어서자마자 학생들은 웃음을 터뜨렸고, 심지어 1학년 학생들도 얌전히 있지 않았다. 그는 허락된 우스꽝스러움의 한도를 넘어섰고, 스스로 그 사실을 알았다. 운명이 조롱하듯 그에게 정신력과 선한 심성을 부여했지만 어울리는 몸은 없었으므로 그런 장점 역시 무용지물이었다.

바크루트 형제 중 동생이 아킬레우스를 가장 심하게 괴롭혔다. 아킬레우스는 레미 바크루트의 입에서 나온 지극히 과격한 모욕과 심한 웃음으로 일그러졌다. 그래도 동요하지 않은 채 수업 중에 다루는 작가들에게 몰두했고, 라틴어 어미들을 굴절시켰으며, 칠판에 로마의 일곱 언덕 혹은 카르타고 항구의 정박지를 그렸다. 그러는 동안 그의 등 뒤에서 음란한 운율들이 신과 영웅의 이름을 변질시켰고, 한니발의 코끼리는 서커스의 동물이 되었으며, 세네카는 광대로 전락해서 더는 어떤 것도 신뢰할 수 없었다. 아킬레우스는 이미 겪을 만큼 겪었다. 로마는 오래전에 바바리안들에게 점령당했으며, 카이사르는 자기를 향하는 단도 뒤에 선 아들의 눈을 알아보지 않았던가. 그리고 이미 얼마나 많은 에우리디케를 잃었던가. —수업이 끝날 때까지 한 시간도 남지 않았다. 이따금 아킬레우스는 넌더리를 내며, 하지만 필사적으로 침착함을 유지하면서 원형 경기장 아래로 내려갔다. 그리고 손 닿는 곳에 놓인 것을 향해 처량하게 손을 뻗어 휘둘렀다. 그런데 그가 따귀를 날리면 학생들은 더 흥분했다. 우리 모두 아킬레우스를 부서뜨리는 데 각자의 몫을 해냈지만 최후의 사형 집행, 마지막 결정타는 대부분 레미 바크루트의 차지였다. 우리 모두 레미의 말이 아킬레우스에게 깊은 타격을 입힌다는 사실을 알고 있었다. 아킬레우스는 씰룩거리거나 혹은 한참 동안 운율을 낭송하던 입을 갑자기 다물며 바보처럼 가만히 숨도 잘 쉬지 못했다. 레미 바크루트는 모든 소극(笑劇)의 지휘자였다. 그 목적을 위해 레미는 몸을 사리지 않고 고약스러운 어린 목청을 최대한 쥐어 짜내며 알아들을 수 없는 우둔하고 저열한 말들을 쏟아 냈다. 전부 자기 집 농장에서 주위들은, 혹은 겨울의 일요일 저녁이면 겁먹은 아이가 술집 입구에 서서 술 취한 아버지에게 그만 집에 가자고 조르던 동안에 배운 말들이었다. 레미 바크루트가 그러는 데는 이유가 있었다. 아킬레우스가 형 롤랑 바크루트를 좋아했기 때문이다.

롤랑은 레미와 전혀 달랐고 그러면서도 무척 비슷했다. 그는 레미 못지않게 사리에 맞지 않았지만 레미가 흡사 부랑아처럼 겁 없이 떠들고 다소 음울하고 터무니없는 야유를 퍼부음으로써 친구들의 숭배를 받는 것과 전혀 달랐다. 롤랑의 별난 행동은 좀 더 순수하고 거칠고 초라했다. 그에게는 잡다한 장식도 현란한 수집품도 선동적인 광채도 없었다. 아이들한테 통할 만한 점도 빼길 만한 점도 관객을 끌어모을 만한 점도, 잘 웃는 아이들을, 다시 말해 모든 아이들을 자기편으로 데려올 만한 매력도 없었다. 롤랑 바크루트는 책을 읽었다. 책을 읽는 동안 어린 깡패처럼 이마를 찌푸리고 이를 악물고, 환멸 때문인지 입을 삐죽였다. 18세기의 어느 자유사상가가 세심하게, 하지만 즐거워서가 아니라 오로지 해내겠다는 목표만으로 그 일을 한다는 양 앞에 놓인 희생자의 사지를 하나씩 잘라 냈듯이, 롤랑은 지속적이고 필연적인 환멸을 통해 책에 묶이기라도 한 것처럼 자기가 읽고 있는 책장을 증오하면서 열정적으로 한 꺼풀씩 그 껍질을 벗겨 나갔다. 자습 시간이 끝난 뒤에도, 식당에서도 그 환멸의 작업에 매달렸고, 저녁 휴식 시간에마저 지붕 덮인 시끄러운 안마당 한쪽 구석의 밤나무 앞에, 마치 그 나무와 함께 뿌리를 내린 듯 의연하게 서서 『쿠오 바디스』나 녹색 총서*의 다른 고대 사극이 안기는 고문을 감내했다. 그는 주먹이 셌다. 누가 공격할 것 같으면 곧바로 주먹이 나갔다. 그때 역시 환멸에 젖어 있기는 마찬가지였지만 그래도 다른 때보다 명랑한 상태로 달려들었다. 우리는 그의 우스꽝스러운 사악함과 늘 찡그린 얼굴을 보면서 매번 웃고 싶었지만 그러지 않았다. 롤랑 바크루트는 책을 읽었다. 그는 지붕 덮인 곳을 따라가다가 제일 끝에 있는, 그의 으르렁대는 모습을 내가 처음 지켜보았던 그늘진 곳에서 멀지 않은 작은 도서관으로 가던 도중에 동생과 마주쳤고, 그러면 형제는 걸음을 멈추고 흡사두 마리의 고양이처럼 음흉하고 사납게, 세상에 귀를 닫아 버린 채 서로를 향해 이를 갈았다. 때로 그냥 지나칠때도 있었지만 보통은 서로 붙잡고 얼굴에 거친 주먹을

---

* 아셰트 출판사에서 1923년부터 출간한 고학년 아동과 청소년 대상의 도서들이다.

갈기곤 했다. 나는 바크루트 형제가 생프리스트팔뤼스의 가난한 농가에서 어떻게 같이 일요일을 보냈을지 궁금했다. 그들이 간신히 빠져나온 그 마을은 장터우로 가는 길에 위치한 바위 많은 고원의 황무지 땅으로, 얇은 화강암들을 흉갑처럼 두르고 있었으므로 히드와 샘들로 분홍색 기운과 시원한 공기를 더하더라도 약간의 흔적조차 남지 않았다. 그곳에서 『살랑보』를 읽는다는 게 왠지 희극적이었다. 그 땅에서 수집할 수 있는 것이 축적 불가능하고 영원히 변하지 않는 계절, 아버지가 퍼붓는 욕설, 가축 머리 외에 더 있을까. 아예 수집이라는 개념마저 탄생할 수 없으리라. 그나마 어느 겨울날 저녁 6시, 신기루 같은 희미한 등잔불 아래 막 짜낸 커다란 양동이에 담긴 우유가 튀고, 책과 팽이 같은 형제의 물건들이 뒤죽박죽 놓여 있는 탁자의 광경은 쉽게 그려졌다. 나는 창문 너머 어둑해지는 거친 땅 위에서 형제가 쉬지 않고 서로를 찾고, 다가와서 알아보고, 껴안더니 다시 서로를 때리는 모습을 보았을 어머니처럼 쉬이 그들을 볼 수 있다. 부르튼 입술로 쓰라린 눈물을 흘리는 경건하고 상처 입은 어린 사제들, 그들이 검은 전나무에게, 처음 날아오르는 올빼미에게, 그 올빼미를 향해 땅바닥에 붙은 채로 짖어 대는 개에게 주먹질을 한다. 전나무들 사이로 수염을 출렁이는 늙은 바람은 형제 중 누구한테 더 호의적인 눈길을 보냈을까? 누군가 형제 중 하나를 선택하고 다른 하나를 부서뜨렸다. 혹은 더 잘 부수기 위해 선택했다. 그 한 명이 누구인지 우리는 여전히 알지 못한다.

아킬레우스는 부실한 삶들에 열정을 기울이며 명예를 걸게 하는 기이하고 처량한 변덕에 사로잡힌 채 형 바크루트에게 애정을 쏟아부었다. 늙은 학자는 종이 울리고 지옥의 고문 같은 시간을 벗어나면 자기 다리 사이로 도망치며 괴롭히는 장난꾸러기들한테 아랑곳하지 않고 늘 점잖은, 늘 느린, 마치 어떤 고요한 몽상으로 인해 마비된 듯한 걸음걸이로 학교 안마당을 가로질렀고, 그 순간 우연을 가장한 가짜 우연으로 롤랑이 나타날 때가 많았다. 바로 앞이 아니라 몽상에 젖은 아킬레우스가 지나가는 길 옆쪽으로 몇 미터 떨어진 곳에서 말이다. 그들은 그렇게 만났다. 그러면 멀리 어른이 교실에서 (아마도 짓궂고 행복한 미소를 감추면서) 나오며, 아이 역시 환멸을 안기는 지루하고 긴 소설을 읽으며, 그들은 서로에게 곁눈질을 했다. 서로가 나타날 줄 알았기에 전혀 놀라지 않았음에도 매번 마지막 순간에야 알아챈 척했고, 예기치 못하게 마주쳤음에 놀라는 시늉을 했다. 아킬레우스는 걸음을 멈추고서 갑자기 명랑해진 목소리를 높이며 다가갔고, 얼굴을 붉히는 아이의 어깨에 무거운 손을 얹고는 다정하게 불퉁거렸다. 그는 참을성 있게 약간은 빈정거리고 야단치듯 어떤 책을 읽고 있느냐고 물었다. 롤랑이 중얼거리며 조금 창피한 듯 들고 있던 책의 제목을 서툰 몸짓으로 보여 주면 아킬레우스가 놀란 눈을 크게 뜨고 뒤로 물러서면서 어깨에 얹은 손을 연극처럼 과장되게 떼어 내며 롤랑을 쳐다보았다. 늙은 카스트라토의 얼굴에 도저히 못 믿겠다는 찬탄의 표정이 깃발처럼 나부꼈다. 그는 고대 언어들의 벼락같은 생략에 익숙한 잘 조절된 목소리로, 거센 바다 위에 그토록 오랫동안 울려 퍼지면서 더 힘차고 더 높아진 목소리로 "쿠오스 에고!"*를

---

* Quos ego. '누구를'과 '내가'라는 뜻의 라틴어로, 로마 시인 베르길리우스의 서사시 『아이네이스』에서 바다의 바람 때문에 화가 난 넵투누스가 한 말이다. 완성되지 않은 문장으로 생략을 통해 의미를 전달하는 돈절법의 예이며 흔히 "감히 네가." 정도의 위협을 담고 있다.

외치는 넵투누스처럼 우렁차게 무슨 말인가를 했다. 아마도 "정말 대단하구나! 놀랍구나. 벌써 플로베르를 읽는 거냐?" 같은 말이었으리라. 그러면 아이의 얼굴이 더부룩한 머리털 색깔로 달아오르고, 굵은 턱은 웃음과 눈물 사이에서 망설였다. 아이의 굼뜬 두 손안에서 너무도 소중한 책, 끔찍하고 이중적인 책이 짓누르듯 무거워졌다. 그렇다, 읽기 잘했다. 힘든 것을 참아 낸 보람이란 바로 이 순간이 아닌가. 털이 없는 어른과 머리털이 덥수룩한 아이가 합심해서 잠시 같이 걷는다. 그러고는 저기 어두운 복도 쪽으로, 식당을 지나 주방 냄새가 운동장까지 새어 나온 곳으로 멀어져 간다. 아킬레우스는 이따금 걸음을 멈추더니 눈썹 없는 눈이 던지는 위엄 있는 칭찬의 눈길이 아이의 얼굴에 더 잘 가닿도록 뒤로 두 걸음 물러섰다. 그는 플로베르 이야기를, 애정을, 혹은 알 수 없는 무엇인가를 되씹으면서 수프 냄새 속으로 사라졌고, 어리둥절한 도취 속에 남은 아이는 조금 거닐다가 다시 앉아서 책을 펼쳤고, 그 내용을 이해하지 못했다.

아킬레우스와 롤랑 바크루트의 놀라운 우정은 몇 차례의 해가 지나도록 단 한 번도 흔들리지 않았다. 나중에

는 아예 아킬레우스가 롤랑의 후견인이 되었고, 매주 목
요일*과 일요일 2시경에 학교로 데리러 오면 롤랑은 그
의 집으로 따라가서 오후 시간을 보냈다. 아킬레우스는
자식이 없었다. 나는 한 번도 본 적 없는 그 아내의 모습
을 충분히 짐작할 수 있다. 그녀는 맛있는 케이크를 구울
줄 알고, 인내심이 강하고, 우스꽝스럽게 생긴 남편을 흔
들림 없이 내조했다. 예전에는 남편이 너무 못생겨서 속
상하고 아마도 비통한 마음으로 남몰래 탓하기도 했을
테지만, 누구나 똑같이 우스꽝스러운 모습을 띠게 되는
나이에 이른 뒤로는 어떤 것이든 연민의 미소와 명랑한
기운으로 대할 수 있게 되었다. 그렇다, 그것은 너무도 잦
은 공격에 시달려 본 사람들, 구닥다리 수녀들이나 술을
좋아하는 늙은 여자들에게서 찾아볼 수 있는 기이한 명
랑함이다. 어쩌면 아킬레우스는 자기가 가르치는 로마 작
가들과 로마의 운명 때문이 아니라, 그에게까지 번진 아
내의 명랑한 기운 덕분에 살아갔을지도 모른다. 아이들이
야단법석을 떠는 동안에도 어쩌면 그는 바로 그 명랑한

---

* 프랑스의 학교는 주중에 하루, 수업이 없다. 1972년까지 목요일마다
쉬었다.

기운에 젖어 있었을 수도 있다. 나는 아킬레우스와 롤랑이 오후 시간에 무엇을 했는지 알지 못한다. 하지만 어느 목요일에 우리가 포메유 거리로 '산책'을 나갔을 때 — 줄을 서서 자습 감독에게 이끌려 가는, 기껏해야 우리 폐가 혜택을 누리는 음울한 나들이였다. — 나는 아킬레우스와 롤랑이 숲속 오솔길을 천천히 걸어서 사라지는 모습을 보았다. 그림 속 천국처럼 나뭇가지들이 높은 아치를 만드는 "우아한 음악이 가득 찬 나무 아래서"* 두 사람은 마치 박사들처럼 열띤 토론을 했다. 아킬레우스가 손짓을 하며 무언가를 말했고, 청교도적인 아이는 얼굴을 찌푸리며 그 말을 가로막았고, 그러면 아킬레우스가 다시 말했다. 외투를 펄럭이게 하는 가을바람이 그들의 박식한 말과 조금은 우스꽝스러운 형이상학을 날려 보냈지만, 그 바람은 너무도 다정했기에 아무 말도 듣지 못하는 나뭇잎들이 두 사람 위로 사이좋게 몸을 숙였다. 줄지어 걷던 학생들 틈에서 레미가 고통스러운 눈길을 던졌다. 그 눈길은 승마로를 따라 작은 다리 두 개가 놓인 곳까지 달려

---

* 앞에 나온 베를렌의 시 「영혼이여, 기억하는가」에서 인용한 구절이다.

갔다. 입이 욕설을 내뱉으며 빈정거리기 시작할 때 아마
도 레미의 마음은 두 사람 곁에 가 있었으리라.

그런데 이것은 고학년 때, 바크루트 형제가 더 컸을
때의 이야기나. 그 전에는 책들이 있었다. 언제부터인가
아킬레우스가 롤랑에게 책을 선물했다. 책장이 몇 장 없
어진 처량하고 후줄근한 플루타르크의 저서들, 무기력하
고 낡은 고전 주해서들이 들어 있던 어깨끈 달린 큰 가
방에서 새로 포장한 데다 리본까지 묶은, 라틴어 선생의
추하게 늙은 손과 전혀 어울리지 않는 책들이 나왔다. 그
렇게 쥘 베른의 책이 나왔고, 당연히 『살랑보』가 있었고,
삭제판 미슐레*도 있었다. 미슐레의 삽화에서는 쩨쩨한
모자를 쓴 루이 11세가 공손하고 오만한 생드니**의 수
도사들이 내민 두꺼운 편년지 위로 고개를 숙이고 있었
고, 그 곁에 왕의 총애를 받던 '악인' 이발사***가 빈정거

---

* 19세기 역사가 쥘 미슐레는 열일곱 권에 달하는 『프랑스사』를 썼고,
그중에서 중세의 마지막 권이 여기서 이야기되는 『루이 11세와 용담공
샤를』이다.
** 첫 파리 주교인 생드니의 이름을 따서 7세기 메로빙거 왕조 때 지어
진 성당 수도원으로 프랑스 왕족들의 유해가 잠들어 있다.
*** 루이 11세의 이발사였던 플랑드르 출신 올리비에 네케르는 왕의

리는 눈길로 수도사들을 쳐다보았다. 몇 장 더 넘기면 나오는 다른 삽화에서는 해쓱한 남자들과 짐승들이 유령이 나올 법한 숲으로 도망쳤고, 루이 11세가 죽도록 미워한, 가련한 부르고뉴의 용담공*이자 아낌없이 힘을 써버리고 흥분도 잘하는 우아한 샤롤레**의 돈키호테가 수많은 전투 뒤에 맞이한 마지막 전투 이튿날에 "옷 벗긴 채 얼어붙은" 수많은 시체 사이에 누워 있었고, 부르고뉴와 브라반트의 깃발이 거창한 문장들과 함께 땅에 떨어진 채 뒹굴었다. 동토에 엎드린 공작이자 백작인 그의 살과 코와 입이 단단한 얼음 속에 낀 탓에 시신을 수습하기 힘들었다. 제국을, 그리고 재앙을 그토록 고집스

총애를 받으며 정치력을 키웠다. 플랑드르어로 '물의 악령'을 뜻하는 '네케르'라는 이름 때문에 루이 11세가 귀족 작위와 함께 르댕(le Dain)이라는 새 이름을 내리기 전까지 '악인(Mauvais)'이라는 별명으로 불렸다.
* 발루아 왕조 시대에 부르고뉴 공국은 플랑드르까지 손에 넣으며 프랑스에 맞섰다. 특히 마지막 공작인 용담공 샤를은 프랑스 왕과 동등한 왕국을 넘어 신성 로마 제국의 위상까지 꿈꾸었지만, 1475년 루이 11세의 지원을 받은 로렌의 르네 2세와의 전투에서 연달아 패한 뒤 로렌의 도시 낭시를 탈환하기 위한 1476년 1월 5일의 낭시 전투에서 전사했다.
** 부르고뉴 지역의 백작령으로, 부르고뉴 공작 샤를은 샤롤레의 백작이기도 했다.

레 갈망하던 자, 목적을 이루기 위해 그토록 많이 말에 오르고 계략을 짜고 포위하고 군중을 희생시킨, 절망스럽게 이어진 패배들 뒤에 끝내는 포도주에 절어 지내고 이제는 스러져 버린, 그 맹렬한 의지를 지녔던 인물의 살덩이를 옛 로렌의 늑대들이 게걸스레 뜯어 먹었다. 사람들이 찾아 나섰고, 1477년 주현절의 맹추위 속에서 이틀 동안 버려졌던 그를 찾아냈다. 오직 용담공 샤를의 이발만 맡고 정치에는 개입하지 않았던 또 다른 이발사가 사람들 몰래 눈물을 흘렸고, 삽화에 달린 설명에 따르면 그 도살장에서 몸을 숙인 채 "아, 나의 어진 주인님!"이라고 절규했다. 옛 연대기 작가들도 이발사의 말을 전했으니 그는 정말로 그렇게 말했을 터다. 그의 입김이 작은 구름을 만들며 곧 사라졌지만 우리는 기적적으로 그 말을 들었다. 샤를 공의 시신은 낭시에서 "고운 리넨에 싸여 조르주 마르키에즈의 집 뒷방"으로 옮겨졌다.* 왕들이 왔고, 오랫동안 그를 추격하는 일을 존재 이유로 삼게 했던 방종한 형제로부터 드디어 해방된 왕들은 그의 유해

* 용담공 샤를의 유해는 전쟁에서 승리한 로렌 공국의 르네 2세의 뜻에 따라 낭시로 옮겨져 전시되었다.

를 바라보며 자신들 중에서 가장 뛰어났던 부분의 소멸을 기렸다. 이토록 완전한 추락을 그린 장면 앞에서 롤랑은 무슨 생각을 했을까? 그는 그 그림을 자주 쳐다보았다. 내가 보고 싶다고 하자 예상했던 바와 달리 순순히 보여 준 적도 있었다. 이미 관련된 글을 읽었기에 그림의 내용을 알고 있던 롤랑은 처음엔 조심스럽게, 곧 싸우는 듯 통명스러운 말투로 해설해 주었다. 심지어 자기는 누가 용담공의 부하이고 누가 자유 도시 낭시의 시민인지, 또 누가 부르고뉴의 군대고 누가 플랑드르에서 온 군사인지, 분명 삽화가가 의도하지는 않았을 테지만 아무튼 아주 작고 적절한 단서들로 구분할 수 있다면서 멋대로 해석까지 덧붙였다. 그에 따르면 앞쪽이 새의 부리처럼 튀어나온 투구를 쓴 사람이 공작이고, 남작은 그보다 장식이 적은 투구를 쓰고 있다. 그리고 제일 뒤쪽, 눈 내리는 밤이므로 창기병인지 검은 버드나무인지 알아보기 힘든 형체들, 말처럼 보이는 것들과 깃발을 매단 긴 창을 든 군사들이 뒤섞여 있는 곳은 부르고뉴의 주인이친 최후의 방진이다. 그에 따르면 그림에서 부르고뉴 공작은 제일 앞쪽에 시체로 한 번, 하늘 가까이에 또 한 번,

두 번 나타난다. 이틀 전에 죽은 모든 이가 하늘 문 앞에서 추위에 떨며 갑옷을 갖춰 입고 투구의 얼굴 가리개를 내린 조르주 성인*이 나타나길, 투구 꼭대기 장식에 후광이 비치고 목에 황금 양털을 감은 성인이 눈물 흘리며 꽉 껴안아 맞아 주고, 따뜻한 포도주 냄새가 감도는 원탁 앞으로 데려가 주길 기다렸다. 이런 놀라운 상상, 비상식적이고 주술에 가까운 치밀한 논증을 펼치는 동안에 롤랑은 얼굴을 찌푸렸다. 그는 모든 것을 알고 있었지만 바로 그 때문에 고통스러웠다. 아무리 노력해도 영예를 끌어낼 수 없었다. 그의 광포한 주석에는 해석의 공포랄까 선험적인 고통 같은 것이, 오류를 범하거나 무언가 빼먹고 있다는 끔찍한 확신이, 그가 무엇을 하든 아무도 믿지 못하게 하는, 그러니까 그의 무능함에 대한 쓰라린 믿음이 있었다. 롤랑이 책 속에서 본 자기 모습은 순종하는 법밖에 모르는 보잘것없는 병사, 용맹하고 담대한 공작을 제 손으로 죽인 뒤 지옥에 떨어지리라는 확신에 떨면

---

* 로마 제국의 속주인 팔레스티나의 리다 출신으로 로마 군대에서 복무하던 중 배교를 강요당하다가 순교한 게오르기우스 성인의 프랑스 이름이다. 성화들 속에 백마를 타고 칼이나 창을 든 기사의 모습으로 그려진다.

서 반대로 하늘의 상을 기다리는 영광스러운 부르고뉴 군사들의 그림자 속에 몸을 숨긴 비루한 스위스 보병*이었다. 그래서 평소에 롤랑은 자기가 읽는 책들에 대해, 다시 말해 자기가 저지르는 기만에 대해 거의 말하지 않았다. 이제야 생각해 보면 롤랑이 그 그림에 대해, 살육 당해서 이제 더는 누구의 질시도 받을 일 없는 '사촌 형제'에 대해, 배신자 형제가 플레시스레투르**의 성에 혼자 남아 성스러운 성탑의 거대한 그림자가 후회와 환희를 신고 머리 위로 무너져 내리는 느낌 속에서 편년지를 읽는 동안 어느 보잘것없는 한 인간이 눈물 흘리며 죽음을 슬퍼해 주던 일에 대해 말한 까닭은, 그러니까 그에 대해 무언가를 고백한 이유는 바로 그 이야기 속에 책만으로는 다 말할 수 없는 정화되고 고귀한 언어로 쓰인

---

* 기록에 따르면 스위스 용병들로 이루어진 로렌군의 승리가 확실시될 때 부르고뉴 공작 샤를은 당시의 관습대로 포로 몸값을 지불한 뒤 풀려나려고 신분을 밝혔다. 그런데 그 말을 잘못 알아들은 병사가 그의 얼굴을 창으로 찔러 죽였고, 그 병사는 큰돈을 벌 기회를 놓친 괴로움 때문에 슬퍼하다가 사망했다.

** 프랑스 중부 앵드르에루아르 지방에 위치한 중세의 성. 루이 11세가 매입한 뒤 즐겨 찾았고, 그곳에서 숨을 거두었다.

삶이라는 가장 핵심적인 성좌가, 그리고 깊이 묻힌, 글자 이전의 아주 오래된 롤랑 바크루트의 열정이라는 성좌가 들어 있었기 때문이다.

그리고 또 키플링이 있었다.

내가 2학년 때였다. 독서를 이끌어 줄 아킬레우스 같은 조언자나 후원자가 없던 내가 그나마 『정글 북』을 찾아내서 읽고 있던 시기였기에 정확히 기억한다. 그런데 4학년이던 롤랑도 같은 작가의 책을 받았고, 그 일은 내 독서에 확신을 주는 한편 — 조금 창피하기는 했지만 그럼에도 내가 아주 좋아하던 제임스 커우드나 쥘 베른의 책들처럼 그 책 역시 어린아이들만을 위한 게 아니라는 확신 말이다. — 심한 질투심도 안겼다. 롤랑의 책에는 이번에도 삽화가 있었고, 귀스타브 도레의 아류들이 미슐레의 책을 암흑에 빠뜨렸던 서사적 단색화가 아니라, 야만적인 이방인들의 신전처럼 상세하게 그려진 섬세한 수채화였다. 멀리 히말라야가 보이고, 뜨거운 숲이 품은 회화나무의 독 열매가 있고, 좀 더 앞쪽에는 말이 끄는 수레에 빅토리아 시대의 아름다운 여인들이 양산을 펼쳐 들고 앉아서 미지의 쾌락을 향해 가고, 그 길 끝에 장미색과 아몬드색과 보리수색 옷을 입은 인도 왕후가 코끼리를 타고 가고, 선두에는 장식 줄이 달린 인도군의 선홍색 제복과 멋들어진 모자가 서로 닮은 까닭에 신사인지 불한당인지 구별할 수 없는, 말끔하게 면도한 남자들이 몽상에 젖은 채 히말라야의 수염 기른 왕들과 양산을 쓴 보드랍게 살진 여인들을, 자신들의 먹이가 될 세상을 정중하고 탐욕스러운 눈길로 조용히 바라보고 있었다.(이 세상의 먹잇감인 불쌍한 아킬레우스는 그 모든 것의 의미를 알았을까? 생프리스트팔뤼스에서 온 바크루트의 아들들은?) 황금, 비루하고 영광스러운 황금, 어떤 형용사로 수식해도 상관없는 황금이 마치 "고기 속의 비계처럼"* 그 세상을 달렸다. 거추장스러운 페티코트를 입은 여자들의 소중하고 무거운 살 속의 억제할 수 없는 혈류가 되어 달렸다. 멋진 장교들이 차를 마시는 문명화되고 따분한 시간에 그들은 무심한 눈 속의 야망, 위스키로 가득 차고 거칠게 말을 달리고 유혈이 낭자한 욕설을 쏟아 내는 끔찍한 야망이 되어 달렸다. 이를 수 있는 범위를 넘

---

* 러디어드 키플링의 『왕이 되려 한 남자』에 나오는 구절이다.

어선 이 모든 화려한 부(富) 앞에서 불타오른 롤랑의 야망은 무용지물이었다. 그래서 차라리 유쾌하게 체념했고, 자신과 좀 더 가까워 보이고 언젠가 될 수 있을 자기 모습에 좀 더 부합하는 그림들, 인숭이들한테 조롱당하면서 쏘다니는 미친 자가, 옛날에 왕이 되길 바랐던 남자의 쪼그라든 머리가 들었을 법한 때 묻은 보따리를 메고 이 정글에서 저 논으로 돌아다니는 장면 같은, 추락의 그림들을 오래 쳐다보았다.

나도 그 그림들을 본 적이 있다. 보통 때는 롤랑이 싫어해서 어깨너머로 재빨리 봐야 했는데 단 한 번 아주 여유 있게 볼 수 있었다. 그때도 자습 시간이었다. 이미 말했듯이 나는 저학년 자습실에서 레미 바크루트로부터 그리 멀지 않은 뒤쪽 자리에 앉았다. 레미가 다갈색 재킷 주머니에서(그는 점점 구질구질해지는, 그 짧고 구겨진 재킷을 적어도 4학년 때까지 계속 입고 다녔다.) 엉망으로 접힌, 두 번 혹은 그 이상을 구기듯이 접어 놓은 두꺼운 종이를 꺼내서 대충 펴더니 마치 수학 문제를 풀 때처럼 살짝 빈정거리면서도 열정적인, 하지만 짜증 섞인 집중력을 쏟아부으며 쳐다보았다. 놀랍게도 내가 얼핏 본 적이 있는, 모자 쓴 고원 지대 사람들, 장식 끈 달린 제복, 코끼리들과 왕들이 있는 그림이었다. 레미는 우리가 마음껏 볼 수 있게 해 주었다. 그날은 자습 감독도 까다롭지 않았으므로 그림들은 그동안 누려 온 지위를 잃은 채 교실 안을 돌아다녔다. 우리는 그림을 보면서 감탄했고, 조금은 두려웠다. 어쨌든 그 화려함 속을, 멀리 버티고 서 있는 힘 속을 게걸스레 헤맸다. 거만한 큰 턱을 앞으로 내민 레미는 자기가 빼앗아 온 노획물을 서로 보려고 다투는 작은 세상을 만족스럽게 바라보았다. 마치 코끼리 위에 올라앉아 함성 속에서 한 번 움직일 때마다 여왕 폐하의 장교들을 차례차례 죽여 나가는 원주민 용병 대장 같았다. 자습을 마치고 바깥으로 나가 보니 롤랑이 문 앞에서 기다리고 있었다.

롤랑은 밀랍처럼 창백했다. 당장이라도 우상 숭배자를 검으로 베어 버릴 듯한 플랑드르의 청교도주의자처럼 불그죽죽하게 창백했다. 아무 말 없이, 오직 조급한 주먹과 격정에 휩싸인 두 눈만이 살아 있었다. 레미는 빈정거렸지만 그가 쏟아 낸 경멸은 이미 부서졌으므로 탄식할 뿐이었다. 그 역시 모욕당한, 일그러진 얼굴이었다. "내 거야!" 레미가 도망치면서 소리쳤다. "원래 내 책이었다고! 네가 훔쳤잖아! 도둑놈!" 롤랑이 따라갔고, 안마당 한가운데서 그를 붙잡았다. 형제는 서로를 부둥켜안은 채 바닥에 쓰러져 뒹있디. 먼지가 그들의 눈물과 입속에 섞여 들었다. 형제는 마치 연인들처럼 엎치락뒤치락하며 뒹굴었고, 몸이 엉켰다 풀렸다 하는 와중에 산발적인 폭발을 치르면서, 변함없이 무심하게 꿈꾸듯이 서 있는 밤나무들 아래에 격한 감정을 쏟아 놓았다. 롤랑은 힘겨운 싸움 끝에 책을 되찾았지만 영원히 상실되고 더럽혀진 사진들을 손에 쥐고 일어섰을 때 입에서는 피가 흘렀다. 그날 이후 아주 드물게 롤랑이 짓는 미소 속에는 레미가 만든 자국이 남아 있었다. 그러니까 앞니가 하나 부러졌다. 그 뒤로 롤랑은 문득 몽상에 빠질 때마다 흡사 자신의 격정을 깨진 앞니에 다시 적셔서 되살리려는 듯, 혹은 가라앉히려는 듯 다정하고 초조하게 혀끝으로 앞니를 밀었고, 그 바람에 상태가 더 나빠졌다.

형제는 자랐다. 성장의 무거운 모험이 끝나 갔고, 놀

랍게도 그 모험은 영원하지 않았다. 곧잘 찌푸리던 롤랑의 주름은 펴지지 않았다. 선량한 사람들이 말하듯이, 그리고 얼마 뒤에 내 할머니가 나에게 말했듯이 그는 책 때문에 길을 잃었다. 길을 잃었다고? 정말 그랬다. —그 이전에도 늘 그랬다. —그는 세상을 대신하던 책들 속에서 길을 잃고 헤맸던 것처럼 세상에서도 길을 찾지 못했다. 그에게 세상은 거절, 아무도 들어주지 않는 애원, 깊이를 알 수 없는 심술의 영역이었다. 말하자면 촘촘히 이어진 바느질 아래 납으로 만든 갑옷으로 무장하고 섬뜩한 교태를 부리는, 죽여서라도 갖고 싶은 여자가 있는데, 그 바늘땀 사이 어딘가에 갑옷을 벗길 만한 틈새가 있으리라 믿으면서 초조히 찾아보지만, 그 페이지 끝에, 그 문단 한구석에 있어야 할 그것은 절대 나오지 않고 바로 앞에 나타났다가도 곧 사라져 버렸다. 이튿날 다시 나서서 그 작은 단춧구멍을 찾아내고, 이제 모든 게 열리며 마침내 읽기에서 해방되려는 찰나 이내 저녁이 오고, 불굴의 납으로 된 책장을 다시 덮고 나면 스스로 납이 되어 쓰러질 따름이었다. 롤랑은 저자들의 비밀을 간파하지 못했다. 저자들이 글에 입혀 놓은 아름다운 드레스에는 벗겨야 할 고리가 너무나 많았으므로 생프리스트팔뢰스에서 온 롤랑 바크루트는 결국 드레스를 걷어 올리지 못했을 뿐 아니라, 그 아래 정말로 살이 있는지 그저 바람뿐인지조차 알지 못했다. 나 역시 그즈음 서정적 어리석음이 돌이킬 수 없는 전환점을 맞이하며 총안 뚫린 납 길로 들어섰던지라 늘 얼굴을 찌푸린 "슬픈 얼굴의 기사"*를 이해한다고 믿었다. 나는 성벽 안쪽으로 이어진 그 납 길에서 다시 한 번 바크루트 형제와 왈츠를 추며 현기증에 휩쓸린 채, 나를 다시 출발점으로 되돌려 놓게 될, 미지의 마지막 문장을 향해 나아갔다.

레미는 5학년이 되면서부터 여자들의 치마 속에 무언가 있음을, 그 사소한 것을 집중적으로 알아낼 수 있음을 눈치챘다. 이제 그의 수집품은 — 여전히 자신에게 즐거움을 주는 것들을 모으고 쌓아 두고 살려 내는 데 관심이 있었으므로 계속 그렇게 부르도록 하자. — 여자 혹은 소녀의 사진이었다. 몰래 산 잡지에서 오려 낸 태양처럼 환한 젊은 여자 배우들, 외설스러운 지면을 장식하던

---

* 산초 판자가 돈키호테한테 붙인 별명이다.

가터벨트 차림의 음란한 구릿빛 피부를 드러낸 여자들의 사진, 그리고 만남이 금지된 다른 중등학교의 전설 같은 주름치마를 살랑대는 여자 학생들이, 마치 먹잇감이 될 어린 새를 찾는 듯한 그의 음침한 욕구와 얼어붙은 짚단처럼 뻣뻣한 머리카락과 불량스러운 태도에 끌려서 건네준 사진들도 있었다. 11월의 어느 일요일, 밤이 되어 이제 헤어져야 할 때, 사랑에 빠진 한 소녀가 망설이는 척 몇 번이나 안 된다고 거절하다가 결국 무슨 말인가를 속삭이면서, 손가락 끝에 서툴게 힘을 주며 작년에 정원에서 파란 원피스를 입고 찍은 초라한 사진 한 장을 레미에게 건넸다. 그 순진한 소녀들, 아직 음탕하지도 화사하지도 않지만 순진한 감상 아래서 스스로도 놀라워하는 피부를 지닌 사랑스러운 소녀들은, 레미의 손이 치마 밑에서 제 살갗을 만나는 데 동의했다. 레미는 그런 일을 형의 친구들이나, 혹은 형 앞에서만 이야기했다. 자신의 충만한 삶이, 정체되고 텅 빈 롤랑 바크루트의 삶과 얼마나 다른지 보여 주려는 게 분명했다. 목요일마다 레미는 학교를 나선 뒤 곧바로 어디론가 사라졌고, 어쩌다 다시 마주칠 때면 어둑어둑한 공원에서 누군가의 머리가 그를 향해 기울어지고 있었다. 아니면 어느 빈 카페의 구석 자리에서 순진한 아가씨와 질펀하게 즐기고 있었다. 사실 레미는 잘생긴 편이 아니었다. 이미 말했듯이 턱이 무척 그고 얼굴은 씨구려 리넨 색깔이었다. 옷차림 역시 아무리 멋을 낸들 시골뜨기의 한계, 앞서 내가 바타비아 사람 같다고 언급한 결점을 피하지 못했고, 생프리스트팔뤼스 출신답게 늘 스웨이드 재킷을 입었다. 어쨌든 레미는 귀여운 소녀들, 무결한 작은 사냥감들을 너무도 왕성한 식욕으로 탐했고, 소녀들은 자신들의 작은 치마와 눈물과 감동을 향하는 레미의 놀라운 허기 앞에서 몸을 떨었다. 소녀들은 치마가 구겨져도, 눈물이 흘러나와도 가만히 있었고, 그를 바라보고 또 그를 두려워했다. 소녀들은 그렇게 상반되는 감정에 사로잡힌 채 갈등하다가 길을 잃었고, 그를 향해 온몸을 흔들었다.

일요일 저녁이나 목요일에 학교로 돌아오는 레미의 입속에는 아직 그 맛이 어려 있었고, 식인귀 소녀들이 집어삼켰던 그의 입술에는 불에 덴 듯한 흔적이 남아 있었다. 레미는 때로 학교 교문으로 웅장하게 이어지는 큰길에서 롤랑을 만나면 거만하게 멸시하거나 혹은 아주 잠시 부러워했다.(형제 중 어느 쪽이 다른 쪽에 뒤지지 않기 위해 애썼을까? 납 치마를 두른 까다로운 정부를 더듬느라 손이 납으로 변해 버린 쪽일까, 훌륭한 두 손으로 치마 속의 비밀들을 알아낸 쪽일까?) 다시 말해 롤랑 역시 같은 시각에 학교로 돌아왔고, 옆구리에 책을 낀 그의 입술에는 매서운 추위에 덴 흔적이 남아 있었다. 롤랑은 아킬레우스와 거의 함께 왔고, 그럴 때면 늙은 선생은 그 옆에서 쉼 없이 무거운 당부를 늘어놓았다. 롤랑은 비록 사용하지 않을지언정 나름대로 수액이 가득 찬 젊은이의 끓어오르는 걸음걸이를, 곁에서 장중하고 느린 12음절 시구에 따라 걷는 늙은 선생의 보폭에 맞춰야 했다. 작별 인사가 교문 앞 수위실의 환한 불빛 아래서 끝없이 이어지는 동안 롤랑은 수없이 그만두고 싶었지만 뜨거운 조언, 영원히 되풀이되는 주해, 시의적절함과 거리가 먼 찬사는 여전히 그칠 줄 몰랐다. 자리를 빛내지 못하는 늙은 친구와 롤랑은 학교로 돌아오는 아이들이 신나게 빈정거리는 시선을 의연하고 고통스럽게 견뎌 냈다. 드디어 아킬레우스가 롤랑을 한 번 껴안고는 가로등을 밝힌 넓은 길을 천천히 되돌아갔다. 아킬레우스의 발걸음은 그의 머리가 아는 시구절을 따라갔고, 운율에 휴지*가 나타나면 발걸음도 같이 멈춰서 잠시 한 발을 허공에 든 채로 다음 반구를 향해 몸을 기울였다. 그러다가 다시 걷기 시작했고 또다시 다음번 휴지에 걸음을 맞추었다. 사귀는 남자 학생을 배웅하고 급히 하렘으로 돌아가던 여자 학생들은 길 위에 표지석처럼 선 아킬레우스를 보며 웃음을 터뜨렸다. 소녀들은 저녁 잠자리에 누워 이때를 다시 떠올리면 행복에 젖게 될 그 아름다운 날의 추억을 더 늘릴 수 있어서, 너무 황홀하므로 상상조차 힘겹고 떠올리기만 해도 볼이 발그스레 달아오르는 입맞춤의 장면에 재미를 더할 수 있어서, 거의 극적인 사건을 무너뜨리는 정신 나간 늙은 대머리 선생이 왜가리처럼 한 발로 서 있는 장면이 불러오는 순진한 폭소 덕분에 행복해하면서 싱그러운 웃음을 머금은 채 사라졌다.

　실제로 훗날 아킬레우스는 조금 이상해졌다. 가발이 살짝 벗겨지고 삐뚤어진 채 처량한 몰골일 때도 있었

* 프랑스 고전 비극에서 사용되던 12음절로 된 운율 형식 알렉상드랭 (alexandrin)은 중간에 휴지가 있고, 그렇게 나뉘는 양쪽을 '반구'라고 부른다.

다. 아내가 죽은 것이다. 그러니까 명랑한 작은 불꽃이
꺼져 버렸다. 이제 그는 학생들이 소동을 피울 때면 얼
이 빠진 상태로 말없이 수업이 끝나기만을 기다렸다. 눈
썹 없는 큰 눈은 멀리 무언가를, 아마도 오래전에 본 아
내의 벗은 몸을 응시하는 것 같았다. 상상력이 부족하
고 남 이야기를 즐기는 사람들은 아킬레우스가 술을 마
시기 시작했다고 떠들었다. 사실 나도 어느 우울한 저녁
에 비가 쏟아지는 보노 광장의 프랑수아 카페에서 아킬
레우스가 술에 취해 나오는 모습을 본 적이 있다. 그날
그는 12음절 시구 대신 가벼운 단가에 맞춰 손을 휘저으
며 걸었고, 걸음을 옮길 때마다 너무 큰 레인코트가 마치
노닥거리듯 나풀거렸다. 그는 폼 거리의 가파른 비탈길
을 용맹하게 내려왔고, 불어 대는 취기의 바람 속에 케이
프 혹은 헐렁한 외투를 펄럭이며 술 취한 베를렌처럼 고
함을 질러 댔다. 하지만 그렇게까지 심한 날은 드물었고,
분명 그다지 심각하지 않았다. 아킬레우스는 온화한 사
람이었고, 그에게는 진짜 술꾼들이 키워 나가는, 매번 취
할 때마다 괴물처럼 움트는 폭력의 씨앗이 없었다. 그의
마음을 움직인 것은 무엇보다 재능이었다. 손에서 나와

입으로 가는, 회전문 속을 오가듯 오로지 자기 자신만을 사랑하고 증오하는 폐쇄적인 회로가 아니라, 다른 사람을 향해 손을 벌리면 상대가 맞잡아 주는 그런 것 말이다. 그래서 아킬레우스는 늘 롤랑에게 책을 주었다. 그런데 어떤 내용이 들었는지, 받는 사람에게 적합한지에 대해서 아무런 배려 없이, 단지 준다는 기능만을 지닌 선물은 궤도를 이탈해 목표를 벗어났고, 롤랑이 거북해하며 얼굴을 붉히는 일도 점점 잦아졌다. 중등학교 6학년이 되어 유명한 문고판 서적 중에 위스망스를 읽을까, 사르트르를 읽을까 망설이던 — 그것은 어른이 되고 싶은 욕망을 채워 주는 즐거운 망설임이었다. — 롤랑에게 아킬레우스는 '야만 시대'를 그린 순진한 로니*의 이야기와 삽화가 담긴 『허풍선이 남작의 모험』을 주었다. 롤랑이 이제 컸다는 사실을 깨닫지 못한 것이다. 롤랑은 졸업반이 되고, 내가 5학년을 시작한 이듬해 가을에 우리는 밤송이들이 수북이 떨어지고 아이들의 합창 소리가 울려 퍼지는 광경을 매해 지켜보던 가발 쓴 세습 귀족의 모습

---

* 벨기에 태생의 프랑스 작가로 선사 시대가 배경인 『불의 전쟁: 야만 시대의 소설』(1911)을 비롯해 다수의 SF 이야기를 썼다.

을 볼 수 없었다. 아킬레우스는 은퇴했다. 그리고 그해에 세상을 떠났다. 그날 롤랑의 모습은 바라보기가 힘들었다. 아킬레우스의 장례식 때문에 특별히 외출 허가를 받은 그는 아침 일찍 기장을 줄인 양복에 칙칙한 넥타이를 매고 정성껏 머리를 빗은 뒤 간신히 돋아나기 시작한 수염도 깎았다. 그렇게 롤랑 바크루트는 자기를 사랑해 준 유일한 사람이었을 이의 죽음을 슬퍼했다. 더불어 그는 더 이상 슬픈 거울을 마주하지 않아도 된다는, 여자아이들이 비웃는 쇠공을 족쇄처럼 매달고 있지 않아도 된다는, 전락한 아버지를 부축하지 않아도 된다는 사실에 홀가분해했다. 아킬레우스는 롤랑만의 아버지였지만, 어찌 보면 형제 모두가 너무도 오랫동안 같은 아버지 아래서 이상적으로 대립하는 각자의 역할을 해 온 셈이기도 했다. 성당 그림들 속에서 가련한 인간의 영혼들 양옆에 자리한 말썽꾼 꼬마 악마와 지나치게 부자연스러운 천사 같았다. 롤랑은 아킬레우스를 땅에 묻었고, 그의 상실을 애석해하며 그를 벗어던졌다. 롤랑이 자주 찾은 쿠르티유 거리의 작은 집, 선량하고 삐기는 눈빛으로 지켜보는 늙은 선생 곁에서 더없이 유쾌한 그 아내가 만들어 준 케이크를 먹던 그 집에 남은 책들, 아킬레우스가 애착을 가졌던 유일한 재산이자 상속자 없이 남겨진 그 책들은 모두 어떻게 되었을까? 아킬레우스가 롤랑에게 전부 주려고 했지만 미처 시간이 없어서 다 주지 못한 초라한 책들과 또 다른 책들, 그가 말년을 즐기면서 읽고자 했던 허세 가득하고 순진한 인문주의를 설파하는 동어 반복적인 책들은 지금쯤 어느 경매장 혹은 다락방에서 가루가 되어 가고 있거나, 아니면 어느 지하실에서 썩어 가고 있을까? 이미 시체가 되었지만 어떤 우호적인 손길에 부활할 수 있는 시체로서 잠들어 있을까? 하기야 하늘나라에 가면 우리는 여전히 누릴 자격이 없는 진짜 저자들과, 우리에게 그들을 중개해 주는 턱수염 기른 주석자들, 늙은 작가들이 아킬레우스에게 살아 있는 사람들의 목소리보다 더 생생한 음성으로 직접 그 책들에 대해 설명해 주지 않겠는가.

롤랑이 보기에 작가들은 살아 있는 목소리로 말하지 않았다. 오히려 끝없이 침묵했다. 롤랑은 누구도 실제 겪어 본 적 없는 상념의 소용돌이 속으로, 다른 사람들에게도 일어났지만 사실은 아무한테도 일어나지 않은 모험들의 소용돌이 속으로 점점 더 깊이 빠졌다. 롤랑은 더어릴 적에 이미 하밀카르가 메가라의 신식 정원에서 실제로 연회를 연 적이 있다*는 사실을 알고 환희를 혹은거부감을 느꼈다. 그는 한 공주를 열렬히 원하는 두 남자, 하나는 검은 피부 또 하나는 갈색 피부의 쌍둥이 혹은 두 적수**를 따라가면서 "사자들을 십자가에 못 박는"*** 단순 과거****의 나라, 실제로 존재한 적 없지만티투스 리비우스의 책 속에 나오는 카르타고라는 진짜이름을 가진 소설 속 나라에서 길을 잃었다. 그때 이후로롤랑의 삶은 단순 과거들 속을 헤맸다. ─ 나도 그랬기

---

* "카르타고 외곽의 메가라에서, 하밀카르의 정원에서였다."라는 유명한구절로 시작하는 플로베르의 소설 『살랑보』의 주인공 살랑보는 허구의인물이지만 그 아버지 하밀카르 바르카는 카르타고의 장군이자 한니발의 아버지인 실존 인물이다.
** 카르타고 군대에서 싸우는 용병 중에 누미디아의 용병 나르하바스와리비아의 용병 마토가 동시에 살랑보를 사랑한다.
*** 『살랑보』에서 인용한 구절이다. 1차 포에니 전쟁이 끝난 뒤 카르타고를 위해 싸운 용병들은 시카로 가서 대기하게 되는데, 도중에 한 마을입구에서 민가로 내려와 사람들을 해치려 한 사자들이 십자가에 못 박힌 장면을 보게 된다.
**** 과거에 완료된 사건을 나타내는 프랑스어 시제로, 소설이나 역사서에서만 사용된다.

때문에 그를 이해한다. 그 뒤로 롤랑은 엠마가 설탕 색깔의 친근한 독약을 두 손에 든 채 들이켰고, 페퀴셰가 뒤늦게 형제 비슷한 사람을 찾아내서 사랑하고 공부 따위를 같이하며 시기했고, 악마가 잉투안 성자를 굴복시키기 위해 형제들로 모습을 바꾸어 가며 나타났다는 점을 배웠다.* 그런데 고개를 들면 아름답던 단순 과거의 세계가 그 순간 눈앞에 나타나는 것, 흔들리는 나뭇잎과 다시 나타난 태양 속으로 무너져 내렸다. 무너지지 않는 현재, 세상 사물들과 같은 시간에 존재하며 그것들을 겪어 내는 현재는 늘 여자들의 치마를 걷어 올린 채 웃으면서 자신을 쳐다보는 레미의 모습을 띠었다. 주먹과 깨진 치아로 다가가는 방법밖에 알지 못하던 롤랑은 그 현재 속으로 뛰어들었고, 다시 난투극을 치렀다. 어쩌면 그에게 진짜 삶은 그것으로 충분했으리라. 롤랑은 바칼로레아 철학 시험을 치른 뒤 어느 문과 대학에, 아마도 푸아티에 대학교에 입학했다.

롤랑에게서 풀려난 혹은 짝을 잃어버린 레미는 G 중

---

* 엠마, 페퀴셰, 앙투안 성자는 각기 플로베르의 『보바리 부인』, 『부바르와 페퀴셰』, 『성 앙투안의 유혹』의 주인공이다.

등학교에 이 년을 더 머물렀다. 섬광 같은 칠 년 동안 바람이 들이치는 복도와 유령이 나올 것 같은 운동장에서 꼬마였던 아이들은 모두 큰 아이로 자라났다. 일요일 저녁마다 학교로 걸어 들어오던 거창한 가로등 길에서 레미는 작게 줄어든 옷을 입은 적갈색 머리의 형을, 더는 달려와서 주먹을 휘두르지 않는 형을 계속 바라보았을 것이다. 몇 번은 아킬레우스도 만났으리라. 그즈음 나와 레미 바크루트, 리바트, 장 오클레르, 메트로 형제의 형이 무리 지어 다녔다. 우리는 외모에 대한 취향, 있는 그대로의 우리를 드러내 보이는 것에 대한 은밀한 수치심을 공유하면서 다 같이 허세를 부렸다. 목요일이면 여자아이들에게 달려갔던 우리는 똑같이 허세를 부리던 그 여자아이들이 사실은 허약하고 굶주린 채로 웃고 있다는 사실을 알지 못했다. 우리 중 누구도 레미 바크루트만큼 많은 행운을 — 투박하고 작은 손을 떨면서 게걸스럽게 움켜쥔 해결책 없는 욕망들을 몇 시간이고 치마 속의 다른 욕망에 결합하는 행운, 마음에 상처를 입고 자습실에서 허접한 시를 끍적댈 구실을 얻는 행운 말이다. — 누리지 못했고 흔들리는 눈길도 받지 못했다. 우리는 그런 사소한 연애에 때로는 장난스럽게, 때로는 감상적으로 큰 의미를 부여했다. 레미는 더 이상 떠벌리지 않았다. 그의 쾌락들을 헌납받아야 할 유일한 청중이 이제는 너무 멀리 있어서 그의 말을 들을 수도, 제물을 받을 수도 없었기 때문이다. 레미가 수집한 사진들은 계속 늘어났지만, 그 수집품을 늘어놓는 그의 모습은 우울하고 향수에 젖은 듯 보였다. 전쟁 없는 고요한 상황에 조바심을 내며 수없이 병사들을 확인하는 왕 같다고 할까. 병사들이 각반의 단추 하나까지 완벽하게 준비 태세를 갖추었다 한들, 적의 군대는 이미 해산해서 여자들을 껴안고 있으니, 또 그들의 노역이며 휴식마저 전투 나팔 소리로부터 멀리 떨어져 있으니 다 무슨 소용이라는 말인가. 하지만 한 달에 한 번 일요일이면, 농부 아낙과 중등학교 학생들을 태우고 생파르두와 포라몽타뉴와 장티우를 지나, 그가 우리와 이야기할 때 늘 "멍청이"라고 지칭하는 또 다른 바크루트가 와 있을지도 모르는 생프리스트팔뤼스까지 가는, 빨간색과 파란색을 색칠한 덜컹거리는 시외버스에 오르면서 그는 마치 데이트를 하러 가는 듯 즐거워했다.

레미 바크루트는 공부를 아주 잘했다. ― 롤랑도 공부에 뛰어난 재능이 있었지만 눈에 덜 띄고 존재감 없는 방식으로 잘했다. 레미는 세상을 두려워하지 않았다. 그에게 세상은 무한히 확대될 수 있는 수집품이었고, 그 안에는 어디로 이어질지 모르는 단어들이 가득 들어 있었다. 알 수 없는 어떤 이유로 교과목들이 스스로 그의 소장품 안에서 각자 선택을 했다. 식물학은 땅에 바짝 붙어 자라나는 작은 단어들을, 광학은 별들에서 떨어져 나와 놀라운 광채를 발하는 단어들을, 프랑스 문학은 식물학의 단어들 위에 매달린 광학의 단어들을 골랐다. 예전엔 하루는 팽이를, 이튿날은 낚시찌를 골랐지만 마침내 팽이와 낚시찌가 같은 형태를 가지므로 기능은 달라도 결국 동류라는 사실을 깨달은 그는 이제 두 가지를 연결했다. 레미는 현재를 제어하기 위한 기발하고 전제적인 규칙들을 알았고, 단순 과거 역시 잘 알았다. 가련한 롤랑이 단순 과거 속에서 침몰해 버린 것과 달리, 레미는 거기서 오직 정확성만을 추구하는 교사들을 놀라게 해 줄 만한 힘을 찾아냈다. 레미는 라틴어와 수학에도 완벽했다. 프랑스어 작문에서는 아름다운 미끼들을 조작하고,

음흉하게 이리저리 바꿔치기 하면서 쉽게 지치고 잘 속아 넘어가는 교사들을 홀리고 사로잡았다. 다른 교사들도 모두 그의 손아귀에 있었다. 레미는 알다시피 싸구려 장신구들을, 부재 속에서도 온전히 모습을 드러내는 자질구레한 부적들을 좋아했다. 오만하게도 영원히 확인할 수 없는 본질에 직접 가닿을 수 있다고 믿은 롤랑과 달랐다. 그는 옷에도 신경을 많이 썼고, 원통형의 조잡한 보병 군모와 진홍색 견장에 매료되었다. 그는 생시르*를 준비했고, 합격했다.

생시르에서 레미는 나를 포함해 제각기 흩어진 무리에게 몇 차례 편지를 보내왔다. 나는 그를 단 한 번 정복 차림의 모습으로 다시 만날 수 있었는데, 바로 그가 사망한 때였다.

크리스마스 방학이었다. 나는 대학교에서 롤랑과 마주친 적 없이, 단순 과거와 단순 현재 사이에서 망설

---

* 나폴레옹이 파리 근교 퐁텐블로에 세운 육군사관학교를 가리킨다. 이곳은 1808년부터 1945년까지 파리 서쪽 근교 이블린의 생시르에 있었고, 이전한 뒤에도 '생시르'라는 별칭으로 불린다.

이고 있었다. 분명 나는 후자를 더 좋아했다. 하지만 그것을 향한 지나치게 왕성한 내 욕구가 나를 빈약하고 위축된 어떤 식욕 부진 상태로 밀어 넣고 있다는 사실 역시 이미 알고 있었다. 그해 크리스마스 방학 때 나는 무리우에 와 있었다. 중등학교 시절의 패거리 중 하나가 나에게 레미의 죽음을 알렸다. 그의 장례를 위해 메트로가 2CV*를 몰고 와서 나를 태워 갔다. 그 또한 레미가 무슨 일로 갑자기 죽어서 우리를 생프리스트팔뤼스로 부르는지 알지 못했다.

눈이 많이 내린 해였다. 그날은 눈이 그쳤지만 이미 내린 눈으로 가득 쌓여 있었다. 경사가 심하기로 유명한 비탈길들은, 마치 시간이 그러하듯이 온 세상을 평등하게 만들며 침식해 버리는 우울한 잿빛 눈 아래로 모습을 감추었다. 포라몽타뉴 쪽 고원에 다가가니 눈이 더 두껍게 쌓여 있었다. 늘 무언가를 흩뿌리며 재빠르게 지나가는 구름 아래로 바위가 무너지고 전나무들이 부러진 고원의 모습은 늙은 구소 성자조차 그 옆에서는 유쾌해 보

---

* 1948년부터 1950년까지 시트로엥에서 시판한 경차.

일 만큼 처참했다. 밑부분이 눈 속 깊이 파묻힌 바위들은 오랜 분노의 무기를 내려놓고 심하게 난파당해 부서진 용골처럼 쓰러져서 해충이 들끓는 지의류에 덮인 채 신음했다. 헐떡거리는 자동차는 멜빌 소설 속의 포경선처럼 쓰러진 괴물들 사이를 헤치며 나아갔다. 돛대를 이끌어 줄 엘모 성자*의 불빛도 없고, 사나울지언정 어쩌면 우리가 다룰 수 있을지 모를 파르시의 신**도 자동차 보닛 위에 없었다. 차 안에서 우리는 지나간 날들을 추억했다. 메트로는 우리가 몰려다닐 때 흥얼대던 노래의 후렴구를 불렀고(한 세기 전의 일이라네.), 그렇게 우리는 이미 우리가 변했음을 드러내지 않았다. 그러고는 말없이 있었다. 우리는 생프리스트팔뤼스에 일찍 도착했다.

사람들에게 물어서 찾아간 바크루트네 농장은 마을에서 좀 떨어져 있는, 거의 숲속이라 할 만한 캉데메를이라는 곳이었다. 그곳에 거대하고, 영원한 회색 아래에서

---

* 지중해를 항해하던 선원들의 수호성인이다. 옛 선원들은 낙뢰 직전에 하늘로 뻗는 불꽃을 '엘모 성자가 앞길을 밝혀 주는 길조'로 간주했다.
** 파르시는 이슬람교의 박해를 피해 이란을 떠나 인도에 정착한 조로아스터교 신자들을 말한다. 그들은 최고신 아후라 마즈다를 비롯해 여러 신을 섬겼다.

감자를 먹는 사람들이 살아가는 아주 작은 집이 있었다. 지붕의 눈이 녹아서 방울져 떨어졌다. 길 맞은편에 벽돌을 쌓아 만든 우울한 회색의 구조물에는, 그러니까 버스 정거장의 이름조차 읽기 힘든 시골 오지의 마을에서 열리는 무도회 포스터들이 붙어 있었다. 레미가 일요일에 타고 가던 빨간색과 파란색의 시외버스가 바로 저곳에 섰을 테고, 그 버스에서 뛰어내린 냉소적인 턱을 가진 어린 소년은 여기서 자신의 옛이야기, 자기 이야기 중에서 가장 오래된 이야기와 싸웠으리라. 형제는 저 포스터에 적힌 수브르보스트와 몽테이유오비콩트의 무도회에 함께 갔을 것이다. 토요일에 저녁을 먹은 뒤, 날씬해 보이는 양복에 초라한 넥타이를 맨 형제가 나란히 팔꿈치를 맞대고, 이따금 서로 스치고 서로 쳐다보지 않으면서, 거칠고 성마른 걸음걸이로 걸어간다. 선술집 뒤쪽의, 잔뜩 치장해 놓은 음산한 큰 방, 금관 악기와 아코디언이 쏟아내는 음악 소리에 흔들리는 그 방 문간에, 턱이 같고 바타비아 사람들의 창백한 혈색이 같고 플랑드르풍의 광기가 같고 덥수룩한 머리카락이 같은, 하지만 여자들을 쳐다보는 눈길이 다르고 여자들의 치마 속으로 들어가는 손과 혀가 다른 형제가 나타난다. 땀 흘리며 길 잃고 방황하는 그 방의 무도회에서 어린 사랑꾼은 형이 보는 앞에서 목동 소녀들을 사로잡고, 형은 아침까지 열정적으로 허수아비처럼 서 있다. 어둠 속에 캉데메를로 돌아올 때, 손가락에 소녀들의 냄새가 밴 동생과, 아마도 손바닥에 자기 손톱으로 누른 자국이 남은 형은 여전히 팔꿈치를 맞대고 거친 발걸음으로 걷다가, 돌연 마치 한사람처럼 미리 말 한마디 주고받지 않고도 밤의 어둠만이 지켜보는 앞에서 마구 치고받는다.

연기 자욱한 부엌의 긴 식탁 위에 커피 주전자와 포도주병 사이에 ──이제 더 이상 목마를 일 없는 망자와 달리 망자를 기리러 온 사람들은, 즉 살아 있다는 순진한 믿음을 지닌 농부들은 입에서 몸으로 들어가며 영혼을 즐겁게 해 주는 커피와 포도주라는 사나운 두 음료의 온기로 자신들의 믿음을 거듭 확인해야만 한다. ── 창기병들 혹은 눈 덮인 다른 겨울에서 온 안데르센 병사들의 모자 같은 원통형 군모들이 나란히 놓여 있었다. 사람은 없이 장작불만이 소리를 내며 타고 있었다. 우리는 습기 차고 얼음처럼 차가운 뒷방의 문을 열었다. 그는 그곳에 있었다. 두 개의 의자 위에 놓인 뚜껑을 덮지 않은 관이 그를 기다리고 있지만, 그는 수집품들을 확인할 때나 소녀들을 구슬릴 때 그랬듯이 서두르지 않았다. 모두 구경꾼이 되어서 제복 차림의 그를 볼 수밖에 없었다. 하지만 가장 완전하다고 여겨지는 제복에 부여된 궁극의 엄격성으로 판단하자면, 또한 영혼이 사라진, 제복을 입은 자세와 태도가 사라지고, 손가락 끝을 살짝 움직이며 소맷부리를 손목으로 올리던 동작과 거만한 듯 미세하게 구부린 몸이 사라진, 그렇게 모든 게 사라진 끝에 익명의 인체 모형이 된 모습으로 판단하자면 나는 그가 제복을 잘못 입었노라고 단언할 수 있다. 그렇다, 그는 그저 스페인 귀족의 검을 주체하지 못하는 플랑드르의 심부름꾼일 뿐이었다. 그가 차렷 자세로 서 있으면 다소 우스꽝스러웠을 테고, 자신이 언제 잘못될지 모르는 페탱주의자*로 보인다는 사실을 스스로 알고 있는 심술궂은 모습이었을 것이다. 다행히 시골 농부들의 발 담요 위에 놓인

---

* 2차 세계 대전 초기, 독일에 휴전을 요청한 뒤 친나치적 이념으로 비시 정부를 이끈 페탱 장군의 지지자들이다. 권력이나 두려움에 복종하는 사람을 경멸적으로 일컫는다.

붉은 바지, 새까만 상의, 촛불 아래 조금 번들거리는 암흑을 들여다보면서 나는 공격할 힘을 모조리 잃고 마침내 낭시에 누운 용담공 샤를의 검은 갑옷을 떠올렸다.

롤랑도 그렇게 생각했을까? 레미의 제복을 헌정받은, 더 이상 아무도 그렇게 부르지 않지만 바로 그 '멍청이' 롤랑은 못생긴 턱을 내민 채, 지금 눈앞에 누운 자가 깨트린 치아를 고집스레 혀로 만지며 유령처럼 앉아 있었다. 형제는 화해했을까. 결코 말에 이르지 못한, 단 한 번도 서로에게 말해 본 적 없는 미친 사랑과 집요한 분노 바깥에서 마지못한 상황이었을지언정 무슨 말이든 함으로써 다시 화해했을까? 롤랑은 이젠 옅어진, 너무도 생생했던 창백함을 바라보고 있었다. 찌푸린 멍한 표정으로, 마치 책을 읽듯이 그 창백함을 읽었다. 이제 레미도 책이 되었다. 형제의 대면을 둘러싼 단역들도 있었다. 이따금 어둠 속에서 몸에 걸친 생뚱맞은 철제 장식들을 덜거덕거리는 육군사관학교의 어설픈 생도들, 여러 마을에서 온 친척들, 그리고 머리가 휑한 플라망인 아버지와 두 눈에 눈물이 가득 맺힌 플라망인 어머니, 그러니까 괴로움에 어찌할 바를 모르면서 동시에 사관생도의 장례를 치르고 있음을 자랑스러워하는 형제의 부모가 있었다. 내세울 것 없는 사람들이지만 수많은 다른 농부와 마찬가지로 늘 바쁘게 움직여야 했던 그들의 품속에서 이유를 알 수 없는 형제 사이의 배타적 경쟁이 발생했다. 마치 마상 시합처럼 가진 능력의 이상을 끌어내고 공부에 재능을 발휘하게 한, 한 명은 버림받은 늙은 선생의 사랑을 불러일으키고 또 한 명은 수많은 소녀의 사랑을 얻게 한 그 경쟁은, 응당 그렇듯이 한쪽의 죽음으로 끝났다.

시간이 다가오고 있었다. 시간을 알리는 소리를 듣지 못할 레미를 대신해 다른 사람들이 시간을 챙겼다. 레미가 군모를 쓰자 하늘색 모자 위에서 가볍게 떨리는 깃털 장식은 흡사 떠나가는 영혼처럼 보였다. 레미의 육군 사관학교 동기생 두 명이 각기 옆구리와 발을 잡고 조심스럽게, 마치 전투복을 입은 오르가즈 백작*을 매장하듯 경건하게 관에 넣었다. ─ 그런데 맙소사, 목장식을 잘못 달았다. 관에 검을 넣기도 쉽지 않았다. 한 명은 레미 옆

---

* 경건한 신앙생활로 유명한 14세기 톨레도의 귀족 오르가즈 백작의 장례식 때 하늘에서 성자들이 내려와 시신을 들었다는 전설이 있다. 엘 그레코는 「오르가즈 백작의 매장」이라는 작품에서 그 장면을 묘사했다.

에 놓자고 제안했고, 다른 한 명은 두 손을 모아서 검을 쥐게 해야 한다고 구시렁거렸다. 어쨌거나 두 사람이 그 럭저럭 해냈다. 그러고는 생프리스트의 목수가 계약의 마지막 조항을 이행했다. 윤내지 않은 관 뚜껑이 제자리 에 들어맞았고, 레미는 사라졌다. 몸을 조금 기울이고 있 던 롤랑은 이제 더는 자신의 소중한 그림자를 볼 수 없 었다. 어머니가 울었고, 생시르의 생도들이 일어설 때 신 분증 팔찌들이 가볍게 떨렸다. 바깥에서는 눈이 빗방울 이 되어 떨어지고 있었다.

생프리스트팔뤼스는 너무 작은 마을이라 묘지가 없 었다. 생타망자르투텍스로 옮겨야 했다. 그곳은 생프리 스트팔뤼스와 쌍둥이인 듯 역시나 난파선처럼 외떨어진 작은 농가들이 바위 사이를 항해하고 있었다. 묘지 한가 운데에 보리나주나 드렌터나 뉘넌* 같은 이탄층 지역을 그린 그림들에나 등장할 법한 으스러진 듯 보이는 작은 성당이 나타났다. 우리가 도착하자 매서운 바람 속에 조 종이 울렸다. 다른 친구들도 와 있었다. 두 해 전부터 아

---

* 보리나주는 벨기에, 드렌터와 뉘넌은 네덜란드 지역으로 모두 반 고흐 가 머물렀던 곳이다.

버지를 도와 말 거래상을 운영하는 장 오클레르는 벌써 살이 좀 쪘고 지쳐 보였다. 레미의 신봉자처럼 충실했고, 생시르에서 시험도 같이 쳤던 리바도 있었다. 생시르에 낙방했을 때도 놀라지 않았던 그가 이번에는 놀랐다. 리바는 군모들 위에서 하얗게 빛나는 깃털 장식과, 성인 남자들의 손에 끼워진 여자아이들의 영성체용 흰 장갑을 바라보았다. 깃털 장식 군모를 쓰고 흰 장갑을 낀 사관생도들, 안경을 쓴 리바와 다를 바 없이 매력적이지도, 약삭빠르지도 못한 그들은 구차한 마음의 고통을 감추었다. 그리고 검은 모자와 세모꼴 숄을 뒤집어쓴 시골 아낙들과 면 소재지에서 온 머리카락이 곱슬곱슬한 여자들, 레미가 자라는 모습을 지켜본 늙은 여인들부터 레미가 아코디언 선율 속에서 꼬셨던 여자아이들까지, 하나같이 구닥다리 옷을 입고 경건하게 서 있었다. 그중에 마치 잿더미 위에서 타오르는 불길인 양 아름다운 여성 하나가 공격적인 태도로 꼿꼿이 서 있었다. 머리에 아무것도 쓰지 않은 그녀의 머리카락은 얼어붙은 짚단 같았다. 그리고 빅토리아 시대의 살결을 가졌으며, 그림에서 보거나 사랑 노래 속에 등장할 법한 빨간 머리였다. 클레르몽의 대학교 근처에서 본 적이 있지만 한 번도 말을 건넨 적은 없었다. 우리의 시선이 마주쳤다. 나는 하는 둥 마는 둥 인사를 했고, 그녀가 내 인사에 응답했는지는 모르겠다. 그녀와 나 사이로 사관생도 네 명이 죽은 자가 남긴 짐을 안고 천천히 지나갔다. 그 뒤를 따라가는 롤랑의 짐이 가장 무거웠다. 우리는 보리나주의 작은 성당으로 들어갔고, 라틴어가 이어졌고, 사람들이 의자를 움직이며 일어섰다가 앉았고, 기이하게 배회했다. 건물 내부는 몹시 추웠고, 황금빛 작은 물건들이 들어차 있었다. 매일 그렇듯이 '진노의 날'*이었다.

바크루트 가족은 가족묘가 없었으므로 새로이 무덤을 팠다. 땅을 덮은 회색의 늙은 눈, 녹슨 예수가 달린 십자가와 시들어 부패한 꽃이 놓인 묘석들 사이로 흙을 파내서 만든 구덩이와 그 옆에 비스듬히 쌓인 새 흙이 봄기운과 활기를 풍겼다. 인부들은 밧줄을 사용해서 목수의 작품을 구덩이 속으로 조심스럽게 내렸다. 쿠르베**

---

* 원어는 라틴어. Dies Irae. 심판의 날을 노래한 라틴어 송가이며, 가톨릭의 진혼 미사에서 불린다.
** 귀스타브 쿠르베가 그린 「오르낭의 매장」을 말한다.

나 엘 그레코에게서 볼 수 있는, 아니 어디서나 볼 수 있는 생타망자르투덱스의 매장이었다. 사관생도들이 숨을 내쉴 때마다 입술 사이로 다른 작은 깃털이 보였고, 그들의 빨간 바지 밑단은 이미 진흙투성이였다. 여자들은 손수건을 들고 있었다. 빨간 머리 여자는 조금 뒤쪽에 지나칠 만큼 똑바로 서서, 푸른 연기가 마치 눈에 보이지 않는 나무들처럼 지붕들 위로 우뚝 솟았다가 점점 커지면서 다른 마을 쪽으로 사라져 가는 모습을 지켜보았다. 바람이 불자 두 그루의 포플러 가지들이 서로를 휘감았다. 이쪽 하늘 끝에서 저쪽 하늘 끝으로 홀로 날아다니던 까마귀가 울음 없이 지나갔다. 사람들이 삽으로 흙을 떠서 관 위에 붓기 시작했다. 묘혈 옆에 서 있던 롤랑은 화가 난 듯 재빨리 몸을 숙였고, 그의 손에서 무언가가 떨어졌다. 바로 곁에 서 있던 메트로가 롤랑을, 그가 떨어뜨려서 이미 흙에 덮여 버린 무언가를 번갈아 바라보았다. 흙이 목관 위로 떨어지는 맑은 소리에 이어서 흙이 흙 위로 떨어지는 소리가 났다. 이제 끝났다. 우리는 작별 인사를 주고받은 뒤 재빨리 차에 올랐다. 차가 막 출발할 무렵, 다시 무덤가로 돌아간 롤랑의 모습이 보였다.

그는 이미 죽은 사람처럼, 하지만 당장 누군가에게든 주먹을 날릴 채비를 갖춘 사람처럼 무덤 옆에 굳건히 혼자 서 있었다. 낭만적이고 어리석은 나는, 절명한 흰고래 위에 서서 마지막 모습을 드리낸 이느 선장을 떠올렸다.

집으로 돌아가는 길에, 뒤집힌 포경선과 죽은 괴물들 사이를 지날 때 메트로가 불쑥 이상한 목소리로 말했다. "옛날에 레미가 키플링 책에서 찢었던 그림들 생각나?" 내가 어떻게 잊겠는가! "조금 전에 롤랑이 무덤 속으로 그 그림들을 던졌어." 우리가 미처 고원을 벗어나기도 전에 다시 눈이 내리기 시작했다. 처음에는 눈발이 드문드문 날리더니 곧 펑펑 쏟아졌다. 세상이 사라졌다.

나만 홀로 피한 고로 주인께 고하러 왔나이다.*

---

* 구약 성서의 「욥기」 1장 16절의 구절로, 욥의 종이 욥에게 달려와서 하는 말이다. 허먼 멜빌의 『모비 딕』에서 혼자 살아남은 화자 이스마엘이 등장하는 「에필로그」의 제사로 인용되었다.

푸코 영감의 삶

1970년대 여름이 시작될 무렵, 클레르몽페랑에서였다. 나의 짧은 연극계 생활이 끝났다. 극단이 해체된 뒤 일부는 다른 곳으로 옮겨서 활동을 이어 갔고, 또 일부는 나처럼 어디선가 갑자기 불어온 바람이 단번에 운명을 바꿔 주길 기다렸다. 언덕 위 길쭉한 정원의 제일 끝에 있는, 우리가 "빌라"라고 부르며 다 함께 지내던 큰 집에 나와 마리안 단둘이 남았다. 체리가 열리는 계절은 지나갔다. 우리가 지내는 2층에 나 있던 다락방식 창문 안까지 커다란 체리나무가 햇볕에 그을린 뜨거운 그림자를 드리웠다. 그 뜨거운 그림자 속에서 나는 천천히 마리안의 옷을 벗겼고, 한증막 속에서 그녀의 몸을 하나하나 살폈고, 낮의 무기력으로 구워진 금빛 마룻바닥 위로 그녀를 밀쳤다. 서로 마주치고 얽히는 빛줄기들 속에서 마리안의 짙은 장밋빛 엉덩이가 르누아르의 그림 같은, 연보라색 살이 햇빛에 거칠게 노출되고 뵈비 너비 같은 흐릿한 빛으로 걸러진, 그렇게 황금빛과 자색 밀의 빛깔로 흐려진 까닭에 더 맨살처럼 보이는 색조를 띠었다. 격렬한 내 두 손, 환희로 튀어 오르는 마리안의 몸, 마구 달려드는 그녀의 입이 무거운 살과 색조들을 한없이 전율하게 했다. 내가 이제 이야기할 사건이 일어나기 전, 그해 여름에 대해 내 머릿속에 남은 기억은 치마를 걷어 올린 마리안이 내지르던 외침, 땀, 풍요로운 미광뿐이다.

정확히 어떤 일이었는지는 모르겠지만 아무튼 마리안은 여름 동안 일할 박봉의 자리를 받아들였다. 그 덕에 돈이 조금 생겼다. 어느 날 저녁에, 어쩌면 서로의 땀을 뒤섞는 일에 지쳐서 외출하기로 했다. 마리안은 여전히 그날 오후의 마지막 무렵을, 날씨를 드러내던 미세한 형태들을, 중앙 광장의 보리수나무 아래를 지나가는 동안 그림자와 빛을 번갈아 받으며 변하던 내 얼굴을, 내가 한 말을, 해가 저물기 시작하면 보라색으로 물드는 높은 퓌드돔을 힐끗거리던 내 눈길을 기억할 테지만, 나는 전부 잊었다. 그래도 그날 내가 어느 위대한 작가의 책『질 드 레』*를 사서 들고 다녔다는 사실만큼은 기억한다. 마리안은 아마 새해 선물용 도서처럼 화사함을 조금 누그러뜨린 선홍색의 그 표지마저 기억할 것이다. 우리는 미님 거리로 가서 저녁이면 짙게 화장한 여자들로 가득하고, 입구의 그림자 속으로 수상쩍은 시선들이 흘러들고, 딱딱한 구두 굽 소리가 울려 퍼지는 어느 레스토랑에서 저녁을 먹었다. 나는 많이 마셨다. 샤세리오가 그린 샘물처럼 녹색인 수도사들의 술, 몸을 달아오르게 하고 은근히 끈적이게 하는 베르벤뒤블레** 여러 잔으로 작전을 완수했다. 그리고 밤이 되었을 때 취한 상태로 술집을 나섰다. 마리안은 불안해했고, 무심한 매춘부들의 눈길이 어두운 길 끝까지 우리를 따라왔다. 나는 지나치게 밝은

---

* 1959년에 포베르가 선홍색 표지로 처음 출간한 조르주 바타유의 책 『질 드 레 소송』을 말한다.

** 마시프상트랄 지역의 프뤼앙블레에서 나는 마편초로 담은 독한 술.

도심 큰길들의 조명 탓에 화가 났다. 그 뒤에도 우리는
이 술집 저 술집 계속 돌아다녔고, 나는 내 입에서 나오
는 말이 점점 더 끈적거리고, 그림자들 속에 점점 더 깊
이 잠기고, 점점 더 요란해져서 자꾸 화가 났다. 나는 스
스로를 혹독하게 비판했다. 혀가 더 이상 단어들을 제어
하지도 못하는데 어떻게 글을 쓰겠단 말인가. 그래, 차라
리 그냥 바보가 되자. 진피즈와 맥주를 마시고 다시 "내
악덕을 짊어진 그 길들"*로 가자. 글을 쓰지 못한 채 죽
어야 한다면 아예 가장 어리석은 극성을 부리며, 또 어리
석은 생체 기능의 풍자라 할 수 있는 취기에 빠져 죽자.
마리안이 놀라서 하얗게 질린 얼굴로 내 말을 들어 주었
다. 그녀의 거대한 눈동자가 내 입을 꽉 껴안았다.

　내 분노는 '라 륀'에 들어갔을 때 극에 달했다. 여자
속옷 같은 핑크색 네온등 아래의 사람들은 노골적인 단
색의 데스마스크를 쓴 것 같았고, 의자들은 역겹도록 추
했으며, 재떨이에서는 내용물이 수북이 흘러넘쳤다. 나
는 도망쳤다. '브라스리 드 스트라스부르'의 문을 밀고

---

* 『지옥에서 보낸 한철』에 실려 있는 「나쁜 피」의 한 구절이다.

들어선 나는 움직이더라도 포마이카 의자에 불과했고, 살아 있더라도 시체였다. 『질 드 레』는 계속 들고 있었다. 그곳에서는 한 허세 가득한 남자가 거리의 곡예사처럼 표정을 바꾸어 가며 떠들고 있었다. 그는 여자 미용사들이 웃음을 터트리는 테이블에서 천박한 여공들이 음탕한 자세로 앉아 있는 다른 테이블로 옮겨 다녔다. 젊고 건장하고 정장 양복 차림에 하녀들을 사로잡을 만한 눈길을 가진, 거드름을 피우긴 해도 위험하지 않은 남자였다. 타락한 돈 후안의 재담, 그런 말에 흔쾌히 귀를 기울여 주는 짙은 화장을 한 여성들의 과도하게 킥킥거리는 웃음소리가 나를 짜증 나게 했다. 또 흥분한 여성 관객들, 여봐란듯이 똑똑한 척하지만 온갖 교활함으로도 제대로 가리지 못해서 노골적으로 본색을 드러낸 남자의 말, 이 모든 것이 내 격정의 방향을 바꾸어 놓았다. 나는 빙그레 웃었다. 내 분노가 마침내 나 자신이 아닌 다른 곳을 향했다. 좀 덜 폭력적으로, 거의 연민을 담아서 다른 과녁으로 향하고 있음에 기쁨이 솟구쳤다. 나도 말하기로 했다.

나는 조명이 흐릿한 안쪽 구석에 앉아 있었고, 잘생

긴 허세꾼은 바 가까이에서 환한 불빛을 받으며 공연 중
이었다. 그와 내가 마치 연극처럼 번갈아 가며 증오의 공
모 속에서 각자 큰 목소리로 말했다. 그는 이를 악물고
내 말이 들리지 않는 체하며 용감하게 공연을 이어 갔
다. 하지만 이제 그는 공연을 선뵈면서 위험을 감수해야
했다. 그의 모든 말은 내 검열의 칼에 목을 내주어야 했
다. 나는 그의 말에 오류가 있을 때마다 자습 감독처럼
거드름을 피우며 바로잡았고, 그가 문장을 완성하지 못
할 때마다 말에 몹시 냉소적인 의미를 담아서 마무리했
으며, 그가 무언가를 암시적으로 이야기할 때마다 그 안
에 도사린 진실을 — 미용사들의 기름진 살을 향한 욕
구. — 그리고 그 귀결점을 — 원하는 대로 그 살을 소유
하기. — 알려 주었다. 나는 취해 있었으므로, 내 말은 내
상태에 적합한 모습을 갖추어, 마치 왕이 된 듯 질척거리
며 무례하게 쏟아져 나왔다. 나의 타격은 정중했다. 나는
내 앞에서 떠드는 남자를, 그의 욕망을 쓰러뜨리는 방법
을 잘 알았다. 그의 강렬한 욕구들은 또한 나의 것이었기
때문이다. 말이 흡사 향일성 식물처럼 육신에 포획되어
원래의 길로부터 벗어나 버린, 어쩌면 언어의 용법일지

도 모를 그 오용 역시 내 것이었다. 남자란 그리 다르지 않다. 저 남자는 지금 나와 똑같이 말의 매력으로 여자들의 환심을 사려 하고, 네온등이 달궈 놓은 발갛게 비치는 입과 희게 드러난 어깨에서 영감을 받아 서툰 연서를 쓰며 자기만의 마드리갈로 무관심한 여자들의 마음을 흔들고 있다. 내가 그 순진한 축제를 방해하지만 않았더라면, 뜬금없이 멋진 책을 손에 들고 술 취한 채 꼬치꼬치 따지면서 무대에 오르지만 않았더라면, 유감과 오만과 전제적인 분노를 실어 응수하지만 않았더라면 여자들의 마음은 정말로 흔들렸거나 적어도 조만간 흔들릴 터였다. 나는 그의 모든 말을 내려다보는 척하며 무너뜨리는, 힘겹게 작품을 만들어 낸 사람의 입과 정신 위에 자신의 입과 정신을 더 높이 가져다 놓으며 반박하는 지독한 사람이었다. 다시 말해 나는 그의 까다로운 독자였다.

남자는 흔히 그렇듯이 문제의 독자에게 완전히 패배했다. 그는 이미 손에 넣었던 먹잇감을 가증스러운 그림자 탓에 놓쳤다. 가령 고전 비극의 무대에서 대본의 오류 때문에 자신의 왕위가 어떤 끔찍한 재 위에, 어떤 점토 왕관 위에 놓여 있는지 노래하는 합창단장의 목소리를 들어야 하는 왕이었다. ─ 신하인 여자들 역시, 하필이면 그 순간에 무대 밖에서 들려오는 목소리를 듣고 말았다. 물론 그녀들은 분노와 경멸이 담긴 눈길을 나에게 던지면서 계속 남자의 편에 선 듯했다. 그러나 더 이상 그의 궁정에 속한 신하는 아니었다. 남자는 이미 왕위를 잃었고, 여자들이 나서서 그를 지켜야 했다. 술탄의 매력은 끝났다. 신이 나에게 그토록 화려한 합창단장의 역할을 맡기지 않았음을 술이 깬 뒤에야 알게 될 나는 무대에 서서 왕을 공격했다. 왕권의 취약성을 지적하며 그 왕관을 내 머리에 얹고 세상 모든 것을 아는 척하면서 왕위 찬탈자의 자리를 다시 찬탈했다. 나는 더 이상 합창단장이 아니라 왕의 연적이었다. 진부한 유형의 연적이라도 술 취한 나에게는 멋진 역할이었다. 나는 시큼한 행복 속에서 헤엄쳤다.

행복은 오래가지 못했다. 나는 연신 술을 마셨고, 반데리야* 몇 개를 간신히 꽂을 정신밖에 남지 않았다. 남자는 무거운 여름밤의 어둠 속으로 사라졌다. 나는 남자

---

* 투우에서 주 투우사인 마타도르에 앞서 망토를 들고 소를 흥분시키는 '반데리예로'가 소를 공격할 때 쓰는 장식 달린 작살.

가 나가는 모습을 보지 못했고, 단지 문이 저절로 닫힐 때 실내로 밀려드는 짙은 어둠을 보았다. 나는 한동안 멍하니 있었다. 곧 여자들도 밤의 어둠 속으로 달려 나갔다. 그중에 가짜 보석 장신구와 짙고 천박한 화장이 눈에 띄는, 입가에 유년기의 흔적이 남아 있는 아름다운 긴 갈색 머리카락의 여자가 다시 들어와서 잊고 간 가방 혹은 장갑을 주워 들었다. 거친 동작으로 미루어 볼 때 가난한 집안 출신일 테고, 요란스러운 자신감은 그 출신에서 벗어나고자 노력했지만 실패했다는 뜻이었다. 아마도 레카르에서 흔히 볼 수 있듯이 우물과 개암나무들 사이에서 자랐고, 지금 시골에서는 누군가 그녀를 생각하고 있을 터였다. 여자는 내 눈길을 피했다. 사실 그렇게 형편없는 여자는 아니었다. 그녀는 살 속에 추억을 간직하고 있고, 죽은 이들을 위해 눈물을 흘릴 것이고, 자신의 욕망이 무너지는 광경을 보게 될 터였다. 절대 내 것이 되지는 않으리. 내 취기가 느긋해졌다. 나는 감미로운 자기만족 속으로 가라앉았다.

모두 떠나간 뒤에도 우리는 한참이나 더 그 술집에 머물러 있었다. 마리안은 죽도록 지루해했고, 나는 한없이 감상에 젖었다. 나는 이제 무너진 무거운 취기, 개인적 특성이 전부 사라지고 모든 남자에게 공통적으로 나타나는 어두운 형이상학만이 남은 취기, 옛날 무리우에서 일요일이면 농부들을 불평 많고 의지박약한 인간으로 만들던 취기에 빠졌다. 그 뒤에 무슨 일이 일어났는지는 기억나지 않는다. 아니 정확히 말하자면, 혼미 상태였던 내가 기억하는 바는 후회와 치욕으로 이루어진 배경 앞의 무대 장식, 어둠이 칠해진 마분지 위에 재생지로 만든 지하 감옥 혹은 지옥뿐이었다. 내 말을 너무 잘 들어 주는 것이 마리안의 단점이었다. 증인이자 심판관인 그녀는 재판도 하기 전에 이미 나를 무죄 방면했고, 그 앞에서 나는 내가 저지른 일에 대해 복잡하고 관대하고 영리한 반성문을 써 나갔다. 나는 그녀가 내 무죄를 확인해 주기를 바랐다. 나는 남자를 공격한 게 아니다. 오히려 나 자신에 대해서와 마찬가지로 그에 대해서도 무한한 연민을 품었다. 가시 돋친 내 응수들은 모두 연민에서 나왔다. 그도, 나도 결국 말을 제대로 사용할 줄 모르는, 그래서 말을 최고의 무기로 삼아 목표를 — 그의 목표는 육신의 빗장을 푸는 것, 내 목표는 책을 마무리하는 것이었다. ── 달성해 내는 게 늘 불가능한 불운한 인간들이 아닌가. 하얀 살덩이는 그를 벗어났고, 어쩌겠는가, 여전히 다가갈 수 없는 내 책의 백지들도 나를 벗어났다. 육신도, 백지들도 밤새 거친 쾌락이나 단어들로 채워질 수 없었다. 그도, 나도 암호를 알지 못했다.

기억은 취기의 격한 변덕을 충실하게 살려 낼 수 없고, 살려 내려고 애써 봤자 곧 지친다. 요약해 보겠다. 이유는 모르겠으나, 아무튼 나는 갑자기 변덕이 나서 술집 주인한테 시비를 걸었다. 그는 화를 내진 않았지만 나를 거칠게 쫓아냈다. 나와 마리안은 다른 술집을 찾아서 걸음을 옮겼다. 나는 송진 같은 하늘 아래서 마음을 진정시키지 못하고 땀을 흘렸다. 100미터쯤 걸어가니 그 남자가 나를 기다리고 있었다. 독기를 품었다기보다는 대리석 같은 얼굴이었다. 그는 낮은 목소리로 나에게 해명해 보라고 명령하듯 말했다. 나는 그 말을 받아들이기로 했다. 그래서 좀 더 편안히 이야기를 나누고자 제일 가까운 카페를 가리키며 말했다. 내가 대접할 테니, 기사령의 주인이신 우리 나리께서도 한잔하시려나? 돌덩이 같은 주먹이 내 얼굴로 날아왔다. 나는 움직이지 않았다. 술기운 때문에 감각이 없었지만 대꾸는 했다. 그때 남자가 어떤 말을 들었는지 나는 알지 못한다. 어쨌든 주먹이 여러 차례 내 입을 가격했다. 그의 주먹은 나에게 방향성 진통제였고, 나의 밀과 웃음은 그를 회청시키는 흉구였다. 나는 신이 났다. 노예는 말의 무력함을 말이 아닌 다른 것으로 고백했다. 남자는 나를 복종시키기 위해 불투명한 몸을 드러냈다. 그러고는 왕을 때려눕힌 비천한 농민처럼 자신의 예속 상태를 토로했다. 나는 바닥에 쓰러졌다. 입에서 나오는 말 사이로 피가 튀었다. 남자는 고통과 웃음으로 일그러진 내 얼굴에 발길질을 하고 또 했다. 그는 나를 죽일 수 있었고, 나는 차라리 그가 나를 죽여서 우리의 승리와 패배를 함께 기려 주기를 바랐다. 정신을 잃기 전에 나는 벽 앞에 쓰러진 마리안을, 내가 너무도 좋아하던 연보라색 원피스를 입은 그녀의 고통스러운 얼굴을 보았다. 나는 더 이상 왕이 아니었고 나를 때린 남자 역시 비천한 농민이 아니었다. 우리는 고통 가득한 눈길 앞에서 같이 괴로워했다. 우리는 두려워했다.

그는 나를 죽이지 않았다. 하지만 감각이 사라진 내 얼굴을 거듭 발로 찼다. 천만다행으로(지금 내가 이야기하는 대로 불운했던 내 삶과 달리 내 몸은 언제나 운이 좋았다.)
순찰 중이던 경관 덕분에 상황은 수습되었다. 늦은 시각
이라 모두 떠나 버린 근처 술집의 창백한 테라스에서 나
는 정신을 차렸다. 그리고 마리안을 껴안았다. 위쪽에서
내려오는 빛이 예리한 모자챙 아래로 경관들의 얼굴에
그림자를 드리웠다. 금속 팔찌와 소매에 박힌 계급장이
번쩍였고, 그림자 진 얼굴은 잘 보이지 않았다. 검은색과
흰색의 옷을 입은 술집 주인이 나에게 코냑을 가져다주
었다. 내 피가 그의 냅킨에 조금 묻었다. 광장의 가로등
불빛을 받은 보리수나무들이 풀과 빵처럼 황금빛과 녹
색으로 높이 우거진, 더없이 부드러운 잎새들을 별들을
향해 뻗고 있었다. 나는 마음이 편안했다. 아무것도 이해
하지 못했고 아무런 근심도 없었다. 오로지 자고 싶었다.
나는 내 죽음을 사용할 권리를 만끽했다. 경관들이 나에
게 그 남자를 고소하라고 했다. 나는 담담하게 거절했다.
내가 그리 많이 다치지 않았다고 생각했다. 나는 취하기
도 했고, 감각이 사라진 얼굴에 환희의 가면을 썼으니까.
나를 때린 남자와 아는 사이라고, 친한 사이라고 주장했
다. 경관들도 더는 말을 하지 않았다. 우리는 택시를 타

고 빌라로 돌아왔다.

깨어나 보니 마리안이 내 위로 몸을 숙인 채 울고
있있다. 다 표현하기 힘들 만큼 많이 놀란, 몽둥이질당
한 죄수가 두들겨 맞은 자기 몸을 바라보며 믿을 수 없
어 하는 듯한 표정이었다. 나는 햇빛이 너무 싫었고 머리
가 끔찍하게 아팠다. 한순간 섬광 같은 공포가 나를 사
로잡았다. 내가 사람을 죽였나? 나를 내려다보며 아이를
흔들어 어르듯 고통을 달래 주는 마리안 앞에서 나는 넋
이 나간 상태로 꼼짝하지 못했다. 마침내 전날의 주먹다
짐이 떠올랐다. 마음이 놓였고, 비틀거리며 일어나서 거
울로 다가갔다. 거울 속에 너무도 기이하게 변한 얼굴,
백치의 반쪽짜리 얼굴이 나를 보고 있었다. 얼굴 왼쪽
은 불룩 튀어나온 보라색 가죽 부대 같았고, 그 위로 눈
꺼풀이 찢기고 곪아 있었다. 마치 모든 악이 —'내 악덕
들이'— 몸으로 고백해 내겠다는 처절한 의지로 어두운
한구석에 모여든 듯 로마네스크 양식의 성당 가로대에
놓인 악마 형상처럼 부풀어 오른 왼쪽과 달리, 오른쪽 볼
과 눈은 멀쩡했다. 이분법적이고 거칠고 상징적이고 경

건한 상처 역시 로마네스크 양식 그 자체였다. 물론 논리는 우스꽝스러웠다. 나는 한 남자가 하는 말들을 훔쳐서 일그러뜨린 뒤 돌려주었다. 그래서 그 남자는 내 몸을 일그러뜨렸다. 그러니 서로 비겼다. 내 얼굴은 그 거래의 영수증이었다.

　나는 침대로 몸을 던지며 마리안에게 용서를 빌었고, 우리 둘의 고통 때문에 나에게 더 소중하게 느껴진 그녀의 얼굴을 떨리는 손으로 어루만졌다. 나는 토사물이 묻은 베개 위에 그대로 머리를 누였다. 상관없었다. 마리안은 마치 어린애를 대하듯 내게 이야기하면서 이 땅의 것이라 할 수 없는 평화를 안겨 주었다.(그녀의 손길이 너무 다정해서 오히려 어색했다는 사실을 어떻게 이해시킬 수 있을까?) 이를테면 이탈리아의 피에타 혹은 장 주네*의 포주들처럼 그녀의 입과 손이 모든 것을 분홍색으로 물들였다. 그날 오후에 나는 입원했다. 안구와 뺨 부분이 골절되었지만 기적적으로 눈은 무사했다.

---

* 작가 장 주네는 파리에서 사생아로 태어나 거리를 떠돌며 자라났고, 이후에 도둑질, 소매치기, 동성애 등으로 감옥을 들락거렸다. 자전적 소설 『도둑 일기』(1949) 등에 포주가 등장한다.

그런데 없어진 게 있었다. 내가 잘난 척하고 책을 좋아하는 프티 푸세*가 되어 돌아오는 길에 『질 드 레』를 떨어뜨린 것이다.

입원하고 처음 며칠 동안은 다행히 몽롱한 상태가 이어졌다. 취기는 절대 끝나지 않을 듯한 혼수상태에 가까웠다. 평생 겪은 숙취 중 가장 길었고 그래서 다행이었다. 나는 수술을 받았다. 마취가 덜 되었는지 내 광대뼈에 행해지는 개공술이 느껴졌다. 그래도 가벼운 꿈을 꾸는 것 같았고 아프지는 않았다. 말하자면 나를 교화하기 위해 스스로의 부검에 직접 참여하게 한 자비로운 꿈, 언제든 되돌아갈 수 있는 꿈이었다. 나는 책을 펼치듯이 나를 열었고, 내가 높고 당혹스러운 목소리로 나를 읽어 가는 동안에 의대생들은 신나게 웃었다. 나는 해골을 먹는 여신들이 치아와 발톱을 드러낸 '바르도'**에 있었다. 친절한 목소리들이 바르도의 '고귀한 아들'인 나에게 모든

---

* 샤를 페로의 동화 제목이자 주인공. 일곱 형제 중 가장 키가 작아서 프티 푸세(작은 엄지손가락)라고 불리는 막내가 가난 때문에 숲속에 버려진 뒤 미리 떨어뜨려 놓은 조약돌들로 길을 찾아 돌아오는 이야기다.
** 티베트 불교 용어, 죽음과 환생 사이에 사십구 일간 유랑하며 윤회하는 중간계를 말한다.

것이 환상이라고, 바깥의 가닿을 수 없는 여름이 내 몸보다 더 견고한 실체라고, 취기, 책들의 여러 몸, 마리안의 육체가 만드는 성찬은 내 육신이 환상임을 잊게 해 줄 뿐이라고 속삭였다.

나는 다인 병실에 들어갔고, 창밖 안마당에는 내가 두들겨 맞았던 광장처럼 꽃을 피운 보리수나무들이 서 있었다. 황금빛 햇살은 보리수의 황금빛을 투과하며 훨씬 풍성해졌다. 달콤한 보리수는 꿀벌들이 좋아하는 나무다. 저녁이면 벌들이 붕붕거리는 소리가 더 커져서 마치 나무의 목소리 같았고, 또 나무를 호위하는 든든한 영광의 아우라처럼 보였다. 엎드린 에제키엘 앞에서 천사들도 저렇게 붕붕거렸으리라. 병원의 영안실도 안마당으로 이어져 있었다. 들것으로 시신을 나르는 인부들이 열린 창문으로 내다보는 병실 환자들과 농담을 주고받기도 했다. 나는 저 시트에 덮이지 않았고, 내 눈은 여름을 보았고, 나는 아직 죽은 사람들에 대해 말할 수 있었다. 그때 병원에서 느낀 깊은 환희가 아직 기억난다. 나는 마리안이 찾아온 『질 드 레』를 읽었다. ─ 나를 쫓아냈던 술집 주인이 고맙게도 책을 잘 보관해 주었다. 『질 드

레』를 읽으며 나는 그 시각에 여름철 방데에서 불타고
있을 티포주성*의 잔해를, 은빛 강가의 어린나무들 아래
서 식인귀**가 후회와 공포에 휩싸인 채 울며 밟았던 풀
과 똑같은 풀이 높게 사라나 있을 그곳을 떠올렸다. 7월
이 터뜨리는 승리의 웃음 아래서 창백한 시트를 덮고 괴
로워하는 육신들이 모여 있는 이곳보다『질 드 레』를 읽
기에 더 적합한 곳이 있을까? 나는 간호사들의 자신만만
한 어리석음을 보면서 질 드 레의 죄를 사했고, 죽어 가
면서도 천사 같은 인내심을 보이는 환자들을 바라보며
질 드 레를 저주했다. 침대에 누운 내 위로 몸을 기울인
마리안은 죽임을 당한 모든 아이들을 위해 울었고, 살아
남은 아이들은 마리안의 웃음 속에서 기뻐했다. 내 안에
서는 모호한 태도의 우유부단한 식인귀들이 부족한 향
연에 대해 양해를 구했다.

　　마리안은 매일 오후에 방문했다. 다른 사람들에게

---

* 프랑스 중서부 방데 지방의 티포주에 있는 중세의 요새. 15세기 프랑
스의 남작 질 드 레가 이 성에 살며 지하 납골당에서 100명이 넘는 아이
들을 살해했다.

** '식인귀'라고 불리며 아내들을 살해한 남자의 이야기인 샤를 페로의
『푸른 수염』(1697)은 티포주성을 배경으로 한다.

등을 돌린 채 내 침대 바로 옆에 앉아 있었기 때문에 내 손은 은밀하게 가벼운 치마 속으로 들어가서 그녀를 흥분시킬 수 있었고, 내 눈길은 그녀의 벌린 두 다리와 내리깐 속눈썹을 붙잡고 있을 수 있었다. 그렇게 유예된 쾌락 속에서도 내 독서는 거의 그대로 유지됐다. 이러한 흥분뿐 아니라 다른 것도 있었다. 우리는 신나게 재깔이고 태평스럽게 뛰노는 멧비둘기들처럼 즐기느라 우연히 동료가 된, 대부분 나이 지긋한 병실 사람들을 유쾌하게 혹은 짜증 나게 했다. 어느 날 그중 하나가 내 침대 쪽으로 다가와서 목의 병증으로 더 희미해진 숫기 없는 남자의 서툴고 급한 목소리로 마리안에게 무언가 알아들을 수 없는 말을 건넸다. 그러고는 마리안의 상냥한 반응에 용기를 얻어서 거듭 말했다. 마침내 우리는 그의 말을 들었다. 그는 고용주와 연락하고 싶지만 전화를 쓸 줄 모르니 마리안이 도와줄 수 있는지, 자기 대신에 전화를 걸어 줄 수 있는지 물었다.

　나는 그가 마리안과 함께 멀어지는 모습을 바라보았다. 명랑히 재잘거리는 젊은 여자가 자기 날개 아래에 주눅 든 노인을 품고 병실을 나섰다. 사실 노인은 첫날부터 눈길을 끌었지만 그의 온화한 과묵함이 왠지 두려워서 당최 말을 걸 엄두가 나지 않았다. 게다가 그는 눈에 띄고 싶어 하지 않는 태도 때문에 오히려 눈에 띄는 유일한 사람이었다. 병실 사람들이 주고받는 모호한 대화에 낀 적은 없었지만 무언가 물어보는 사람이 있으면 친절하면서도 간결한 대답으로 기꺼이 상대를 무장 해제시켰다. 사람들이 옆에서 농담을 해도 그는 거의 웃지 않았다. 그렇다고 무시하지도 않았다. 다만 아무런 꾸밈이 없는 태도로 멀찌감치 떨어져 있었다. 그러겠다고 의도한 것 같지는 않았다. 그저 자신보다 더 강하고, 더 오래된 미지의 뭔가가 그를 사람들에게서 떨어뜨려 놓은 듯했다.

나는 책을 읽다가도 그를 바라보곤 했다. 내 눈길은 요란스럽게 화장한 탐스러운 간호사들을 향하다가도 곧다시 노인에게로 돌아갔다. 그의 침대는 창문 옆자리였다. 그는 몇 시간이고 햇빛에, 혹은 햇빛 속에서 오직 그만을 위해 움직이는 추억에 사로잡혀 있었다. 어쩌면 그에게 다가와서 윙윙거리는 천사들의 노래를 듣는 것 같았다. 하지만 황금과 꿀의 노랫말에 대해선 아무 말도

하지 않았고, 그의 손 역시 눈부신 밤의 언어를 옮겨 적지 않았다. 늘 놀란 모습인 그의 머리카락 없는 머리 위로 보리수나무의 가지들은 마치 갈겨쓴 듯 전율하는 그림자를 드리웠다. 그는 두툼한 자기 손을 내려다보다가 하늘을 보았고, 다시 손을, 마지막으로 밤을 쳐다보았다. 그러고는 여전히 멍한 얼굴로 침대에 누웠다. 반 고흐가 그린 앉아 있는 남자*보다 더 큰 고통을 품은 듯했다. 그러나 노인은 더 친절하고 더 비장했으며, 분명히 눈에 더 잘 띄었다.

(반 고흐였나? 차라리 렘브란트의 그림 속에서 창가 쪽 그늘진 의자에 앉아 빛의 눈물에 젖은 얼굴로 자신들의 무능함에 당혹스러워하는 학자들과 더욱 비슷했다. 단지 렘브란트의 인물들이 학식 있는 사람들인 것과 달리 노인은 벨벳 바지와 싸구려 모직 웃옷, 그리고 둔한 몸짓으로 볼 때 하층민일 터였다.)

그의 이름은 푸코였다. 간호사들은 직업을 위해 거리낌 없이 동원하는 친근함, 조금은 내려다보면서 동시

* 양손으로 얼굴을 가리고 의자에 앉아 있는 노인을 그린 고흐의 작품 「슬퍼하는 노인」을 말한다.

에 자비로운 — 누가 알겠는가? — 친절로 그를 "푸코 영감"이라고 불렀다. 당시에 한창 인기를 끌던 철학자 혹은 선교 활동으로 유명한, 노인과 똑같이 '아버지'*였던 사제와 이름이 같았지만 그는 이름 없고 바라보는 사람을 미소 짓게 하는 존재였다. 성 말고 이름은 끝내 알 수 없었다. 나는 간호사들에게서 그의 병에 대해 들었다.(간호사들은 나에게 참 잘해 주었다. 그녀들이 아무런 경계심 없이 뭐든 말해 준 까닭은 아마도 내가 그들 스스로 수치심 없이 섬기는 상사들과 똑같이 수려하고 선정적이고 공허한 말을 늘어놓았기 때문이다. 그런데 바로 그런 말이 그들 스스로 우상처럼 섬기는 대상을 거부하기 위해, 부재의 죄를 짓기 위해, 분노 속에서 경솔한 일을 저지르기 위해 사용될 수 있음을 생각하지 못했다. 그렇다고 내 마음을 속이며 그녀들을 대하지는 않았다. 나 역시 그녀들이 좋았다. 신랄한 순응주의는 나를 화나게 했지만 그 육신과 허약함이 마음에 들었다. 사실 간호사들

★ 프랑스어로 아버지를 뜻하는 père는 '푸코 영감'처럼 나이 든 사람을 가리키기도 하고 가톨릭 사제를 뜻하기도 한다. 군인이자 탐험가, 지리학자였다가 트라피스트 수도회의 사제가 되어 아프리카에서 선교 활동을 한 샤를 드 푸코(Charles de Foucauld)를 말한다. 철학자 미셸 푸코(Michel Foucault)와 철자는 다르지만 발음이 같다.

은 감시자라는 역할만 주어지지 않는다면 선량할 수 있는 사람들이다. 그 자리 때문에 흰 가운을 걸친 의사들에게 굴종할수록 초라한 신분의 환자들에게는 보호자인 동시에 희롱하는 살무사 같은 존재가 된다.) 푸코 영감은 후두암 환자였다. 치명적인 상태가 아니었으므로 빌쥐프*에 가면 치료받을 수도 있었지만 공연히 안 가겠다고 버텼다. 마치 자신의 사형 선고에 동의한 사람처럼 의료 장비가 부족한 지방 병원을 굳이 떠나지 않겠다고 고집부렸다. 의사들이 아무리 경고해도 그는 그림자 진 구석들에 쌓여 가는 자기 죽음을 외면한 채 창밖의 밝고 커다란 나무들을 바라보며 계속 앉아 있었다.

왜 안 가려고 할까? 확실한 의지가, 무언가 강력한 이유가 있을 터였다. 그런 고집 없이는, 의사들이 승리를 확신하며 속임수까지 동원해서 압박하는 의학적 요구를 버텨 내기 힘들지 않겠는가. 나는 가족과 떨어지고 싶지 않다든가, 고향을 떠나고 싶지 않다든가, 하는 농부들의 무디고 감상적인 사정, 병원에서 흔히 볼 수 있는 평범한

---

* 파리 남쪽의 교외 지역으로 1926년에 세워진 암 전문 병원 귀스타브 루시가 있다.

이유들을 떠올렸다. 하지만 곧 다른 이유를 짐작하게 되었다. 그의 부탁을 받고 전화를 해 준 마리안이 이후에도 몇 차례 같은 방식으로 통화하면서 얻어 낸 사소한 정보들이 근거가 되었다. 마리안의 말에 따르자면 푸코 영감에겐 가까운 가족이 없고, 그나마 고용주인 인근 시골 마을의 젊은 제분업자가 그를 많이 아끼는 것 같았다. 제분업자는 그다지 중요해 보이지 않는 "서류를 잘 작성했다."라면서 영감을 안심시켰고, 혹시 다른 서식이 더 필요하면 알려 달라고, 자기가 클레르몽에 들르겠다고 했다. 마리안의 도움 덕분에 그와 나 사이엔 나름대로 친밀한 관계가 자리 잡기 시작했다. 그 뒤로(그러나 노인은 친절하면서도 여전히 쭈뼛거리며 조심스러워했고, 나는 두려웠다.) 나는 그가 "젊은 푸코"라 불리던 시절에 결혼한 적이 있고 금방 상처했으며 아이가 없다는 사실을 그의 입을 통해 직접 들을 수 있었다. 심지어 그는 고향에 대해서도 별다른 애착 없이 이따금 상상해 볼 뿐이었다. 그는 로렌 지방에서 태어난 뒤 어릴 때 남쪽 지방 어딘가에서 제분소 일을 시작했고, 아마도 더 나은 곳이라는 확인되지 않은 소문만으로 하층민들을 옮겨 가게 하는 역마살 때문에 혹은 주인들끼리의 거래 때문에 혹은 집안 사정으로 어쩌다 보니 이곳까지 오게 되었다.

낯선 곳으로 옮겨 다니면서도 잘 살아온 그가 무슨 이유로 제대로 된 치료를 거부하는 것일까? 마치 자신의 소멸을 예견하듯 뒤로 물러서서 스스로의 자리를 지키는 이 보잘것없는 작은 존재는 아득한 비밀, 그런 결심으로 이끈 고귀한 부조리, 종말의 숙명성으로 인해 차츰 거대해져 갔다. ── 천사들이 와 있든 아니든 그가 바라보는 것은 바로 자신의 죽음으로 들어가는 기이한 문이었으며, 경이로운 시선이 가닿는 대상들 역시 놀라고 있는 것 같았다. 화려한 방에 생뚱맞게 놓인 세면대처럼 밝은 에나멜 도료를 칠한 영안실과 이어지는, 흔들리는 보리수나무로 가득한 안마당은 그야말로 완벽한 풍경이어서 나 또한 그곳을 넋 놓고 바라보곤 했다. 심지어 내가 읽는 책 속에서도 푸코 영감들이 나왔다. 그들은 바로, 겁에 질린 아이를 안장 위에 옆으로 누이고 티포주성을 향해 말달리는, 교만과 슬픔으로 가득 찬 한 남자의 외침을 듣고 ──"길을 비켜라, 농민!"── 황급히 길 가장자리로 물러나서 모자를 벗어 든 채 속내를 알 수 없는 눈길로 고개를 숙인 하층민들이었다. 그런데 그중에서 제일 체념한 듯한 한 사람이 욕설과 함께 달려와서 덮치려 하는 말에 아랑곳없이, 그저 모자를 벗어서 초라한 두 손에 쥐고 길 한가운데에 버티고 서 있다. 농민은 계속 바라보다가 풀 위에 쓰러지고, 말발굽에 밟힌 관자놀이에서 피를 흘리며 일어나지 못한다. 푸코 영감은 아이를 죽여서 배를 갈라 내장을 꺼내던 방데의 음침한 귀족의 길을 가로막은 어느 조상이 그랬듯이 의사들의 길을 막아섰고, 역시 그 조상처럼 의사들에게 공손했다. 방데의 귀족처럼 생체를 해부할 수 있지만 그와 달리 쾌락도 후회도 없이, 아마 그럴싸한 화형도 속죄도 없이 그 일을 하는 이들에게 푸코 영감은 미소 지은 채 겸허히 버텼다. 온건한 거부였지만 절대 꺾을 수 없는 고집이었다. 그는 자신의 '안녕'을 위해 가야만 하는 곳으로 데려가려는 사람들을 결코 받아들이지 않았다. 푸코 영감은 다른 사람들처럼 '안녕'의 열쇠, 사용법이 의무의 형태로 주어지는 그 열쇠를 갖기에는 너무 보잘것없는 인간이었다. 그는 연신 버티면서 의무를 피했고, 육신과 가진 것들을 전부 걸고 중죄에 몸을 던졌다. 의학이라는 교의에 입각해서 보자면, 자기 몸과 가진 것을 무시하는 자세는 이단보다도 죄질이 나쁘다. 그는 죽음 외에는 어떤 것도 염두에 두지 않았고, 사제들의 접근 역시 부드럽게 밀어냈다.

매일 사제단이 찾아와서 괴롭혔다. 어느 날 내가 책을 읽고 있는데 평소보다 훨씬 많은 사람들이 흡사 연극 무대에 오르듯 병실로 입장했다. 야간 순찰대의 대장이 병사들을 다 이끌고 온 것처럼 우르르 들어와서 곧장 푸코 영감의 침대로 향했다. 대심문관처럼 날카롭고 근엄하게 생긴 기품 있는 의사, 더 건장하지만 염소수염을 기르고 좀 더 물러 보이는 젊은 의사, 수련의 몇 사람, 지저귀는 새 떼 같은 간호사들. 그들이 이단에 빠진 노인을 개종시키기 위해 심문을 시작했다. 의사들은 푸코 영감이 자리에서 일어서자 다시 앉혔다. 햇빛이 의사들의 수다스러운 얼굴을 어슴푸레한 빛 속에 남겨 둔 채 푸코 영감의 단단한 민머리와 고집스레 닫힌 입을 가득 적셨다. 마치 「해부학 강의」*의 의사들이 그림을 바꾸어, 창

---

* 렘브란트 하르먼손 판 레인의 그림 「툴프 박사의 해부학 강의」를 말한다.

가에 앉은 「연금술사」*의 뒤쪽 그림자 자리로 옮겨 온 것 같았다. 의사들은 푸코 영감이 명상에 젖곤 하던 자리를 빳빳하게 풀 먹인 흰색 가운의 위세와 소란스러운 지식으로 채웠다. 푸코 영감은 익숙하지 않은 관심이 쑥스럽기도 하고, 아무것도 대답할 수 없는 상황이 창피하기도 해서 그들을 제대로 쳐다보지 못했다. 이따금 창밖으로 불안한 눈빛을 던지며 앙투안 성자**가 오두막 안에서 십자가와 작은 물독을 바라보던 눈으로, 마치 조언을 구하듯이 보리수나무들과 뜨거운 그림자와 서늘한 작은 문을, 마음을 평온하게 해 주는 익숙한 존재들을 쳐다보았다. 그를 유혹하려는 이들은 궁정처럼 화려한 파리의 병원과 치료법에 대해 이야기했고, 합리적인 사람들과 무지해서 그렇지 못한 사람들을 들먹이며 환자를 완전히 설득하지는 못하더라도 최소한 마음을 잔뜩 흔들어 놓았다. 사실 우두머리 의사는 진심이었다. 직업적인

---

* 17세기 초 플랑드르의 화가 다비트 테니르스의 그림이다.
** 1세기 무렵 이집트 사막에서 은둔 생활을 한 '사막의 교부' 중 하나인 성 안토니우스의 프랑스 이름이다. 여러 가지 초자연적인 유혹들을 겪었다.

자기도취에 젖어 있고 용맹하고 공격적인 가면을 쓰기는 했어도 선량한 사람이었으며, 고집쟁이 노인에게 호감도 품고 있었다. 푸코 영감은 상대의 논리적인 주장보다 바로 그 호감에 응답해야 한다고 느꼈는지 마침내 입을 열었다. 그의 대답은 무척 짧았음에도 긴 연설보다 더 밝게 빛나고 훨씬 결정적이었다. 자기에게 고통을 안기는 사람을 향해 눈을 든 노인은 늘 다시 시작되고, 이젠 자기 말의 무게로 더욱 육중해진 부담에 짓눌려 비틀거리며, 밀가루 부대를 내려놓을 때마다 그랬을 것처럼 어깨를 움직이면서, 비탄스러운 어조이지만 병실 사람 모두가 알아들을 만큼 이상하리만치 또렷한 목소리로 말했다. "난 글을 몰라요."

나는 다시 베개에 머리를 가져다 댔다. 기쁨과 고통의 자극으로 흥분했다. 무한한 형제애에 사로잡혔다. 학식 높은 사람들과 떠벌리기 좋아하는 사람들로 이루어진 이 세계에 아마 나처럼 스스로 아무것도 모른다고 생각하며, 그래서 죽고 싶어 하는 누군가가 있었다. 병실 안에서 그레고리오 성가가 울려 퍼졌다.

의사들은 마치 실수로 혹은 어리석은 까닭에 둥근 천장 아래로 잘못 날아 들어왔다가 단선율의 성가에 놀라서 밖으로 뛰쳐나가는 참새들처럼 흩어졌다. 성당 측랑에 앉은 성가대원이 된 나는 네우마*를 알지 못해서 더 순수한 노래를 부를 수 있는 성가대장을 향해 고개를 들 엄두가 나지 않았다.(그는 세상을 모르고, 세상도 그를 몰랐다.) 보리수나무들이 나지막하게 노래했다. 커다란 보리수나무의 기둥들이 그늘을 드리운 안마당에서 유쾌한 인부 두 명이 덮개 아래 시신이 누워 있는 들것을 들고 영안실의 제단으로 향했다.

푸코 영감은 파리에 가지 않을 것이다. 학식 있고, 인간의 영혼을 잘 알고, 글이라는 교환 수단을 사용하는 사람들은 이미 지방 도시인 이곳에도, 어쩌면 그가 사는 마을만 해도 충분히 많았다. 교사, 외판원, 의사, 심지어 농부에 이르기까지 허세의 정도는 각기 달라도 모두 아는 게 많았고, 서명할 줄 알고 결정할 줄 알았다. 푸코 영감은 남들이 그런 요란스러운 지식을 지녔음을 의심

---

* 중세 서양의 성가 악보에 쓰던 기호로 근대 악보의 모체가 되었다.

하지 않았다. 누가 알겠는가? 어쩌면 '죽음'이라는 단어를 쓸 줄 아는 사람들은 자기가 죽을 날짜도 알고 있을지. 오직 그만이 아무것도 이해하지 못했고, 그래서 거의 결정하지 못했다. 그는 조금은 괴물 같은 자신의 무능 때문에 주눅이 들었다. 그럴 만했다. 삶이, 삶에 주석을 다는 사람들이 오늘날 글자를 모른다는 것은 어떤 점에서 괴물 같은 기괴함이라고, 그것을 고백하면 괴물이 된다고 생각하게 하지 않았는가. 그러니 무엇 때문에 끔찍한 '서류'를 채워 줄 친절한 젊은 사장마저 없는 파리에 가서 매일 이러한 고백을 반복해야 한단 말인가? 왜 새로운 수치를 겪어야 한단 말인가? 무지하고 늙고 병든 그가 파리까지 가서 도대체 뭘 한단 말인가? 파리에는 심지어 벽들도 글을 알고 다리들도 역사적이라는데, 상점의 물건과 간판의 내용조차 뭐가 뭔지 알기 어렵다는데, 병원이 의사당 같고 파리의 의사는 이곳의 똑똑한 의사들 눈에도 더 똑똑하고, 간호사들 역시 다 마리 퀴리 같다는데 도대체 그곳에 왜 간단 말인가. 신문도 읽을 줄 모르는데 그 사람들한테 가서 뭘 어쩌라는 말인가.

푸코 영감은 그대로 남아서 죽음을 맞기로 했다. 파리에 가면 혹여 병이 나을 수 있겠지만, 그러자면 수치심을 견뎌야 했다. 무엇보다 그런다면 글을 모르는 죄를 죽음으로 갚을 수 없었다. 사실 푸코 영감의 생각이 순진하기만 한 것은 아니었다. 나 역시 그런 생각을 했다. 나에게도 지식과 글자는 나를 받아 주지 않는 신화적 범주에 속했다. 나 아닌 '위대한 저자들'과 '까다로운 독자들'이 최고로 훌륭한 글을 자유자재로 만들어 내는 올림포스 산 아래서 나는 글자도 모르는 채 혼자 버림받은 인간이었다. 종잡을 수 없는 말밖에 못 하는 나에게 신들의 언어는 금지된 언어였다.

나 또한 파리에 가면 길이 열릴지 모른다는 말을 들었다. 하지만 내가 파리에 가서 뻔뻔스럽고 궁핍한 내 원고를 내민다면, 어쩌겠는가, 그곳 사람들은 곧 나의 허세를 들춰낼 테고, 내가 어떤 식으로든 '글을 모르는' 사람이라는 사실을 알아차릴 것이다. 나에게 편집자들은 푸코 영감에게 서류를 내밀며 아득한 빈칸들을 채워 넣으라고 대리석 같은 손가락으로 지시하는 냉혹한 타자수들이었다. 언어의 문을 지키는 긴 이빨을 가진 전지전능

한 아누비스*들인 편집자와 타자수에게 수치를 당한 뒤
나는 결국 잡아먹히지 않겠는가. 글자라는 불완전한 트
롱프뢰유** 아래서 그들은 내가 무지와 혼돈과 심각한
문맹에 젖어 있음을, 물 위로 솟은 부분은 현혹하는 속임
수일 뿐이고 실상 그을음만 가득한 빙산임을 알아채고
날 돌팔이라고 공격하지 않겠는가. 스스로 아누비스 앞
에 설 만하다고 판단하려면 보이지 않는 부분 역시 말로
다듬어져야 하고, 절대 변하지 않는 다이아몬드처럼 완
전히 얼어붙어 있어야 하는데 나는 살아 있었다. 그리고
내 삶은 사전이 아니기에 머리끝부터 발끝까지 나를 이
루었어야 할 글자들은 늘 나를 피해 사라졌다. 그러니 작
가가 되고 싶다는 내 말은 거짓이었다. 나는 내가 저지른
속임수를 벌하고, 얼마 가지지 않은 말들을 취기의 횡설
수설 속에 분쇄해 버리고, 무언증을 혹은 광기를 갈망하
고, "백치의 끔찍한 웃음"***을 흉내 내면서 또다시 거짓

---

* 이집트 신화에서 죽은 자의 수호신이다. 자칼의 머리를 하고 망자를
사후 세계로 인도한다.
** '눈속임'이라는 뜻의 프랑스어이며 보는 사람이 실물로 착각할 만큼
사실적인 그림을 말한다.
*** 랭보의 『지옥에서 보낸 한철』에 수록된 시 「지난날에, 내 기억이 확

으로 수많은 가짜 죽음에 달려들었다.

나보다는 푸코 영감이 더 작가였다. 그는 글자의 부재 대신에 죽음을 택했다.

나는 글을 기어이 쓰지 못했다. 그러나 죽을 엄두도 내지 못했다. 불완전한 글자 속에서 살았고, 죽음의 완전성이 너무 두려웠다. 푸코 영감과 다름없이 아무것도 가지지 못했다는 사실만은 알았다. 나는 나를 두들겨 팬 남자가 그랬듯이 사람들의 환심을 사고 싶었고, 가진 것 없이도 게걸스럽게 살고 싶었다. 말들의 구름 뒤에 숨은 공허를 감추기만 하면 되지 않겠는가. 내 자리는 바로 나를 때린 허풍쟁이 곁에 마련돼 있었다. 내가 그의 경쟁자로 나섰음은 옳았고, 그는 나를 두들겨 팸으로써 우리의 동등성을 축성했다.

얼마 후 나는 퇴원했다. 푸코 영감과 인사를 했는지 기억나지 않는다. 우리는 서로를 피했다. 암으로 무너지고 성대와 함께 입속의 모든 고백이 부서질 날이 머지않은 그는 사람들이 듣는 앞에서 스스로를 고백해 버렸

실하다면」의 한 구절이다.

음이 창피했다. 나는 책을 출간하든 죽음을 택하든 체념하고 침묵한 채 어떤 고백도 하지 못했음이 수치스러웠다. 퇴원하는 날까지 내 얼굴은 상처로 일그러져 있었으므로 영영 제대로 돌아오지 않을까 봐 겁이 났다. 나는 다정하게 나를 안심시키려고 애쓰는 마리안에게 모질게 굴었다. 『질 드 레』와 함께, 무언가 희미한 분노 속에서 나는 키 큰 나무들의 광경과 푸코 영감의 침묵을 가지고 병원을 떠났다.

병은 자기 일을 해냈을 테고, 가을에 보리수나무가 붉어질 즈음 푸코 영감은 목소리를 잃었을 것이다. 저녁이면 윤기를 잃는 그 구릿빛 속에서 다가오는 죽음에 말을 빼앗긴 그는 어느 때보다도 렘브란트의 늙은 학자들의 모습에 충실했을 터다. 어떤 하찮은 글도, 종이에 휘갈겨 쓴 어떤 요구도, 그 무엇도 그의 완벽한 명상을 방해하지 못했으리라. 그는 여전히 놀란 상태일 테고, 첫눈이 내릴 때쯤 숨을 거두었을 것이다. 마지막 눈길이 안마당에 서 있는 흰옷 입은 천사들에게 그를 맡겼을 테고, 삶이 별것 아니어서 놀랐듯 죽음이 별것 아니어서 놀란 얼굴 위로 시트가 덮였을 터다. 그러고는 거의 열리지 않던 입 역시 영원히 닫혔을 것이다. 이제 한 번도 글자를 써 본 적 없는 순결한 손, 느린 변모의 허공에 갇힌 채 사라져 버린 손은 영원히 움직이지 않으리라.

조르주 방디의 삶

루이르네 데 포레에게

1972년 가을에 마리안이 떠났다.

그녀는 부르주의 극장에서 변변찮은 「오셀로」 공연을 위한 리허설을 했고, 나는 몇 달째 어머니 집에 머물며 여전히 찾아오지 않는 글의 은총을 갈망했다. 침대에 누워 뒹굴거나 여러 약물에 취한 채로 세상일에는 아무런 관심 없이 나태하고 격앙된 상태로 지냈고, 열에 달뜬 몽롱함 덕분에 무언가를 쓰고 싶다는 욕구조차 없이 불모의 백지 앞에서 만족했다. 어차피 더는 읽지도 못하는데 어떻게 쓰기를 바랄까. 최악일 때는 허접한 공상 과학 소설의 번역본을 읽었고, 최상일 때라야 1960년대 미국 작가들이 쓴 알랑거리듯 화려한 글 아니면 상당히 전위적인 1970년대 프랑스 작가들의 글이 내 양식의 전부였다. 심지어 그런 전락한 독서마저 흉내 내기 역부족이었다. 나는 고질적인 실패, 매혹적인 무기력, 속임수 속에서 끝없이 허우적댔다. 내가 마리안에게 매일 보낸 편지들은 파렴치한 거짓말이었다. 나는 기적처럼 찾아오는 화려한 글들을 그녀에게 보냈다. 나는 "공상의 오페라"* 였고, 나에게 밤은 매일 파스칼**적인 세상이었으며, 하늘이 내 펜을 움직이고 내 종이를 채웠다. 그렇게 써낸 허풍들은 마멸된 서정과 교활한 감상주의 속에서 몸부림쳤다. 다시 읽노라면 웃음이 나왔고 미칠 듯이 스스로가 경멸스러웠다. 지금 생각하면 내가 내민 미끼에 현혹

---

* 『지옥에서 보낸 한철』에 수록된 「착란 II」에 나오는 표현이다.("내 삶은 공상의 오페라가 되었다.")

** 1654년 11월 23일 자정 무렵에 삼십 대의 파스칼은 신의 존재를 느끼는 환희를 체험했고, '불의 밤'이라 부른 그 체험 동안에 짧은 신앙 고백서 『회상록』을 써 내려갔다.

된 한 독자에게 쓴 그 편지들을 기점으로 내 문체가 달라진 것 같다.

마리안은 소설의 독자가 아니었다. 그런 독자를 현혹시키는 일은 고귀할 게 없었다. 마리안에게서 날마다 뜨거운 편지가 왔다. 그녀는 나를 믿었고, 무척이나 고통스러웠음에도 떨어져 지내기로 동의한 이유는 오로지 내가 글을 쓸 수 있게 하기 위해서였다. 안시*에서 보낸 끔찍한 겨울 동안 아무것도 쓰지 못한 내가(무리우로 돌아가 봤자 나를 기다리는 것은 어차피 채워지지 않는 백지뿐이라고, 어디로 옮겨 가든 어디에서 현학적 첩거를 하든 그 백지는 채워지지 않으리라고 나는 짐작했지만 그녀는 알지 못했다.) 떠나고 싶어 하자 마리안은 지지해 주었다. 생활하기 편하고 낭만적인 감정을 토로하기 좋고 겨울 스포츠라는 화려한 고역에 적합한 그 도시에서 나는 더 큰 도시, 비참함이 늘 가까이 있고 누구나 함께 비참하게 살아가는 도시들에서보다 더 화가 났다. 마리안은 그 지역의 한 극단에서 배우로 일했고, 나 또한 지역 문화원에서

---

* 알프스 지역의 도시로, 산과 호수가 아름다운 관광지다.

제안한 보잘것없는 일자리를 덜컥 받아들였다. 사람들에게 문명을 전파하는 임무를 띤 유능한 사도들과 여러 가지 취미를 지닌 공무원들 틈에서 지내며 매번 더 헌신적인 창의성을 요구하는 분위기를 간내해야 한다는 사실이 나를 화나게 했다. 이따금 저녁에 모여 문학 이야기를 나누던 때가 기억난다. 위에서는 시와 욕망에 대해, 우리가 책을 써낼 때의 이루 말할 수 없는 쾌감에 대해 말하는 동안 나는 아래서, 뻔뻔하게도 문화원의 작은 바에서 팔 맥주를 쌓아 두는 지하실의 열쇠를 찾아내서 취하도록 마셨다. 가로등 불빛 아래 가벼운 꽃송이 같고, 수많은 발걸음과 바퀴 탓에 시커멓고 무겁게 건물 주변에 쌓여 있던 눈이 기억난다. 나는 그 눈 위에 쓰러지고 싶었다. 어느 날 저녁에 문화원의 초대 손님으로 온 화가, 브람 판펠더가 어쩔 줄 몰라 하던 모습을 생각하면 눈물이 난다. 너무 긴 구식 개버딘 레인코트 차림에 내내 어색하게 페도라 모자를 손에 들고 있던 그는 열정적인 팬들의 눈길 앞에서, 마치 축제 기둥* 아래 앉은 주상(柱上) 고

---

* 민간 풍속에서 긴 기둥을 미끄럽게 만들어 세워 놓고 제일 위에 상품을 매달아서 먼저 올라가는 사람이 가질 수 있게 하던 놀이.

행* 수도자처럼 당혹스러워했다. 친절하고 온화한 노인은 사람들이 던지는 멍청한 질문들 때문에 창피했고, 그 질문들에 어색한 동의를 표하고자 단음절로밖에 대답하지 못해서 창피했으며, 자기 작품이 창피했고 이 세상이 모두에게 똑같이 마련해 놓은 운명이 창피했다. 수다스러운 사람들은 우스꽝스러운 말로 상처 입고, 과묵한 사람들은 우스꽝스러운 침묵으로 사라지니, 결국 말 많은 자나 말 없는 자나 똑같은 허영심으로 똑같이 불행했기에 창피했다.

내게 안시는 그런 곳이었다. 나는 1월 혹은 2월의 어느 날 아침에 그곳을 떠났다. 미처 날이 밝지 않았고 온 세상이 얼음장같이 추웠다. 우리는 역에서 굉장히 먼 곳에 살았고 여행 가방 몇 개를 옮겨야 했다. 도형수들의 발에 매달린 쇠공처럼 끌고 다니던 책들 때문에 무거워진 가방들이 어처구니없을 만큼 거추장스러웠다. 마리안과 나는 각자 벨로솔렉스**를 가지고 있었다. 우리

---

* 초기 기독교 수도자들이 탑이나 기둥 꼭대기에 올라가서 수행하던 풍습.

** 프랑스 솔렉스사에서 1946년부터 1988년까지 제조, 판매한 자전거

는 두 대의 벨로솔렉스에 가방들을 간신히 얹고 줄로 동여맸다. 하지만 몇 미터 못 가서 마리안이 싣고 가던 가방들이 떨어졌다. 그 순간 나는 내 가난이 끔찍하게 싫었고, 우리가 낀 장갑과 우리가 쓴 방한모가, 부실한 가방 골판지에 껴 버린 끈이, 진부하기 그지없는 우리의 미숙함이 싫었다. 나는 여행을 떠나는 셀린*의 인물이었다. 나는 내 벨로솔렉스를 도랑에 처박아 버렸고, 흩어진 가방들이 열리면서 내가 증오하던 문학이 진흙탕 속에 나뒹굴었다. 검은 호수 가까이 검은 나무들 아래서 내 몸짓이 비천하고 광포한 윤곽을 그렸고, 또한 나는 「그리스도 오셨네」** 속에서 소리를 지르며 숙취 상태로 일하러 가는 노동자가 점심 도시락을 잊은 아내를

형 오토바이.

* 루이페르디낭 셀린의 『밤 끝으로의 여행』(1932)의 주인공 페르디낭 바르다뮈는 1차 세계 대전 참전 중에 혼란과 환멸을 겪고 파리로 돌아온 뒤 아프리카, 미국 등지로 여행을 떠난다.

** 원어는 라틴어다. Christus venit. 가톨릭 기도문으로 랭보의 『지옥에서 보낸 한철』 중 「착란 II」에 "행복이여! 죽음에 이르도록 감미로운 그 이(齒)는 새벽닭의 울음소리에 맞춰 ─ 아침에, 「그리스도 오셨네」의 기도 시간에 ─ 가장 음울한 거리에서 내게 알리고는 했다."라는 구절이 나온다.

힐책하듯 마리안에게 마구 고함을 질렀다. 아무 감각도 없이 도랑에 처박힌 채 내 발에 밟히는 책들, 나 역시 그 책들처럼 되고 싶었다. 마리안이 울음을 터트렸고, 흩어진 책들을 다시 가방에 넣으려 애썼지만 여의치 않았다. 머리에 쓴 방한모 때문에, 추위와 슬픔 때문에 추해진 가련한 마리안의 얼굴을 보면서 나는 고통스러웠다. 나도 울었고, 우리는 서로 껴안았고, 어린애들처럼 다정해졌다. 역에서 마리안은 나를 싣고 떠나는 기차를 따라가며 한참 동안 플랫폼 위를 달렸다. 우느라 목이 메었어도 우스꽝스럽게 종종걸음을 치며 경이로운 희망을 품고 나긋나긋하게 고운 어릿광대짓을 하는 서툴고 눈부신 연인 때문에 나는 난방으로 후끈한 열차 안에서 오래도록 울었다.

기차를 타고 가는 내내 두려웠다. 이제 글을 써야 하는데 그러지 못할 게 뻔했다. 벽 아래 섰으나 나는 석공이 아니었다.

무리우에서는 다른 지옥이 펼쳐졌다. 나는 달라진 새로운 지옥에 매달렸다. 아침마다 신의 은총이 책상에

펴 놓은 종이를 채워 주길 헛되이 기다렸다. 나는 날마다 왼쪽에 타자기와 오른쪽에 종이, 제의에 필요한 도구들이 모두 준비되어 있는 신의 제단으로 들어갔다. 창밖의 추상적인 거울은 풍성한 여름보다 더욱 분명하게 사물들한테 이름을 붙여 주었다. 박새들이 날아다니며 이름 불리기만을 기다렸다. 하늘이 딱 두 문장이면 그려 낼 수 있을 법한 변화를 펼쳤다. 이제 해 보자. 책의 채색 유리창에 담긴 세상은 적대적이지 않으리니. 나를 둘러싸고 사색에 잠긴 너그러운 책들이 곧 나를 위해 나서리라. 이토록 선한 의지를 은총이 어떻게 외면하겠는가. 수없이 고행을 치르고(가난했고, 한심했고, 온갖 종류의 흥분제로 건강을 망쳤다.) 수없이 기도하고(읽을 수 있는 것은 전부 다 읽었다.) 수없이 자세를 취하고(작가의 태도, 작가의 제복을 가졌다.) 수없이 '위대한 작가들의 삶을 피카레스크 양식으로 본받았으므로'* 은총을 준비한 나에게 은총이 곧 올 수밖에 없었다. 은총은 오지 않았다.

---

* 중세 독일의 신비 사상가 토마스 아 켐피스의 글로 전해지는 『그리스도를 본받아』를 염두에 둔 표현이다. '피카레스크'는 16~17세기 에스파냐에서 유행한 문학 양식으로 악한이 주인공인 소설이다.

나는 오만한 장세니슴 신봉자로, 오직 은총을 믿었다. 그런데 은총은 오지 않았다. 나는 '과업'을 경멸하며 받아들일 마음이 없었다. 과업을 수행하기 위해 요구되는 노동을 아무리 열심히 기껏해낸들 기껏해야 수도원에서 하찮은 일을 하는 이름 없는 수도사이지 않은가. 커 가기만 하는 분노와 절망 속에 나는 '지금 여기에서'* 다마스쿠스로 가는 길**이 열리기를 헛되이 요구했고, 혹은 프루스트가 게르망트가의 서가에서 『프랑수아 르 샹피』***를 발견하는, 『잃어버린 시간』의 시작이면서 또한 시나이산의 고귀한 번개처럼 작품 전체를 앞질러 가는 끝이기도 한 바로 그 순간이 오길 바랐다.****(메제글

---

* 원어는 라틴어다. Hic et nunc.

** 사도 바울이 그리스도교인들을 잡으러 다마스쿠스(다마섹)로 가던 중 예수의 목소리를 들은 일화에서 비롯한 표현이다. 회심의 길, 진정한 길을 뜻한다.

*** 19세기 소설가 조르주 상드의 소설로 '상피'는 버려진 아이를 뜻한다. 방앗간 주인 마들렌과 그녀가 데려다 키운 프랑수아 사이의 애정을 그렸다.

**** 『잃어버린 시간을 찾아서』 1권 『스완네 집 쪽으로』에서 어머니가 화자 마르셀을 재우면서 읽어 주는 책 중에 조르주 상드의 책들이 등장하고, 특히 마지막 『되찾은 시간』에서 마르셀은 게르망트가의 서가에서 『프랑수아 르 샹피』를 발견한다.

리즈를 지나 게르망트에 가듯이 '과업'을 지나 '은총'에 이르는 것이 "가장 좋은 방법"이라는,* 적어도 목적지에 이르는 유일한 방법이라는 사실을 나는 너무 늦게 깨달았다. 말하자면 밤새도록 길어온 여행자가 새벽 무렵, 아직 멀리 있는 마을의 미사 종소리를 듣고 이슬 젖은 토끼풀들을 밟으며 서둘러 가지만 결국 그 미사를 놓친 셈이다. 여행자가 성당에 들어설 때면 이미 복사 아이들이 제식 용구 보관실에서 예복을 벗어 던지고 미사용 포도주병을 비우며 신나게 웃고 있다. 하지만 내가 정말로 이해했을까? 나는 밤에 걷는 일을 싫어한다.) 나는 수많은 불운한 멍청이가 그랬듯이 '견자의 편지'**에 담긴 유치한 허풍을 교리로 삼았고, 나 역시 그렇게 되려고 애쓰며 약속된 기적의 효과가 나타나길 기다렸다. 나는 아름다운 비잔틴의 천사가 모든 영광을 품고 오직 나

---

* 콩브레 주변에는 반대 방향의 두 산책로 메제글리즈 쪽과 게르망트 쪽이 있다. 마르셀은 나중에 질베르트를 통해 메제글리즈를 지나 게르망트에 갈 수 있음을, 심지어 "가장 좋은 방법"임을 알게 된다.
** 1871년 열일곱 살의 랭보가 자기 시에 대해 이야기한 편지들을 지칭하는 말이다. 중학교 때 스승이던 조르주 이장바르에게 쓴 5월 13일의 편지와 이장바르를 통해 알게 된 젊은 시인 폴 드므니에게 보낸, 유명한 "나는 하나의 타자다."라는 문장이 나오는 5월 15일의 편지다.

만을 위해 내려와 날개에서 뜯어낸 비옥한 펜을 건네주기를, 바로 그 순간에 날개를 활짝 펼쳐서 그 뒷면에 이미 완성되어 있는 내 작품을, 눈부시고 누구도 토 달 수 없이 결정적이며 절대 넘어설 수 없는 작품을 보여 주기를 기다렸다.

그런 순진함은 음흉한 탐욕의 이면이다. 나는 순교자의 상처와 구원을 바라고 성녀의 환시(幻視)를 바랄 뿐 아니라 모두를 침묵시키는 주교의 지팡이와 관을, 심지어 왕들의 명까지 덮어 버리는 주교의 말을 원했다. 일단 주어지기만 하면 그 글이 나에게 모든 것을 주리라고 믿었다. 그런 어리석은 믿음과 신의 부재 속에 스스로의 자리를 빼앗긴 나는 영벌에 처해진 자들을 바이스처럼 죄어서 비명을 뽑아내는 고문용 집게의 두 가지 물림 장치인 무력과 분노 속으로 매일 더 깊이 빠져들었다.

바이스가 점점 더 세게 조여 오자 지옥의 상처들에 필요한 단역이자 호기심 많은 구경꾼인 의혹이 찾아와 나를 헛된 믿음이라는 고문에서 끌어낸 뒤 좀 더 어두운 형벌에 처했다. 너에게 글이 주어진들 그 글은 너에게 아무것도 주지 않을 거야, 의혹이 말했다.

그처럼 경건한 어리석음 속에 길 잃은 나에게서는 제식 용구 보관실의 냄새가 났다.(지금도 그 냄새가 다 없어진 것 같지 않다.) 사물들이 스러졌다. 나는 피조물들을 잊었다. 카르파초의 그림 속에서 글을 쓰는 제롬 성자를 너무도 선량한 눈으로 바라보는 강아지를* 잊었고 구름과 사람들을, 머리에 방한모를 쓰고 기차를 따라 뛰어오던 마리안을 잊었다. 문학 이론들이 물리도록 말하고 또 말하길, 글쓰기는 원래 사람이 없는 곳에서 이루어진다고 하지 않았던가. 어쩌자고 그 말을 철석같이 믿었을까! 나는 사람들이 사는 세상을 잃었는데, 그럼에도 글쓰기는 없었다. 무리우에서의 시간이 꿈처럼 지나가는 동안 내가 본 것이라고는 이따금 흰 종이 위에 와서 성가시게 하고 눈을 멀게 하는 한 줄기의 빛이 전부였다. 영광 없는 탈출을 시도하던 그 시절에 봄이 왔음을, 이제 여름임을 알 수 있었던 까닭은 오직 맥주가 더 시원해지고 좀 더 자연적이며 나에게 좀 더 즐거운 취기를 안

---

* 비토레 카르파초의 그림 「아우구스티누스의 환시」를 말하는 것으로 보인다. 다만 그 그림에서 강아지가 바라보는 인물은 제롬 성자가 아니라 제롬 성자에 대한 글을 쓰고 있는 아우구스티누스다.

긴 탓이었다. 은총을 찾아 헤매던 불행한 시간 동안 나는 말의 은총을, 말하는 사람과 듣는 사람의 마음을 뜨겁게 하는 단순한 화법의 은총을 잃었다. 보잘것없는 사람들 사이에서 태어난 나는 그들을 여전히 사랑하지만 피해야 했고, 그들에게 말하는 방법을 잊었다. 나는 기괴한 신학을 말했고, 그것이 내 유일한 열정이었다. 신학이 다른 말을 모두 쫓아냈다. 시골의 가족과 친척들은 나를 비웃었다. 내가 말하면 거북하게 입을 다물었고, 내가 입을 다물면 나를 걱정했다.

무리우를 벗어날 때마다 나는 이 도시 저 도시에서 허튼짓을 저질렀다. 그러면서 세상 속 내 부재는 더 커졌지만 극적인 상황이 되었음은 좋았다. 매번 역에 내리면 나는 제일 가까운 카페로 들어간 뒤 여기저기 카페와 바를 옮겨 다니며 열심히 마시면서 도심까지 갔다. 내가 그 의무를 내려놓는 순간은 책을 살 때 혹은 친절해 보이는 여자를 붙잡고 늘어질 때뿐이었다. 술을 마시는 일은 나에게 매번 최종 리허설이었고, 나는 전락한 형태의 은총에서 나오는 헛소리들을 쏟아 냈다. 나는 때가 되면 글이 그런 식으로, 바깥으로부터 경이롭고 확실하게, 화체

(化體)*를 통해 오리라고 믿었다. 취기가 내 몸을 순전한 자기애로 바꾸어 놓듯이 글이 내 몸을 말로 바꾸고, 펜을 드는 일이 팔꿈치를 들어 올리는 것만큼도 고되지 않게 될 터였다. 첫 페이지의 즐거움은 첫 잔을 마실 때의 가벼운 전율과 비슷하고 이내 몇 잔째인지 몇 페이지인지 헤아릴 수 없게 될 때 완성된 작품은 교향악처럼 충만하게 금관 악기와 심벌즈가 울리는 취기를 싣고 울려 퍼지리라. 그것은 시골 무당들이 쓰는 케케묵은 술수, 조악한 속임수와 다르지 않았다! 아주 오래전 하늘의 계시 앞에서 키클라데스 제도나 유프라테스강 혹은 안데스산맥의 두 발 달린 동물들이 겁에 질린 채 술을 마시면서 세상의 종말을 맞았다는 이야기가 떠오른다. 미국 평야의 인디언들이 그런 식으로 마지막 한 사람까지 죽음을 맞이한 것도 그리 오래된 일이 아니다. 그들은 화주(火酒)가 메시아들을 데려와 주기를, 혹은 자기들 중 가장 약한 자에게 『일리아스』와 『오디세이아』의 영감을 주기를 기대했을 것이다.

---

* 사제의 말을 통해 빵과 포도주의 본질이 그리스도의 살과 피로 변하는 것을 가리키는 가톨릭 용어다.

무리우로 돌아온 지 얼마 안 되었을 때 마리안이 찾아왔다. 3월이었고, 날씨가 좋았다. 그때 내 상태를 제대로 말해 보자. 은총을 많이 접하진 못했지만 그래도 희망을 버리지 않았을 때였다. 강렬하고 독실하게 현대적인 짧은 글을 한 장(章) 써내기까지 했다. 프루아사르*나 베룰**의 갑옷 입은 기사들을 형식적이고 거추장스럽게 장식한 글이었다. 그래도 나는 행복했고, 마리안이 그 글을 읽기를 바랐다. 안시의 겨울 태양 아래서의 마리안은 나에게 여전히 황홀한 기억이었다. 마리안이 택시에서 내렸다. 그녀는 아름다웠고 환하게 빛났고 수다스러웠고 진한 화장을 했다. 나는 좁은 길에서 그녀를 애무했다. 검은색 스타킹 속의 파리한 살과 내 손길에 닿아 떨리던 말을 떠올리면 지금도 그 살을 거칠게 껴안았던 때와 똑같은 흥분이 인다. 우리는 이끼 덮인 바위들 사이를 걸었고, 사탕 과자처럼 고운 서리가 풀잎 하나하나에 내

---

* 중세의 궁정 역사가, 연대기 작가. 14세기 백년 전쟁을 기록한 방대한 분량의 『연대기』와 아서왕의 전설을 노래한 『멜리아도르』를 썼다.
** 중세에 구전되던 이야기를 바탕으로 『트리스탄과 이졸데』를 쓴 인물로 추정된다.

려앉은 풀밭 위를 걸었다. 아침 햇살이 안개를 뚫고 나와 숲을 깨우면서 마리안의 웃음에 시편이 "하느님의 수레"라고 노래한 수많은 웃음 조각을 더하는 광경을 바라보았다. 불그스레해진 마리안의 얼굴, 찬 공기 속에 내뿜는 숨결, 눈부신 눈길이 아직 내 기억 속에 남아 있다. 그런 순간은 그때가 마지막이었다. 마리안이 나에게 마련해 준 그 겨울의 며칠을 제외하고는, 이미 말했듯이 나는 한 해 내내 계절의 변화조차 느끼지 못했다.

그 뒤로 우리의 만남은 포크너의 고통스러운 백치들처럼 상실과 다 놓아 버리고 싶은 욕망에 사로잡혔고, 이어 상실을 극화하고 장광설을 늘어놓는 인물들이나 할 법한 이야기로 번져 나갔다. 리옹에서(마리안이 순회공연으로 왔을 때 만났다.) 나는 그나마 얼마 되지 않던 체류비를 단 하루 사이에 모두 마셔 버렸다. ―혹은 잃어버렸다. 무거운 다리를 끌며 푸르비에르 언덕에 올라가기도 힘들었다. 그날 나는 마리안의 몸에 손을 댈 욕구조차 없었다. 마치 침대에 누운 아이가 누군가 시트를 매트리스 밑에 끼워 넣어 정돈해 주기를 기다리듯 옷을 다 벗고 누워서 마리안의 몸이 내 몸 위에 올라오기를 기다렸다. 틀루즈에서는 내 어릴 적 여자 친구를 만나 마리안이 보는 앞에서 추근거리며 추억을 망쳐 버렸다. 부르주에서는 간이 술집이 차려진 주교궁 정원에 갔다. 내 머릿속을 채운 불길한 생각들을 없애 주고 싶어 하던 마리안은 나를 가까운 상세르*로 데려갔다. 여전히 희망을 품은 열정적인 마리안에게 나는 슬픔의 날을 떠안겼다. 나는 술을 마시며 열변을 토했고, 놀라서 쳐다보는 관광객들에게 욕을 퍼부었다. 영광스러운 루아르강까지 내려가는 계곡의 넓은 계단식 극장에서는 초라한 팔스타프**에 지나지 않으면서 술 취한 아이아스*** 혹은 펜테우스**** 역할을 맡았다는 우스꽝스러운 환상에 휩싸였다. 충실하지만 지

---

* 부르주에서 북동쪽으로 약 40킬로미터 떨어진 마을로, 루아르강이 내려다보이는 포도밭 구릉 위에 위치해 있다.
** 셰익스피어의 『헨리 4세』에 등장하는 인물로, 음식과 술과 여자를 좋아하고 거짓말과 허풍에 능하다.
*** 트로이 전쟁에서 아킬레우스의 유품을 오디세우스에게 빼앗긴 뒤 분개하여 들판의 양 떼를 그리스 장수들로 착각해 몰살하고는 정신을 차린 다음 자살한 인물이다.
**** 테베의 왕으로, 디오니소스제를 금지했다. 화가 난 디오니소스의 계략에 빠져 무녀들의 제의를 엿보다가 그를 멧돼지로 착각한 어머니와 이모들에게 몸이 찢겨 죽는다.

친 관객이었던 마리안은 내가 지독스럽게 영원토록 그 역할들을 연기하고 있다는 사실을 깨닫기 시작했다.

마리안이 한 번 더 무리우에 왔다. 그때가 마지막이었다. 나는 온총에서 제일 멀어져 있었다. 온종일 술에 더해 신경 안정제까지 털어 넣었다. 정신이 흐릿한 상태로 아침부터 비틀거렸고, 내가 숭배하는 시들을 끝없이 중일거리기조차 힘겨웠다. 눈에 보이지 않는 천사들이 조이스의 아브라카다브라 주문을 횡설수설 더듬거리는 나를 보며 웃음을 터트렸고, 나를 고성소에 버려두었다. 글의 부재 속에서 나는 더 이상 살고 싶지 않았다. 혹은 뭐든 꾸역꾸역 쑤셔 넣으면서 졸리고 멍청한 상태로 겨우 살았다. 나를 영원히 없애 줄 유혈의 동작을 기대하는 것 역시 감상적인 운명으로 보였다. 바늘에 찔려 터지는 운명 또한 명예를 가득 불어넣은 고무풍선 같은 이들에게나 어울릴 뿐, 나처럼 명예 없이 허영만 가득 찬 인간과는 무관했다. 마리안은 끝없이 이어지는 내 유치한 짓을, 가장 깊숙한 심연을 보고 말았다. 그것이 진실이고 내 편지들은 거짓말이었음을 마침내 마리안도 확실히 알았다.

그즈음 마리안은 몇 차례 계약을 하고 일자리를 얻

었다. 작은 자동차도 샀다. 어느 날 우리는 레카르에 갔다. 옛집 문을 밀면서 나는 내가 태어난 곳이라는 감상적 기억의 장소를 알아볼 수 없었다. 그곳은 그저 석고가 무너져 내리고 지하실 냄새가 풍기는, 다 쓰러져 가는 오두막이었다. 계단 위쪽에 놓인 연장 중에 사형 집행인이 휘두를 법한 도끼가 보였고, 수레에 싣고 온 건초를 묶는 굵은 밧줄이 공포스러운 분위기를 이어 갔다. 굽 높은 구두를 신고 당연히 고운 속치마를 입은 마리안은 천한 농민에게 목숨을 의지한 채 도망치는 왕비였다. 나는 마리안을 사랑했고, 또 손이 거칠고 충족되지 못한 사악한 눈길을 가진 천한 농민이었으므로 가슴이 갈가리 찢겼다. 나는 마리안의 고운 치마를 들어 올리며 동요에 나오는 황금빛 허리끈이 달린 흰색 드레스를 떠올렸다. 먼지 가득한 오두막에서 나는 옷을 벗은 마리안한테 어처구니없는 자세를 요구했다. 그녀는 화를 냈지만 더없이 흥분했고, 그렇게 맛보는 쾌락은 입속에 씹히는 먼지만큼 자극적이었다. 나의 여왕 혹은 나의 아이를 자극하는 공격 속에 온 존재를 숨긴 나는 더 거칠어졌다. 내 난파 속으로 그녀를 끌고 가고 싶었다. 거미줄 속에서 이름 없는 존재가 된 우리는 정확하고 빠른 공격으로 서로를 삼키는 흉포한 곤충들이었고, 그것만이 우리를 이어 주었다. 돌아오는 길에 어둠이 내렸다. 마리안은 말없이 운전만 했다. 내 발 사이에 빈 마디니병 하나가 뒹굴었다. 토끼 한 마리가 수풀 밖으로 나오더니 자동차 헤드라이트 불빛을 따라 뛰어갔다. 불빛 때문에 겁이 났는지 아니면 끔찍하게도 불빛에 매혹당했는지 알 수 없지만 토끼들은 원래 자주 그런다. 나는 치명적인 가짜 빛을 따라 달리는 토끼가 못마땅했다. 마리안은 토끼를 피하려고 조심했다. 내가 사악하게도 왼손으로 핸들을 잡았고, 차는 토끼를 죽이는 데 필요한 만큼 방향을 틀었다. 나는 차에서 내려 토끼를 주워 들었다. 기다란 귀를 가지고 신나게 달리던 토끼는 흠뻑 젖은 끈적거리는 털 뭉치가 되었다. 토끼는 숨이 붙은 채로 헐떡거렸다. 나는 차 안에서 토끼의 숨이 끊길 때까지 주먹으로 때렸다. 그렇게 토끼를 죽이는 동안 나는 그 토끼가 「일각수를 가진 여인」* 타피스리 위에서 수많은 꽃 사이를 깡충거리며 뛰어다니는

* 파리의 클뤼니 미술관에 소장된 중세 타피스리 작품이다. 여섯 장 연작으로, 한 여인과 일각수 외에 식물과 동물이 세밀하게 짜여 있다.

토끼와 형제라는, 아마도 어느 성자가 주는 먹이를 먹었으리라는 멍청한 생각에 잠겼다. 그러다 덜컥 겁이 나서 정신을 차렸고 수치심에 휩싸였다. 안시역에서 기관차를 탈선시켜서라도 마리안을 깔아뭉개고 싶었다. 나는 마리안을 쳐다보지 않았다. 나는 그냥 사라지고 싶었다. 마리안은 너무 큰 슬픔과 환멸에 짓눌려서 아무런 말도 못한 채 신음했다.

곧바로 편지가 왔다. 마리안은 이제 관계를 끝내고 싶다고, 마음을 되돌리는 일은 없으리라고 했다. 그해 하늘이 나에게 보내 준 글 중에 유일하게 중요했던 그 글을 나는 떨리는 손으로 들고 있었다. 내가 바라던 대로 확실하고 나름의 방식으로 경이로운, 하지만 내가 쓰지 않은 그 글은 나를 흙으로 바꾸어 놓았다. 내가 품었던 말의 연금술이라는 성대한 의지가 거꾸로 작동했다. 나는 어둠 속의 토끼가 본 치명적인 헤드라이트 불빛처럼 경이롭고 치명적인 말들을 읽고 또 읽었다. 10월 말이었다. 집 밖에서는 늙은 태양이 거센 바람을 흔들었다. 나는 바람이 흐트러뜨리는, 바람이 열광하게 하는, 바람이 땅에 묻는 나뭇잎이었다.

내 기억에 그날만큼 이겨 내기 힘들었던 날은 없다. 그날 나는 말들이 사라질 수 있음을 알게 되었고, 말들이 떠나 버린 몸에 남은 피 웅덩이로 파리들이 윙윙대며 집요하게 달려드는 것을 경험했다. 말들이 떠나고 백치 같은 정신과 절규만 남았다. 나는 말과 눈물을 모두 잃어버린 채 머릿속이 뒤죽박죽인 백치의 비명을 지르며 돼지처럼 꿀꿀거렸다. 레카르의 방에서 마리안을 덮치던 그때도 나는 농부 아낙이 방목하러 숲으로 데려간 돼지가 주인을 덮치듯 꿀꿀거렸으리라. 그러나 지금의 울부짖음이 더 거칠었다. 꿀꿀거리는 내 울음에서는 도살장 냄새가 났다. 잠시 고통에서 멀어질 때면 내 고통에 이름을 붙이고 그 고통을 겪는 스스로를 바라보면서 나는, 당신이 혈뇨 증상이 있을 때 "피가 오줌처럼 흐른다."*라는 말을 들으면 웃게 되듯이, 그저 웃을 수밖에 없었다.

내 비명에 놀란 어머니는 전전긍긍하며 내가 미쳤다고 생각했다. 가련한 여인은 왜 그러는지 말해 보라고,

---

* 피를 많이 흘릴 때 사용하는 프랑스어 표현.

정신을 차리라고 아들을 다그쳤다. 사랑과 필사적인 연민에 휩싸여 지켜보는 눈길 앞에서 내 고통의 기괴한 이기심은 더 커졌다. 결국 어머니가 떠났다. 나는 다시 말을 되찾았다. 마리안을 잃었고, 나는 존재했다. 창문을 열고 차가운 광채 속으로 몸을 기울였다. 늘 그렇듯이, 「시편」에 쓰인 대로, 하늘은 신의 영광을 읊고 있다. 나는 결코 쓰지 못할 테고, 영원한 젖먹이로 하늘이 배내옷을 입혀 주길, 지금은 절대 주지 않고 버티는 글의 만나를 언젠가 먹여 주길 기다려야 하리라. 내 게걸스러운 욕망은 계속되고 세상의 오만한 풍요 앞에서 절대 충족되지 않으리라. 나는 심술궂은 계모의 발아래서 굶주렸다. 사물들이 기뻐 날뛴들 나에게 그것을 이야기할 거창한 말이 없고 내가 하는 말을 아무도 들어 주지 않는다면 무슨 소용이라는 말인가. 나는 독자를 가질 수 없고, 나를 사랑해서 나를 위해 독자의 자리에 있어 줄 여인마저 없었다.

너무도 다정하게 챙겨 주면서 내가 앞으로 쓰게 될 글이 내 안에 가득 담겨 있다고 믿는 체하던 허구의 독자를 — 나는 이미 믿지 않은 지 오래되었지만 그녀의 마음속에는 믿음의 모습을 지닌 무언가가 살아남아 있었다. ─ 잃었다는 사실을 나는 받아들일 수 없었다. 어떻게 보면 그녀는 내 눈앞에 있고 내 손안에 있는, 그동안 내가 썼고 앞으로 쓸 수 있을 모든 것이었다. 기괴하기는 하지만 ─ 정말 그랬다. ─ 나의 작품이었다. 마리안이 사라지자 최소한 거짓으로라도 나를 믿을 만한 존재로 만들어 주던 존재 역시 사라졌다. 하물며 온전히 고독하게 지내며 헛되이 고립을 시도해 온 나에게 마리안은 다른 모든 사람을 대신했다. 나에게는 그녀가 세상이었다. 그녀는 내가 본 적 없는 꽃이 눈앞에 놓이도록 꽃다발을 만들어 주었고 손가락을 뻗어서 내가 볼만한 풍경을 가리켜 주었다. 그녀는 자신이 명명하는 것들과 동등한 가치를 지녔다. 방한모부터 검은색 스타킹까지 그랬고, 가장 가련한 먹잇감부터 가장 탐나는 맹수들에 이르기까지 살아 있는 모든 것이었다. 그녀는 제롬 성자를 지켜보던 강아지였다. 그런데 나의 실수 때문에 떠나 버렸다. 강아지는 떠나면서 책과 독서대와 필기대를 가져갔고, 학식 깊은 대주교의 고결한 자줏빛 외투와 검은색 망토마저 벗겨 버렸다. 검게 그을린 캔버스 위에는 옷을 빼앗긴 무지하고 용서받지 못한 유다가 자신의 죄로 만들어진 십자가 아래 엎드려 있었다.

사냥개 무리는 자기들을 다른 길로 안내하던 강아지가 사라지자 나를 노렸다. 나는 더 이상 도망칠 수 없이 궁지에 몰린 사슴이었다. 끔찍한 세상을 피해 달아나야 했다. 처음에는 당연히 술의 9일 기도를 떠올렸지만 끝없이 계속되는 막다른 골목일 뿐이라는 생각이 들었다. 사냥개들이 몰려오는 길에서 어떻게든 벗어나야 했다. 나는 가장 무력하나 가장 확실한 길을 선택했다. 나는 라셸레트로 갔다.

그해에 내가 이미 다니고 있던 라셸레트는 시골 들판에 담 없이 서 있는 꽤 멋진 최신식 정신 병원이었다. 나는 그곳에서 C 박사의 치료를 받았다. 키가 크고 젊은 그는 무심한 성격에 자존심이 조금 세지만 그런대로 친절했다. 그의 진료실에는 아주 큰 창문들이 있어서 숲이 잘 보였다. 벽에는 세상 어느 바다에도 없는 쥘 베른의 커다란 '신비의 섬'* 지도와 함께, 진짜 죽기 전

---

* 쥘 베른의 소설 『신비의 섬』(1875)은 남북 전쟁 때 남군의 포로가 되었다가 기구를 타고 탈출해서 미지의 섬에 내린 사람들의 이야기다.

에 광기로 죽어 두 번 죽은 시인들의 초상화가 붙어 있었다. C 박사는 그 방면에 제법 아는 게 많았고, 나 역시 그렇다는 사실을 금방 파악했다. 그 점에서 우리는 통했다. 우리는 당시에 유행하던 주제들, 루이 랑베르와 아르토 혹은 횔덜린*에게서 광기와 문학을 연결 짓는 상투적인 이야기들을 나눴다.(가난하던 그의 할아버지가 십대인 손자에게 셀린의 책을 읽게 했다고 말하며 울컥하던 모습이 아직 기억난다.) 나는 물론 그에게 치료를 받으러 갔지만 다른 속내도 있었다. 실상 치료를 위한 대화나 최면의 기적, 자유 연상이라는 참깨에는 별다른 기대가 없었다. 내 모든 기대는 의사가 스스로 처방해 주지만 사실은 내가 음흉하게 강탈해 내는 작은 알약들에 있었다. 의사가 하는 말에 전적으로 동의하면서 적당히 능숙하게 문학적 주제를 다루고, 무엇보다 기회를 엿보다 그가 본업을 떠나 마냥 즐기며 아주 멋진 이야기들을 펼칠 수

---

* 발자크의 소설 『루이 랑베르』의 주인공 랑베르는 천재성을 이해하지 못하는 세상에서 광기에 빠진다. '잔혹극' 개념으로 20세기 연극에 큰 영향을 끼친 연출가 앙토냉 아르토는 유전성 매독으로 십 대 때부터 우울증과 두통을 앓았고 오랫동안 정신 병원에 갇혀 지냈다. 독일 시인 프리드리히 횔덜린 역시 삼십 대에 시작된 정신병으로 평생 시달렸다.

있는 독일 낭만주의 작가들로 대화 주제를 옮겨 가게 한 까닭은 한 시간 뒤면 유쾌해진 그 의사가 영험한 처방전 서류철을 꺼내서 소 한 마리도 잠들게 할 양의 수면제를 눈살 한 번 찌푸리지 않고 기꺼이 처방해 주리라고, 또 내가 한동안 세상을 가벼운 안개 속에서 바라볼 수 있다는 안도감과 함께 즐거이 그 방을 나서리라고 확신했기 때문이다.

하지만 맑고 끔찍하던 10월의 그날에는 어떤 안개도 나를 가려 줄 수 없었다. 나는 바닷물이 내 머리 위로 쏟아지길 바랐다. 불투명한 바닷물의 두께만이 나를 가려 줄 수 있었다. 나는 심해에서 천천히 헤엄치는 물고기가 되고 싶었고, 아무것도 느끼지 못하는 게걸스러운 술고래가 되고 싶었다. 결국 수면 치료를 받기로 했다. 나는 C 박사가 거절하지 않으리라는 점을 알았고, 실제로 굳이 설득할 필요조차 없었다. 그렇게 화학적인 수중 호흡 장치를 달고 조용히 문장들이 없는 물속으로, 과거가 석회화하는 곳, 물고기들의 죽음이 거대한 석회암 책장에 — 대리석은 다양한 석회암 중 하나다. — 적히는 곳, 상실의 틀이 납으로 채워지는 곳으로 내려갔다. 내 램프에 짧게 불이 들어오면 어머니 같은 간호사들이 와서 먹을 것을 주고 담배를 피우게 해 주었지만 나는 손이 떨려서 담배를 쥐고 있지도 못했다. 펠리컨 장어, 심해의 그랑 구지에*는 입이 크고, 지켜보는 이가 없고, 만족했다.

다시 올라가야 했다. 고통스럽지만 명료하던 그 회귀는 조금 전에 내가 멋대로 가져다 쓴 그 어떤 이유로도 설명할 수 없다.

수면 치료가 끝난 뒤 두 달 동안 라셀레트에 입원했다. 다시 겨울을 접했고, 또 다른 상실과 잠시 중지되었던 오래된 은총을 다시 만났다. 무엇보다 그곳에서 나는 사람들이 말 혹은 침묵을 시연하는 현장을 목격했다. 정신 병원의 세상은 가장 뛰어난 연극 무대였다. 누가 연기를 하는가? 누가 진짜인가? 천사의 노래가 좀 더 순결하게 꽃을 피우도록 돼지의 꿀꿀거림을 흉내 내는 건 누구인가? 누가 스스로 노래한다고 믿으면서 영원히 꿀꿀거

---

* 16세기 프랑수아 라블레의 소설 『가르강튀아』(1534)에 나오는 인물로, 그의 이름은 '목구멍이 크다.'라는 뜻이다.

리고 있는가? 더 이상 해내기가 불가능할 만큼 제대로인 광기는 본래의 목표를 넘어서 더 멀리 나아간 흉내 내기라는 말을 받아들인다면 그곳에서는 모두가 흉내를 내고 있었다.

도시에서 온 학식 있는 환자들도 있었다. 대중 매체나 낭만적인 베스트셀러들을 통해서 아름다운 영혼은 신경성 우울증에 걸린다고 배웠으므로 그런 우울증을 열심히 실행하는 사람들이었다. 그들은 다른 곳에서와 똑같이 병원에서도 말을 많이 하고, 선택받은 자들이라는 순응적 경향의 정신병, 섬세함으로 인한 병이기에 수많은 엘리트와 동일하다는 소속감, 함께 저주받았다는 승리의 만족감, 이 모든 것 덕분에 자신들의 운명에 불만이 없다. 물론 그들이 겉으로만 병든 척하는 건 아니다. 정말로 병들었다. 하지만 나는 그들과 함께 있을 때 편하지 않았고, 내가 할 수 있는 일이란 오로지 그들이 하는 말을 지지하면서 그들이 돌리는 물레방아에 조심스럽게 물을 부어 주는 것뿐이었다. 나는 그들을 피했다. 오히려 뒤쪽에 물러서 있는, 지능이 떨어지고, 서툴게 감상적인 기이한 증상들을 보이며 대중 무도장이나 주크박스에서 주위들은 말밖에 못 하는 환자들과 교류하는 편이 더 좋았다. 그들은 무언가 떠오르면 중간 단계 없이 곧바로 착란의 발작을 일으켰다. 생각이 멈출 때 역시 마찬가지로 곧장 섬광이 번쩍히면서 끝났다. 내 기어 속에 소중하게 남아 있는 그 사람들에 대해 이야기해 보겠다. 나무를 사랑하던 방화광, 늘 어머니를 여의던 농부, 그리고 나른 이들이 더 있다. 우선 조조의 이야기부터 해 보자.

그는 ─ 모두 그를 조조라고 불렀다. ─ 심각한 진행성 치매를 앓는 귀족이었다. 조조라는 치욕스러운 애칭으로 불릴 때면 음탕하게 웃으면서 혹은 위협하면서 대답하던 그의 원래 이름은 무엇이었을까? 그는 말해 줄 수 없었다. 조조는 제대로 말하지 못했고, 절규하거나 아니면 쉼 없이 횡설수설했다. 아마도 조르주 혹은 조제프였을 것이다. 격정을 치른 뒤 시트에 누워 미소 지을 때, 옷을 벗은 채로 영광스럽고 겸허하게 담배를 피울 때 어느 여인이 다정히 웃으면서 지어 준 이름이리라. 조조에게는 분명 여자들이 있었고, 틀림없이 책도 읽던 사람이었다.

조조의 모습은 보기 흉했다. 걸음걸이가 꼭두각시

처럼 비뚤비뚤했다. 그는 지속적이고 혐오스러운 욕구불만 상태였다. 갈망을 부드럽게 달래서 충족시켜야 할 말은 무용지물이었고, 거칠게 갈망하던 물건을 우아하게 손에 쥘 올바른 동작마저 불가능했다. 그리고 그게 안 되니까 격분했다. 웃음이 그를 맞이하는 응접실이든 고요한 사물들이 버티고 있는 정원이든, 어딜 가든 그는 움직이는 분노 덩어리였다. 그는 기세등등한 아즈텍 신들이 그러듯이 짧고 강렬한 분노와 함께 등장했다. 아즈텍 신들처럼 파괴할 세상을 향해 한순간 벼락같은 눈길을 던졌고, 그런 뒤에 돌아서서는 역시 살육과 오열로 충만한 아즈텍 신들처럼 살갗이 벗겨지고 흙으로 더럽혀진 채, 마치 도끼가 나무를 쓰러뜨리듯 걸어갔다.

식당에서 조조는 특별히 개조한 식탁을 사용했다. 아예 식탁에 고정해 놓은 샐러드 그릇에 온갖 죽을 담아 주었다. 의자에 허리를 묶고, 목에는 냅킨 대신 시트를 두르고, 포크와 나이프 대신 일종의 국자를 사용했다. 그러나 모든 조치에도 불구하고 조조의 몸이 워낙 제각각 움직이는 데다 불행한 식욕 또한 워낙 맹렬했으므로 구유 속의 먹이를 다 먹고 나면 온몸과 주변 바닥에 음식물이 가득했다. 식당에서 내 자리에 앉으면 그가 보였다. 나는 건강하지 못한 눈으로 그를 관찰했고, 친한 척하면서 속으로는 비웃었다. 그러던 어느 날 한 가지 음식을 다 먹고 나서 다음 음식을 먹기 전에 무심코 고개를 들었는데, 그 괴물 대신 누군가의 등이 보였다. 누군가 조조 곁에 서서 몸을 기울인 채로 말하고 있었다. 누구인지 알 수 없는 그 사람은 키가 제법 크고, 시골 장터에서 파는 것 같은 싸구려 청바지에 진흙이 잔뜩 묻은 농부 장화를 신고 있었다. 백치가 신음하는 소리와 구별하기 힘들 만큼 나지막한 목소리로 이어 가는 일방적 대화만으로도 내 호기심을 끌기에 충분했다. 게다가 덥수룩한 머리카락 아래 단단한 목덜미, 우아하게 담배를 쥐고 오만하게 주저하는 의혹이 담긴 저 손에는 분명 내가 이미 본 적 있는 어떤 것이 있었다. 식당을 나설 시간이었다. 나는 떠나면서 조조의 얼굴을 보았다. 마침내 그의 분노가 과녁을 정했는지 혹은 예전에 이름을 부르고 안아 주고 굳건한 손으로 잡고 있던 무언가를 떠올렸는지, 그의 황홀한 혹은 노여움에 휩싸인 얼굴은 이전보다 인간적이었다. 조조는 내가 처음 듣는, 끊기지 않고 멀리서 지직거리는 것 같은 소리를 냈다. 남자는 여전히 조조를 향해 몸을 기울이고 있었다. 사람들이 지나가자 그는 길을 내주기 위해 한 걸음 물러서야 했다. 그의 웃옷은 백치 조조가 사방에 흘린 음식물로 벌써 더러웠다. 그가 내 얼굴을 보았다. 우리의 눈길이 마주쳤고, 주저했고, 다시 아래를 향했다. 내가 아는 사람, 방디 신부였다.

그런데 너무 많이 달라졌다. 세월이 그를 농부처럼 만들고, 외진 시골 생활이 머리부터 발끝까지 향기 짙은 성유를 발라 주었을까? 그리고 그 위에 더 날카롭고 더 나쁜, 처음에는 뭐라 불러야 할지 알 수 없었던 또 다른 기름까지 더해진 걸까? 방디의 얼굴은 얼룩덜룩했고, 안개 덮인 듯 공허한 눈 속의 시선은 언 땅이 녹을 즈음 구덩이 바닥에 남아 있는 눈〔雪〕을 떠올리게 했다. 많이 마르긴 했지만 관심이나 눈길을 끌 만큼은 아니었고, 안색이 분을 바른 듯 환했다. 손을 조금 떨었지만 냉담한, 그렇다고 업신여기는 것 같진 않은, 마치 이래야 뭐든 잊기에 제일 좋다는 듯 고집스럽게 담배를 쥐는 방식은 여전했다. 그 역시 나를 알아보았다. 그도 아무 말 없이 지나 쳤다.

나는 잠시 후 병원 바깥으로 나온 그가 추위를 마주하고 서 있다가 재킷의 지퍼를 올린 다음 담배꽁초를 버리는 모습을 내 방 창문에서 지켜보았다. 내가 이미 아는 동작들이었다. 그는 소형 오토바이에 올라타더니 마리안이 떠나고 없는, 모든 용서와 먼 여름이 사라져 버린 매서운 시골 들판 속으로 굉음과 함께 사라졌다. 나는 선혀다른 사람이던 방디 신부를 떠올렸다.

그때 나는 교리 문답을 할 나이였고, 내가 기다리던 구원은 나중에 마음만 먹으면 얼마든지 능력 있고 힘센 어른이 되어 있을 나 자신으로부터 올 구원뿐이었다. 나는 아이였고 제법 분별력을 지녔다. 교구 사제들이 부족해지면서 교구의 영토와 영성의 단일성은 옛말이 되었다. 오래된 다른 성자들을 기리는 작은 마을 몇 곳과 함께 무리우 교구도 생구소의 사제가 맡게 되었다. 처음에는 사람 좋고 고고학에 시간을 쏟는, 나이 든 레르비에 신부였다. 그가 사망한 뒤 방디 신부가 그 자리를 이어받았다. 사람보다 소문이 먼저 왔다. 리모주 혹은 물랭의 제법 잘사는 집 아들이라고 했다. 교구 사람들로 하여금 그에 대해 경계심 어린 막연한 자부심을 품게 한 것은 무엇보다 장래가 촉망되지만 반항적인 신학생이라는, 그래서 주교구에서 그의 소명을 시험하기 위해 관할 구역 없이 아렌, 생구소, 무리우의 가난한 농부 신자들을 이끄는 사제 자리에 보내기로 했다는 소문이었다. 그렇게 봄에 방디 신부가 부임해 왔고, 석고로 만든 성모상 아래 라일락 꽃다발이 가득 놓여 있던 기억으로 미루어, 아마도 5월에 첫 미사를 집전했다. 그 미사에서 나는 블론드 담배* 냄새를 처음 알았고, 성서가 말로 쓰였으며 신비스럽게도 사제가 선망의 대상이 될 수 있음을 배웠다.

환한 햇빛이 스테인드글라스를 뚫고 제단 계단 위로 흘러들고, 바깥에서는 온갖 새들이 노래를 부르고, 라일락이 스테인드글라스의 울긋불긋하고 강렬한 색채를 닮은 자극적인 향기를 발산했다. 잿빛 돌이 깔린 바닥에 물웅덩이처럼 고인 금빛 속에서 화려하게 치장한 방디 신부가 신의 제단으로 들어섰다. 그는 잘생기고 자신감 있어 보였으며, 팔을 길게 뻗어 멀찍이 자리한 신자들에게 축복을 내리는 자세마저 완벽했다. 그가 납 대야에 구

---

* 담뱃잎을 공기 중에 말리고 발효시킨 짙은 갈색 담배들과 달리, 영국 혹은 미국에서 주로 제조하는 색깔이 옅은 담배.

리 구슬을 던져 넣듯 쏟아 낸 뜨거운 말들이 갑자기 시원한 궁륭 지붕을 향해 솟구칠 때 나는 울고 싶었고 황홀감에 빠졌다. 의미를 이해할 수 없는 라틴어 경전이 내 귀에 너무도 명확하게 들려서 당혹스러웠다. 그의 혀가 쏟아 내는 음절들은 점점 많아졌고, 단어들이 빨리 하느님의 말에 굴복하라고 세상을 다그치며 채찍질했다. 단어마다 끝음절이 풍성한 소리를 냈는데, 황금빛으로 나부끼는 미사복 차림의 사제가 또박또박 내뱉는 "도미누스 보비스쿰"*으로 절정에 이르렀다. 그것은 적을 매혹하기 위해, 수가 많고 풍요로운 피조물들을 사로잡으려고 저음으로 울리는 은밀한 북소리였다. 세상은 몸을 숙여 기어갔고 항복했다. 한순간 햇빛을 받은 중앙 홀 끝에, 너무도 푸르른 시골 들판 한가운데에, 누군가가 뜨겁게 타오르는 언어를 지닌 채 피조물들 없이 홀로, 향기들과 색깔들 속에 서 있었다. 신자석 통로 쪽 끝자리에 크레이프 천으로 만든 옷을 입고 베일을 쓴 마리조르제트가 눈을 크게 뜨고, 그레이하운드가 왕실 수렵부를 이끄는 주

---

* '주께서 여러분과 함께'라는 뜻의 라틴어 문장으로 가톨릭 미사에서 사제가 기도나 전례 중에 신자들에게 건네는 말이다.

인을 바라보는 눈빛 혹은 옛날에 흰옷을 입은 우르술라 수녀회의 수녀가 루됭에서 위르뱅 그랑디에*를 바라보던 눈빛으로 방디 신부를 응시했고, 기절할 듯 입술의 붉은 살갗을 떨면서 약속과도 같은 답창을 중얼거렸다.

그날의 강론 내용은 기억나지 않는다. 하지만 늘 그랬듯이 방디 신부의 어둡고 번쩍이는 강론 속에선 다발로 묶인 고유 명사들이 불타오르고, 날카로운 음절들이 전능함의 몰락을, 무시무시한 천사들을, 옛 학살들을 들려주었을 것이다. 아마도 죽음을 앞두고 메마른 가슴을 찜질하듯 젊은 여종이 필요했던** 늙은 왕 다윗(방디는 고귀한 첫 대문자를 크게 만들기 위해 혹은 비준하기 위해 혀를 입천장에 가져다 대면서 마지막 자음을 소리 냈다.***)의 이야기였고, 강가에서 천사와 물고기를 만난 토비****(마지

---

* 17세기 루됭의 우르술라 수녀원 수녀들에게 '루됭의 마귀들림' 사건이 일어나고, 당시 그곳 귀부인들의 고해 사제로 인기가 높던 사제 위르뱅 그랑디에가 범인으로 지목되어 화형당했다.
** 구약 성서 「열왕기 상」에 따르면 늙은 다윗왕이 이불을 덮고도 추워하자 시종들이 젊은 처녀를 데려와서 왕의 품에 누워 시중들게 했다.
*** 다윗의 프랑스어 이름은 D로 시작해 똑같은 d로 끝나는 David다.
**** 이스라엘 납달리 지파의 토비트의 아들이다. 토비트와 토비의 일대기인 「토비트서」는 가톨릭과 정교회에서 구약 성서의 제2경전으로 인

막 모음을 길게 늘여 '토비이유'라고 발음하면서 어릴 적 나에게는 강아지밖에 연상시키지 않았던 다소 우스꽝스러운 이름에 고귀한 분위기를 부여했다.)의 이야기였고, 도끼질과 거친 숨소리가 담긴 이름만큼이나 혼돈의 운명 속에서 쓰러진 아합*의 이야기였고, 이름의 자음들이 비열한 아들의 죄악처럼 혹은 나무에 걸린 머리카락 때문에 허공에 매달린 몸, 납빛의 마지막 자음같이 무거운 그 몸을 관통한 창들처럼 거친 마찰음을 내는 압살롬**의 이야기였다. 방디는 고유 명사들을 존귀한 유령처럼 혹은 옛 군가의 후렴처럼 강하게 발음하길 좋아했다. 그는 그 이름들을 다른 대안 없이, 오로지 그리움 혹은 두려움, 둘 중 하나의 세상에 펼쳐 놓았다.

나는 말들에 아주 멀리까지 끌려갔다. 다만 내 미숙

정했지만, 개신교와 유대교에서는 외경으로 분류한다. 「토비트서」 6장에 토비는 천사와 함께 티그리스강 근처에서 야영을 하는데 물고기가 뭍으로 뛰어오르는 이야기가 나온다.

* 북이스라엘 왕국의 왕으로 예언자 엘리야의 경고에도 불구하고 바알의 제단을 쌓는 등 많은 죄를 지었다. 전투 중에 화살을 맞고 죽었다.

** 다윗의 아들로 아버지에 대항하여 난을 일으켰으나 패배했다. 나귀를 타고 도망가다가 나무에 머리카락이 걸려 매달린 상태에서 창에 찔려 죽었다.

함 때문이었을 뿐, 방디 신부가 고딕 소설이나 그 아류들을 통해 인기를 끈 암흑의 설교자였다고 생각해서는 안 된다. 틀렸다. 방디는 누구도 두렵게 하지 않았고, 누군가를 두렵게 하려는 목적도 없었다. 그는 루터파의 초라한 감옥보다 교황주의자들의 너그러운 정원에 어울리는 타협적인 윤리를 지닌 사제였다. 다가올 재앙으로 위협한 적도 없고, 그의 입에서 나온 이집트의 일곱 가지 재앙*은 하늘이 내리는 징벌이라기보다 신문 사회면을 장식할 만한 사건, 광채와 수수께끼와 과거가 담긴, 무릎 힘줄을 잘린 쥐미에주의 형제** 혹은 사르다나팔루스의 죽음*** 이야기 같았다. 방디가 세상을 길들이려 했다면 오직 자기 자신만을 위해 그랬을 뿐 누구에게도 해를 끼

---

* 「출애굽기」에 등장하는 열 가지 재앙은 처음에 여섯 혹은 일곱 가지였는데 후대에 하나둘 더해지며 열 개가 되었다는 설이 있다.

** 노르망디 쥐미에주의 수도원에 얽힌 전설에 따르면 메로빙거 왕조의 왕 클로비스 2세가 순례를 떠난 사이 두 아들이 반역을 꾀하다 실패했고, 두 아들은 무릎 힘줄이 잘리는 형벌을 받고 쥐미에주의 수도원으로 들어갔다.

*** 고대 아시리아의 전설 속 왕으로 방탕한 생활을 하던 중 반란이 일어나서 가망 없이 포위되자 거대한 장작더미를 만들어 놓고 신하들과 함께 불에 뛰어들었다.

치지 않았다. 그리고 그 일은 오직 스스로의 정확한 발성만으로, 단어에 담긴 의미에 대한 선입견 없이 단지 단어의 완성된 형태만으로 행해졌다. 아마도 방디는 세상을 나쁘다고 여기시 않았다. 빈대로 뻔뻔한 만큼 풍요롭고 헤프다고, 세상의 풍요에 답하는 길은 오로지 그에 맞서서 혹은 더해서 세상의 말을 하나도 남기지 않고 모조리 탕진해 버리는 후함에 있다고 믿었다. 그는 그 도전을 영원히 다시 시작해야 했고, 그 동력은 오만한 자부심뿐이었다.

"그 사람은 말하면서 자기 말을 듣기 좋아해." 흰색 크레이프 천으로 된 옷을 입고 베일을 쓸 나이가 지난 할머니가 말했다. 맞는 말이었다. 방디는 자신의 말이 만드는 반향에 스스로 취했고, 여자들의 살과 아이들의 마음을 말로 흥분시키면서 자기 역시 흥분했다. 한마디로 마법을 펼쳤다. 흠 없이 완벽하게 집전하는 그의 미사는, 말하자면 구애의 춤이었다. 그의 입에서 쏟아져 나오는 이름들은 새가 짝짓기 위해 한껏 뽐내는 깃털이었다. 아롱대는 라틴어 자음들의 완벽성은 주기적으로 색깔을 바꿔 가며, 가령 그리스도의 흰색과 순교자들의 빨간색, 평소에는 햇빛 아래의 풀밭처럼 흐릿한 녹색을 띠는 미사용 제의의 빛깔을 오가며 자연이 그에게 베풀어 준 남자답고 말끔한 짙은 피부의 아름다움을 완성했다. 그는 누구를 유혹하고 싶었을까? 하느님, 여자들, 그리고 자기 자신? 그가 여자들을 좋아했음은 확실하다. 은총은 풍요롭고 아름다운 말을 지닌 사람에게만 주어진다는 믿음으로 하느님을 좋아한 것 또한 맞다. 궁릉 지붕 아래서 제의가 거북하고, 태양 아래서 무거운 오토바이가 버겁고, 몸을 섞는 아름다운 여자들과 신학을 거추장스러워하던 스스로도 분명 좋아했으리라.

마침내 미사가 끝났다. 마지막 강복은 첫 강복 못지않게 고요하고 위엄이 어려 있었다. 자신이 무엇을 원하는지 알고, 원하는 것을 지체 없이 얻어 낼 줄 알던 마리조르제트는 움직이는 의자들의 소음을 날카로운 구두 굽 소리로 덮어 버리면서 단호하게 제식 용구 보관실로 걸어갔다. 어떤 핑계를 댔는지는 모르겠다. 나를 포함해서 마을 아이들은 성당 정문의 계단 제일 위쪽에 앉아 있었고, 계단 제일 아래쪽에는 난생처음 보는 육중한 검은색 오토바이가 걸쳐져 있었다. 아마도 그 무렵 처음 수

입된 BMW 오토바이였을 터다. 곧 마리조르제트가 성당 밖으로 나왔고, 그녀의 치맛자락이 우리 머리를 스치고, 여름날을 채운 그녀의 향기와 미소가 내 마음마저 채웠다. 마리조르제트가 미처 성당 광장을 다 빠져나가기 전에 방디가 나왔다. 그녀가 뒤돌아서서 방디를 보았다. 그는 마리조르제트를 보지 못했다. 방디는 많이 놀란 사람처럼 두 눈을 살짝 깜박이면서 새 한 마리가 나뭇잎과 지붕 위로 날아가는 모습을 지켜보았다. 그리고 블론드 담배에 불을 붙였다. 전례와 여자와 사제를 떠올리게 하는 블론드 담배 냄새는 무리우 사람들이 알지 못하던 사치였다. 그는 연기를 몇 번 내뿜은 뒤 담배를 던지고 점퍼를 잠그더니 마치 사냥 나가는 고관대작처럼 유난스레 위엄 있는 동작으로 긴 사제복을 양손 가득 움켜쥐었다가 오토바이를 지탱하는 받침다리 쪽으로 한꺼번에 넘겼다. 그러고는 거대한 오토바이에 올라앉더니 사라져 버렸다. 마리조르제트가 돌아섰고, 그녀가 서 있던 문가의 등나무꽃들이 잠시 보랏빛으로 치마 위에서 춤을 추었다. 곧 마리조르제트의 모습도 사라졌다. 햇볕이 내리쬐는 넓은 광장에는 놀란 농부 서너 명만 남아 있었다.

여러 가지 신화가 일시에 벌어지는 광경을 목도한 그들은 쉽게 정신을 차리지 못했다. 황금 입을 가진 주교*가 아폴론 같은 외모로 에디트 피아프의 노래에 나온 오토바이를 타고 지나갔기 때문이다.

방디는 생구소에 거의 십 년 동안 머물렀다. 그가 떠났을 때 나는 십 대였고, 나 역시 그가 사랑하던 것을 조심스럽게 마음에 품었다. 그는 고고학 대신 여자와 성서에 관심을 가졌다. 이 세상에서, 성스러운 책을 쓴 보이지 않는 하늘의 아버지와 그 아버지가 만든 가장 눈에 띄고 가장 분명하게 존재하는 최상의 피조물인 여자들 사이에서 그가 차지할 수 있는 자리는 아마도 여자들의 내재 속에서 뛰어난 수사학으로 아버지의 부재를 기리는 매혹적인 아들의 자리밖에 없었으리라. 그는 성지를 여행하며 찍어 온 사진들을 슬라이드로 우리에게 보여 주었고, 상급자 주교와 몇 차례 불화를 빚었다. 그러나 우리는 그에 대해 정작 중요한 것을 아무것도 몰랐다. 그

---

* 초기 기독교 교부로 콘스탄티노플 대주교였던 요한네스 크리소스토무스는 설교를 잘해서 그리스어로 '황금 입'을 뜻하는 '크리소스톰'(크리소스토무스)이라고 불렸다.

는 한 번도 직접 이야기하지 않았다. 마리조르제트라면, 혹은 그와 함께한 다른 여자 중 누군가는(다섯 곳의 교구에서 아름답고, 남자를 좋아하고, 도시에서 사 온 옷을 입는 모든 여자들과 함께했으니 한 손으로 다 꼽지 못할 것이다.) 더 자세히 이야기해 줄 수 있었을지 모른다. 그런데 이제는 그 여자들도 모두 늙어서 다 잊은 채, 기껏해야 길고 지루한 추억만 남아 있을 터였다. 시골 들판이 그 여인들 위로 소리 없이 세월의 수의를 덮었다.

방디는 교황청의 허락이 떨어지자 처음으로 수단을 벗은* 사제 중 하나였다.(그래서 흡사 십자군 원정을 떠나는 주교 같은 유난스러운 동작으로 오토바이에 올라탄 뒤 요란스러운 소리와 함께 출발하는 그의 모습은 더 이상 볼 수 없었다.) 그는 우아했고, 같은 회색이라도 다양하게 색조의 변화를 주며 빳빳한 목깃 위에 스카프를 맸다. 때로는 머리끝부터 발끝까지 오토바이용 차림으로 나타나기도 했다. 절기에 따라 어김없이 돌아오는 복잡한 미사용 제의도 잘 갖추어 입었다. 성신 강림 축일에는 성서 속 사도

---

* 1962년 프랑스의 사제들은 평상복으로 수단(캐속) 대신 로만 칼라가 달린 무채색 재킷과 바지를 입을 수 있게 되었다.

들이 분명코 받았으나 그는 받지 못한 불길처럼 제의가 빨갛게 타올랐고, 늦겨울에 입는 보라색 제의는 이른 봄에 꽃을 피울 크로커스와 아마도 그는 향기 맡지 못했을 라일락을 약속했으며, 사순절 세 번째 일요일의 분홍색 제의는 여자 속옷처럼 새틴의 광택이 흐르고 도드라진 무늬가 박혀 있었다. 미사를 집전하는 동안 그는 내가 앞서 말한 것들, 단어들의 정확한 발음, 성직자의 풍성한 달변, 놀랍도록 간소한 제의 동작까지 어떤 것도 포기하지 않았다. 알아들을 수 없는 단어들로 세공한 너무도 아름다운 그의 발성은 아렌과 생구소와 무리우에서 병든 가축들을 치료하는 투박한 성자들의 궁륭 아래서 십 년 동안 울려 퍼졌다. 자기 말을 하나도 이해하지 못하면서 무작정 존경하는 농촌 남자들과 자신에게 매혹당한 농촌 여자들 앞에서 성대한 강론을 펼치는 동안 아마 방디의 마음속에는 프롤레타리아 집회에 모인 청중을 매혹하던 가련한 말라르메처럼 은밀한 분노가 일었으리라.

　방디는 미사 때를 제외하면 천사 역할을 맡지 않았다. 지나치게 과묵하지도 않고 흥분도 하지 않으면서 그저 솔직하고 상냥하고자 노력했고, 실제로 잘 해냈다. 하지만 그에게는 늘 은밀하게 까다로운 무언가가 있었다. 말을 할 때도 손가락 끝으로 담배를 쥐고 있을 때처럼 자기 말이 멀찍이 떨어져 있도록 했다. 또 그에게는 거칠게 억눌린 어떤 것, 그가 오토바이의 받침다리를 발꿈치로 내리 찰 때와 비슷한 무언가가 있었다.

(방디는 죽은 농부들을 묻을 때 종종 아무런 악의 없이, 또 때로는 잔뜩 역정을 내면서 농부들의 고통을 보았지만 어느 경우에나 서툴렀다. 그는 5월의 밤 같은 나이팅게일과 뻐꾸기의 울음소리를 들었고, 교구 성당에서 길게 이어지는 종소리를, 세루에서처럼 갈라지는 종소리와 무리우에서처럼 더 깊게 울리는 종소리를 들었다. 흰옷을 입고 십자가와 관 사이로 걸어가는 그를 보고 밭에서 밀을 거두던 농부들이 인사를 건넬 때 그는 그저 지나가는 사람, 관을 짊어진 이들과 똑같이 흰 예복 아래로 땀을 흘리는, 여름의 거대한 손안에 놓인 초라한 살덩이였다. 그는 마음이 흔들렸을까? 내 생각에는 그렇다.)

교리 문답 중에 점심시간이면 아무것도 배울 필요 없이 들어가 있을 수 있던 시원한 제식 용구 보관실은 좋은 기억으로 남아 있다. 방디는 친절했다. 오만하게 정 없이 친절했다. 그는 우리 같은 거친 농촌 꼬마들에 대해

서 환상을 가지고 있지 않았다. 그는 베르나노스의 신부*
가 아니었다. 내가 무언가 멍청한 이야기를 했을 때 그가
던지던 눈길이 여전히 기억난다. 냉정하게 관대한, 연민
이 담기지 않은, 최악을 각오한 눈빛이었다.

한여름에 일어난 일도 기억난다. 아마도 6월이었다.
방학이 다가오면서 알 수 없는 욕망으로 초조해진 아이
들의 심술은 그즈음 보리수나무와 금작화의 꽃가루 속
에서 허우적대던 꿀벌들처럼 도취 상태였다. 그렇게 광
분해서 날뛰고 마구 웃어 대는 건강한 아이들, 우리와 함
께 뤼세트 스퀴데리도 교리 문답 수업을 들었다. 불쌍한
뤼세트는 열 살인데도 말을 제대로 하지 못했고, 할 줄
아는 것이라곤 거의 대부분 진짜로 날아오는 주먹을 피
하기 위해 가녀린 손을 들어 올리는 동작뿐이었다. 뤼세
트의 흥분한 얼굴에서 눈물이 사라지는 순간은 황홀경
에 빠진 듯한 참을 수 없는 웃음을 터뜨릴 때뿐이었다.
하지만 파리한 얼굴에는 엉뚱하게도 예쁜 구석이 있었

* 조르주 베르나노스의 소설 『어느 시골 신부의 일기』(1936)의 주인공
으로, 프랑스 북부의 작은 마을 앙브리쿠르의 본당을 맡아 신앙에서 멀
어지는 영혼들에 대한 연민 때문에 괴로워하는 젊은 신부다.

고, 그래서 우리는 더욱 화가 났다. 그런 미모가 하필이면 부족한 지능, 그리고 뇌전증과 함께한다는 사실은 마치 하늘이 우리를 조롱하면서 멋대로 해도 좋다고 허락한 것 같았다. 몹시 더웠던 그날, 방디가 늦게 왔다. 우리는 성당 문 앞의 계단에 앉아 있었다. 종아리에 돌의 시원한 기운이 닿아도 기분은 전혀 나아지지 않았다. 뭔가 욕지거리를 하고 나쁜 짓을 해야만 달래질 듯싶은 격분이 쌓여 있었다. 우리의 분노는 곧 뤼세트를 향했다. 뤼세트는 아픈 딸 못지않게 가련한 어머니가 양쪽으로 가늘게 땋아 파란 리본으로 묶어 준 머리를 나름대로 자랑하느라 작고 날카로운 소리를 내면서 리본을 만지작거렸고, 우리는 그 리본을 풀어 버렸다. 정확히 말하자면, 뤼세트를 때리면서 리본을 낚아챘다. 파란색의 얇은 전리품을 허공에서 흔들고 웃어 대며 풀밭으로 달려갔다. 뤼세트는 그늘진 계단 위에서 비틀거리고 두 팔을 휘저으며 신음했다. 그러다가 갑자기 입을 벌리고 눈을 부릅뜨더니, 마치 그동안 잃었던 이성을 잠시 되찾은 듯 눈길을 고정했다. 뤼세트는 입에 거품을 물고 쓰러졌다.

우리가 이미 본 적 있는 끔찍한 경련으로 뤼세트가

발버둥질하고 있을 때 방디가 왔다. 그의 어두운 그림자가 두 걸음 만에 우리 머리 위를 덮었고, 그의 무표정한 아름다운 얼굴이 우리를 내려다보았다. 방디는 말보다 강한 어떤 욕구 때문에 경련으로 일그러진 얼굴을, 입가에 고인 거품 사이로 더듬거리는 말을, 강한 햇빛 아래 흰자위가 드러난 눈을 놀란 아이 같은 표정으로 가만히 바라보았다. 그러다가 꿈에서 깨어난 듯 정신을 차리고는 손수건을 찾고자 주머니를 뒤졌고, 손수건이 나오지 않자 내가 미처 내려놓지 못한 채 들고 있던 파란색 리본을 잡아챘다. 몸을 웅크린 그가, 그 호박색 광택을 생각하면 지금도 '성유', '향유', '도유식' 같은 단어가 떠오르는 니코틴이 밴 손가락을 뻗더니 떨리는 입술을 닦았다. 마치 말을 쏟아 내는 어느 성자의 입 앞에 하늘색 두루마리가 펼쳐진 것 같았다. 서서히 진정하기 시작한 뤼세트의 머리 가까이, 흰 꽃을 피운 쐐기풀 위로 황금색 나비 한 마리가 날아다녔다. 방디는 이제 경련을 멈추고 축 늘어진 아이를 안고 어머니에게 데려다주기 위해 출발했다. 그때 침 묻은 리본은 녹색의 풀 위에 그대로 남아 있었다.

교리 문답을 마치고 나 홀로 제식 용구 보관실로 돌아간 적이 있다. 수업을 맡았던 교사의 전갈을 깜박 잊고 안 전했거나, 아니면 출석부에 서명을 받아야 했을 터다. 방디는 문이 열리는 소리를 듣지 못했다. 그는 낮은 창문에 두 손을 얹고 몸을 조금 숙인 채로 멀리 시골 들판을 응시하고 있었다. 무슨 말인가를 읊조렸는데 소금도 경계하지 않는, 어쩌면 애원하는, 혹은 어리둥절한 듯한 그 목소리 때문에 나는 움직이지 못했다. 도중에 인기척을 느낀 그가 내 쪽을 돌아보았다. 그는 놀라지 않았고, 들판에 서 있는 나무 혹은 성당 안에 있는 의자를 바라보듯 나를 주시하면서 원래의 어조 그대로 문장을 끝마쳤다. 지금 생각해 보면 이런 말이었던 것 같다. "나리꽃들이 어떻게 자라는지 살펴보아라. 그것들은 애쓰지도 않고 길쌈도 하지 않는다. 그러나 너희에게 말한다. 솔로몬도 온갖 영화 속에서 이 꽃 하나만큼 차려입지 못하였다."* 방디는 공책에 서명을 해 준 뒤 나를 내보냈다.

---

* 「루가복음」에 나오는 구절이다.

방디는 병원이 속한 생레미라는 작은 마을의 사제였다. 뤼세트 스퀴데리는 라셀레트의 담 안에서 이미 보았다. 그녀는 이곳에 오래전부터 있었고 영원히 있을 터였다. 뤼세트는 나를 알아보지 못했다. 두 눈이 고통에 시달리고 입술이 축 늘어진 얼굴에서는 예쁘던 구석이 모두 사라졌다. 기억을 갖지 못한 뤼세트에게도 시간은 흘렀다. 그녀의 시간은 어차피 두 발걸음 사이의 간격으로만 존재하기 때문에 그때 그 리본, 유치했던 6월의 기억으로 인해 더 나빠질 것도 없었다. 주교 자리가 보장되었던 젊은 신부, 미래로 가득 찬 생기를 지녔던 소년, 내일이 없던 백치 소녀, 셋 모두 옛날의 작은 교구에서 이곳으로 옮겨 왔다. 미래는 현재가 되었고, 현재가 한곳에 모아 놓은 우리 셋은 동등했다. 혹은 거의 동등했다.

11월 말 어느 오후에 나는 생레미에 갔다. 매주, 오랫동안 팔리지 않은 범죄 소설의 재고를 뒷방에 쌓아 둔 그곳의 담배 가게에 가서 귀퉁이가 잘려 나가고 파리똥에 뒤덮인 책들을 뒤졌다. 생레미는 겨우 몇 킬로미터 거리였고, 날씨가 좋으면 산책하기도 좋았다. 밤나무들과 오래된 화강암 사이로 구불구불한 길이 아담한 산자락을 따라 이어지고, 산 정상에는 작은 숲이 세 군데 있어서 얼핏 보면 봉우리가 세 개인 듯 보였다. 그래서 이곳 사람들은 산에 뿔이 세 개 달렸다고 '퀴데트루아코른'이라 부른다. 그 이름을 들을 때면 나는 '순록의 시대'*에 누군가가 남긴, 숲속에 마구 뒤엉킨 나무뿌리들 말고는 지켜본 증인 없이 땅속에 묻혀 있는, 사슴처럼 가지〔枝〕같은 뿔을 가진 신의 그림이 떠오른다. 사슴이 튀어 오르는 모습을 그린 도로 표지판이 화석화된 혹은 신격화된 상상 속 사냥감의 존재를 알려 주었다. 숲을 막 빠져나가려는데 등 뒤에서 한 목소리가 나를 불렀다. 장이 밤나무들 아래서 육중한 걸음으로 다가오고 있었다. 나는 내키지 않았지만 그를 기다렸다.

물론 나는 장이 싫지 않았다. 하지만 그곳의 가련한 인간들과 함께 있는 모습이 마을 사람들 눈에 띄는 것은 영 내키지 않았다. 이미 실추하고 다 잃었지만 모두에게 알리는 일까지 더하고 싶지는 않았다. 그사이 다가온 장은 사실 그곳 사람 중에 최악은 아니었다. 온화한 편이

---

* 선사 시대 연구자인 에두아르 라르테가 구석기 시대에 붙인 별칭.

고, 자기를 어느 정도 존중해 주는 사람들에게는 고집스
럽고 음침하게 신의를 지켰다. 그는 생레미에서 만날 사
람이 있다고 했다. 그러면서 생레미까지 같이 갔다가 나
더러 일을 마친 뒤 마을 카페에 들러 자기와 함께 돌아
오자고 했다. 차마 거절할 수 없었다. 우리는 함께 걸어
갔다. 각진 머리를 무거운 어깨에 파묻은 그는 말이 없다
가 이따금 중얼거리며 주먹을 꽉 쥐었다. 나는 곁눈질로
장을 관찰했다. 나는 그의 분노가 어떤 성질의 것인지 알
고 있었다. 노총각이던 그는 얼마 전 같이 살던 어머니
를 여의었는데, 머릿속에서 어머니의 죽음과 농부들 사
이의 오래된 다툼이 엉켜 버린 것이다. 그러니까 오래전
부터 사이가 좋지 않았던 이웃 농가의 사람들이 밤에 자
꾸 찾아와서 어머니의 무덤을 파헤친다고, 계속 살아나
는 어머니의 시신을 우물에 빠뜨리고 퇴비 밑에 묻고 돼
지우리의 먹이통에 던져 버리고 혹은 소들의 주둥이 아
래 눕히고 그 위에 건초를 덮어 둔다고 믿었다. 그 끔찍
한 짓 때문에 밤마다 문이 삐거덕대고 개들이 짖고 바람
이 일어서 그는 새벽까지 연신 소스라쳤다. 날이 밝기 시
작하고 분홍빛 여명이 비칠 때면 죽은 어머니가 더러워

지고 반쯤 삼켜진, 머리에 수탉이 앉아 있거나 팔다리에 담쟁이덩굴이 기묘하게 감긴 채 입에 쇠스랑을 문 모습으로 여기저기서 튀어나왔다. 헌병*들이 찾아와도 장의 눈에는 그들 역시 불구대천의 원수 같은 이웃에게 돈을 받고 묘혈을 파 주는 나쁜 인부들로 보였다. 신성 모독을 저지르는 몹쓸 인간, 가짜 헌병, 가짜 이웃, 하나같이 이상한 장의사 일꾼, 주검을 욕보이는 고약한 자를 힐난하느라 장은 걸어가면서 주먹을 하늘로 치켜들며 나무들과 아무 잘못 없는 허공을 향해 슬그머니 욕설을 퍼부었다. 나는 그가 불쌍했고, 그래도 속으로 몰래 비웃었다. 루아르강 근처에서 나 또한 저랬다. 글을 쓰지 못하는 책임을 관광객들에게 떠안기며 백지라는 만고불변의 골칫거리를 향해 욕을 퍼붓지 않았던가. 두 달 전 상세르에서였다.

담배 가게에서 이미 다 뒤져 본 범죄 소설들 가운데 마지막으로 읽을 만한 책들을 찾느라 시간을 지체했다. 가게를 나서니 순식간에 겨울밤이었고, 맑은 하늘에 이

---

* 프랑스의 치안 관리는 경찰과 헌병으로 이원화되어 있다. 지방 소도시는 헌병대가 치안 업무를 담당한다.

미 첫 별이 반짝였다. 그 순간 오만한 현기증에 사로잡혀 내 마음이 무분별하게 흘러넘쳤다. 하늘의 초자연적 부재 속에서 문득 그동안 내가 그토록 헛되이 갈구하던 은총의 결핍이 감내하기 힘든 순진함으로 느껴졌다. 만일 나에게 은총이 주어졌다면 더럽혀졌으리라. 마리안은 떠나 버렸고, 그 무엇도 이 얼어붙은 아름다운 밤의 고통스러운 공허로부터 나를 떼어 낼 수 없었다. 내가 바로 그 추위였고, 그 황량한 맑음이었다. 휘파람을 불며 지나가던 지저분한 아이 하나가, 문학에 취해 얼이 빠진 채로 길에서 입을 벌리고 까마귀를 쳐다보는 어른에게 조롱의 눈길을 던졌다. 수치심과 현실이 돌아왔다. 나는 여자를 만지고 싶었고, 그 여자가 나를 보게 하고 싶었고, 여름 들판에 하얗게 피어난 꽃들을 보고 싶었고, 베네치아풍 그림의 주홍색과 금빛 어린 초록색이고 싶었다. 나는 어두운 마을에서 불온한 책들을 옆구리에 끼고 걸음을 재촉했다. 광장 제일 안쪽에서 이곳 마을의 유일한 카페인 오텔데투리스트의 희미한 불빛이 흔들렸다. 나는 물을 쏟아부어 걸레질한 마룻바닥 위에 포마이카 테이블들이 놓인 처량한 카페 안으로 들어섰다. 희끄무레한 주크박스 기계 위에 내려앉은 거름 냄새와 최악의 교외 지역을 연상시키는 카운터, 몸집이 크고 비실비실한 여자 주인의 머리 위쪽에서 내려다보는 텔레비전의 눈까지, 이국정취라고는 눈곱만큼도 찾아볼 수 없는 장소였다. 발에 진흙을 잔뜩 묻힌 채 말없이 술을 마시던 사람들이 고개를 들었다. 장이 흥분한 눈빛으로 방디 신부와 함께 앉아 있었다.

그들의 테이블에는 4분의 3 정도를 마신 적포도주 병이 놓여 있었다. 방탕한 두 공모자의 똑같은 안색이 지친 얼굴에 병든 얼룩을 만들었다. 이미 여러 병을 마신 듯했다.

나는 테이블로 다가갔다. 장이 물었다. "피에로(Pierrot) 알지요?"

방디는 대답 대신 나에게 조금 애매하게 손을 내밀었다. 그리고 다시 나를 쳐다보았다. 나를 알고 있다는 티를 내지 않았다. 그렇다고 전혀 본 적 없는 척하지도 않았다. 그는 정말로, 아니 아마도 일부러 나를 무시했다. 이제 그에게는 누구든, 숲속의 나무나 술집의 의자 혹은 들판의 꽃과 다름없이, 아무 책임 없는 자기 눈앞에 놓인 아무 책임 없는 사물이었다. 모두 무용했고 모두 필요했다. 모두 다 너무 자주 공연되는 연극에 출연하느라 진이 빠진 단역 배우였고, 땅에서 태어나 땅으로 돌아가는 존재들이었다. 방디는 누군가를 바라볼 때 바로 그 여정을 보았다. 하찮은 각각의 인간이 그 길에서 무엇을 했는지는 보지 않았다.

어쨌든 그래도 나는 그가 내 눈길을 받아들이며 그 안에서, 설령 특별했던 운명을 알아보지 못했더라도 최소한 한순간은 햇살에 깨어난 채색 유리창을 보듯 오래전 아이의 눈에 비쳤던 눈부신 젊은 사제의 모습을 보았다고, 춤추는 듯하고 황홀하며 문장(紋章)의 상징 같던 단어들에 놀라 넋을 잃은 아이가 울면서 바라보던 젊은 사제를 보았다고 믿고 싶다. 그가 유식한 척하는 사람이든 술주정뱅이이든 미사여구를 늘어놓는 사람이든 어쭙잖은 동정을 베푸는 사람이든, 여하튼 그를 '신부님'이라고 부르던 모든 이의 눈길을 보았다고 믿고 싶다. 잠시 후 그는 나를 외면한 채 술병을 들더니 장에게 술을 따라 주었다. 채색 유리창은 다시 납으로 덮였다. 눈길은 다시 흰 눈 속에 묻혔다. '신부님'은 그저 나이 먹은 조르주 방디였다. "건강을 위해 건배!" 장이 쓰라리게 쾌활한 목소리로 말했다. 방디는 커다란 술잔을 금으로 만든 잔이라도 되는 양 단단히 섬세하게 거머쥐고 단숨에 들이켰다.

어떤 사기한이나 성자가 와도 내 가면을 벗기지 못할 만큼 독한 사기꾼이던 나는 계속 선 채로 거북하게 기다렸다. 나는 저녁 식사 전에 돌아가야 하지 않느냐고 조심스럽게 재촉했다. 술병이 비었다. 장과 방디가 일어섰다. 방디가 계산대로 가서 술값을 냈다. 그는 승마 부츠를 신은 고위 선교사처럼 허리춤이 불룩한 청바지에 흙 묻은 장화를 신었고, 골 지게 짠 천으로 만들어 등 뒤에 주머니가 있는, 이곳 농부들이 생테티엔* 공장에 주문해서 쓰는 금속 단추에, 뿔피리 문양이 입체로 찍혀 있는 사냥 재킷 차림으로 줄곧 허리를 똑바로 세우고 있었다. 사방이 깊은 구덩이뿐인 주정뱅이들이 발아래 아무것도 안 보이는 척 곡예사인 양 발을 떼듯이 방디는 다리에 힘을 주고 간신히 걸었다. 장은 시들시들한 여자 주

---

* 루아르의 도시로 중세 때부터 칼 제조의 중심지였고, 18세기에 세워진 무기 제조소에서 군용 무기와 사냥용품 등을 생산했다.

인에게 잔돈을 받아 드는 방디를 슬쩍 가리키면서 장난인지 경탄인지 알 수 없는 우스꽝스러운 표정을 지었다. 여태껏 내가 본 그의 얼굴 중에서 가장 자연스럽고 거의 만족해하는, 그를 괴롭히는 모든 죽음으로부터 멀어진 얼굴이었다. 방디가 무표정한 얼굴로 차례차례 악수를 하고는 제일 먼저 밖으로 나섰다. 그리고 고개를 들어 강물처럼 흐르는 하늘의 별들을 바라보았다. "하늘의 별들이 신의 영광을 선포하도다."* 불붙인 버지니아 담배를 물고 있는 오만한 입은 어떤 문장도 읊지 않았다. 그때 나는 그가 이제 더는 달아오른 또 다른 마리조르제트나, 혹은 그의 금빛 비가 스며드는 마을에 사는 또 다른 다나에**의 벗은 가슴에 입을 맞추지 않으리라고 생각했다. 말과 입맞춤에서, 한때 그토록 사랑받던 입의 풍요에서 남은 것은 금방 재가 되어 버리는 잔해, 여자 냄새가

---

* 원문은 라틴어다. Caeli enarrant gloriam Dei. 라틴어 성경 「시편」 19장의 첫 구절이다.

** 그리스 신화에서 페르세우스의 어머니다. 외손자에게 살해당하리라는 신탁을 들은 아버지 아크리시오스가 딸을 청동의 방에 가두었으나 우연히 다나에를 발견한 제우스가 금빛 비로 변해 그 방 안에 스며들어 사랑을 나누게 된다.

나고 필터 끝부분이 황금색인 블론드 담배뿐이었다.

방디는 담배를 밟아 끈 뒤 우리에게 인사했다. 그리고 초벽이 벗겨진 카페 앞쪽 벽에 기대어 세워 둔 작은 오토바이로 다가갔다. 그는 핸들을 움켜쥐며 올라탔고, 마치 계속 하늘의 별을 바라보듯이, 맹목적인 다수의 눈이 지켜보는 앞에서 전락하기를 거부하듯이 고개를 지나치게 높이 들어 올린 채 페달을 밟았다. 오토바이가 작게 지그재그를 그리며 나아갔다. 그리고 그가 오토바이에서 떨어졌다. 장이 살짝 경탄의 웃음을 터뜨렸다. 방디는 두 손으로 땅을 짚으며 다시 고개를 들었다. 태초에 창조된 순결하고 차가운 별들, 동방 박사들을 안내한 별, 백조와 전갈 혹은 어린 사슴을 데리고 있는 암사슴처럼 피조물들의 이름으로 불리는 별, 궁륭 위에 소박한 꽃들과 함께 그려지고 미사 예복 위에 수놓이는 별, 아이들이 은종이로 오리는 별, 별들은 비틀거린 적이 없었다. 주정꾼 하나가 넘어진 일은 별들의 영원한 이야기에 낄 수 없다. 방디는 힘겹게 일어섰다. 하지만 포도주에 흠뻑 젖은 땅의 흔들림 탓에 더는 버텨 내지 못했다. 그는 취한 걸음걸이로 오토바이를 끌며 밤의 어둠 속으로, 세상 끝에 있는 좁은 마을 길 속으로 사라졌다. "주님 앞에서 땅이 주정꾼처럼 비틀거린다."* 그는 주님의 눈길이고 대지의 동요였는데, 긴 세월이 흐른 뒤 이제 그는 한 인간이었다. 그의 모습이 사라지고 잠시 뒤, 어둠 속에서 쇠붙이 소리가 났다. 두 번째 시도 역시 실패한 것이다.

돌아오는 길에 우리는 빨리 걸었다. 장은 신이 나서 고향 집의 이야기를, 유령이 나오지 않는 집의 이야기를 했다. 장의사 일꾼들이 저승의 어머니를 끝없이 되살려 낸다는 음침한 이야기는 의사들이나 들어 주었다. 어쩌면 장은 의사들 때문에 그렇게 믿게 되었는지도 모른다. 한번 죽으면 끝이야, 그런 문제를 잘 알 수밖에 없는 방디가 장에게 했던 말이다. 장은 이제 곧 병이 나을 테니 하지 무렵에는 집에 돌아가 있을 거라고, 방디와 친구들을 불러 햄을 먹고 시원한 부엌에 앉아서 함께 술을 마시자고 했다. 숲을 지날 즈음 장이 조용해졌다. 달이 키 큰 나무들 사이에서 춤을 추며 자작나무 유령들을 불러

---

* 「이사야서」에서 하늘의 심판을 예언하는 대목에 등장하는 구절이다.

냈다. 차가운 표지판 위에서 사슴들이 어둠 속으로 한없이 뛰어들었다. 나는 사제복을 입고 오토바이에 멋지게 올라타던 남자를 생각했다. 그때 그가 눈길을 준 사람들은 오직 우아하고 향기로운 피조물들, 그가 말로써 얻어낸 육신들이었다. 그러다가 내가 알지 못하는 어느 날에 그는 피조물들에 대한 믿음을, 아름다운 이들의 마음에 들고자 하는 믿음을 잃었다. 세상에서 돈 후안만큼 깊은 신앙을 지녔던 인간은 없다. 그런데 놀라움 때문에, 어쩌면 두려움 때문에, 날아가는 새한테 놀라고 뇌전증에 걸린 여자아이에게 놀라면서 다른 피조물들 역시 있다는 사실을 깨닫게 된다. 그리고 우리는 나이를 먹을수록 그런 피조물과, 나무 혹은 미친 사람과 비슷해진다는 점을 알게 된다. 더 이상 잘생긴 사제가 아닐 때, 생글거리는 여자들이 외면하는 늙은 신부가 되었을 때 그는 다른 피조물을, 혜택받지 못한 이들, 말을 잃고 영혼이 거의 없고 육신도 없는 이들, 흔히 말하길 '아무리 멀리 있어도 은총이 그만큼 더 먼 거리를 나아가서 결국 다다르게 되는 이들을 불러들였다. 그러나 보잘것없는 영혼들을 사랑하고, 필사적으로 그 영혼들을 닮으려는 거만한 결심과 노력은 성공한 것 같지 않았다. 어쩌면 내 생각이 틀렸을 수도 있다. 하지만 내 눈이 본 것만큼은 그대로 남아 있다. 교구의 반항아이자 매력적이고 영악하던 신학자는 이제 정신병자들의 고해 성사를 들어 주는 알코올 중독자 농부였다.

특별한 사건은 없었다. 그저 누구나 그렇듯이 나이를 먹고 시간이 흘렀을 뿐이다. 사람이 많이 변하지는 않았다. — 단지 전술이 바뀌었을 따름이다. 이전의 그는 자신이 얼마나 은총받을 만한 자격이 있는지, 얼마나 은총처럼 아름답고 또 은총처럼 치명적인지 사람들에게 보여 주면서 헛되이 은총을 불렀다. 곤충이 먹이를 얻기 위해 때로 잔가지로 위장하듯 열심히 천사 흉내를 냈다. 둥지 속에 순결한 말들을 기르면서 신이 보내 준 어린 새가 태어나길 기다렸다. 지금의 그는 은총이 유순하고 환유적이므로 올바른 단어들로 땋아서 하늘로 올려 보내면 끝내 얻게 되리라는 믿음을 버렸고, 은총이란 이제 은유처럼 튀어 오르고 반어법처럼 조롱의 섬광을 일으키는 것일 뿐이었다. 하느님의 아들이 십자가에서 죽지 않았는가. 그 증거로 무장한 방디는 형편없는 주정꾼이 되어 말없이 스스로를 파괴하려 애썼다. 그는 아무것도 없는 빈자리였다. 언젠가 말로 표현할 수 없는 '존재'가 그 자리를 채울 것이다. 주정꾼들은 다음번 술집 카운디에 신 혹은 성서가 기다린다고 믿으려 한다

나는 방디를 안다고 말하지 않은 채 C 박사에게 그에 대해 물어보았다. C 박사는 너그러운 미소를 지으며 신부는 무능한 사람이지만 해를 끼칠 인물은 아니라고, 환자들도 그를 좋아하는데, 아마 신부가 같은 환경에서 살고 같은 결점을, 어쩌면 같은 장점을 가지고 있기 때문이라고 했다. 신부는 환자들과 똑같이 교양 없는 인간이지만 그들에게 싸구려 담배를 사 준다고도 했다. C 박사는 환자들이 방디와 자주 만나도록 독려하는 것이 치료를 위해서도 좋다고 믿었다. 나는 더 말하지 않고 노발리스*로 화제를 돌렸다. C 박사는 웃으면서 그러고 보니 생레미 성당의 지붕이 무너졌을 때도 신부는 지붕이 아예 다 주저앉을 때까지 버려두었다고 했다. 추위가 들이닥치고, 내부에 빗물이 고이고, 새들이 둥지를 튼 그 성

---

* 독일의 초기 낭만주의를 대표하는 작가이며, 스물아홉 살의 나이로 요절했다.

당의 미사에 참석하는 사람은 외출할 핑곗거리가 필요
한 이곳 병원의 일부 환자들뿐이라고도 했다. 그러더니
시골 성당의 이야기가 그의 마음속에서 억제하기 힘든
기계 장치를 작동하는 도화선이 되었는지, 종탑과 제비
들의 푸른 울음소리가 등장하는 횔덜린의 시* 첫 부분
을 낭송하기 시작했다. 나는 같은 시에서 인간이 "천상의
기쁨"을 흉내 낼 수 있고 "신성과 겨루면서 행복할 수 있
다."라는 구절이 떠올라 마음이 쓰라렸다. 그리고 멋대로
"하지만 여전히 시적으로, 이 땅에 인간이 살고 있다."라
는 구절을 생각하며 기뻐했다. 또한 내 마음속에서도 고
통스러운 사제와 종소리가 기억의 기계 장치를 작동시
키고, 구절들을 인용하고, 바람이 일게 하는 도화선이 된
다는 사실이 슬펐다. 나는 파토스의 깃발 아래 C 박사와
함께 말에 올랐다.

　　이야기의 끝이 다가온다.

---

* 제목 없이 "아름다운 푸른 빛으로"로 시작하는 횔덜린의 시는 착란 상
태에서 말하는 것을 다른 사람이 받아썼다고 전해진다. 저자에 대한 의
혹이 일기도 했지만 『횔덜린 전집』에 수록되었다.

점심때 식당에서 나는 보통 창문 가까이, 토마의 맞은편에 앉는다. 그때까지 내가 지켜본 바로는 명상을 즐기고 순진하고 자그마한 토마는 얼굴에 미소를 띤 채 어떻게든 자기 존재를 드러내지 않으려고 애썼다. 옷도 제법 잘 입지만 그것은 사무실의 말단 직원들이 튀지 않기 위해, 혹은 흔히 말하는 대로 분수를 지키기 위해 신경써서 입는 것과 비슷했다. 나는 그가 같은 테이블에 앉아식사하는 동료들을 더없이 존중하면서 가식적이거나 서두르는 기색 없이 공손하게 음식을 건네주는 모습이 좋았다. 그는 무식해 보이지 않으면서, 정신병의 환희 혹은비탄을 핑계로 잘난 척하지도 않았다. 나는 그와 함께 정치, 의사들의 인성, 텔레비전 프로그램에 대해 부질없는말들을 주고받았다. 그런데 어느 날 그가 포크질을 멈추더니 흐릿해진 눈빛으로 한없이 길게 느껴지는 몇 초 동안 바깥을 멍하니 응시했다. 밖에는 아무도 없었다. 그는턱을 떨며 안절부절못하다가 갈라진 목소리로 말했다. "봐요, 다 아파하잖아요." 겨울바람이 미세하게 불어오면서 산성을 지닌 소나무들이 약하게 흔들렸다. 티티새 한마리, 박새 몇 마리가 이 나무에서 저 나무로 돌아다닐 뿐 거대한 하늘에는 아무런 징조도 없었다. 나는 어리둥절했다. 저 풍경에서 토마는 내 눈에 안 보이는 어떤 비밀을 보았을까? 생폴루*에 따르면 우리가 말을 주고받듯 나무들은 새를 주고받는다. 마음에 드는 그 비유를 떠올리며 한탄스럽게도 나는 웃음의 욕망에 사로잡혔다. 나도 접시를 두드리면서 그 고통을 목청껏 노래하고 싶었다. ──누구의 고통인가? 흡사 곰브로비치**의 소설 속에 있는 것 같았다. 아니다, 나는 미친 사람들 사이에 있었고, 우리는 그런 종류의 규칙들을 존중했다.

토마는 갑자기 흥분할 때와 마찬가지로 갑자기 잠잠해졌다. 그리고 방금 전에 겨울의 한구석을 희미한 고통으로 가격했던 그는 더 이상 그 고통에 눈길을 주지 않은 채 그저 먹기만 했다. 그러나 나는 이미 상해 버린 땅에서 눈을 돌릴 수 없었다. 무언가 저 땅을 지나갔다. 나무들은 더 이상 이름이 없고 새들도 이제 이름이 없다.

---

* 프랑스의 상징주의 시인으로 실제 세계와 관념 세계의 예술적 융합을 추구했다.
** 폴란드 작가 비톨트 곰브로비치는 『페르디두르케』(1938)에서 인간들에게 강요되는 인위적 '정상인'의 틀을 조롱하는 '미성숙'의 이야기를 펼쳤다.

종(種)들이 전부 뒤섞인 광경 앞에서 나는 멍하니 있었다. 말을 하게 된 동물, 혹은 정신이 나가서 말을 못 하게 된 인간이 보는 세상일까? 마침내 조조가 구유 같은 밥그릇에서 풀려났다. 그런데 날림으로 해치운 가짜 식사 뒤에도 욕구를 충족시키지 못한 그가 저 바깥의 사막으로 들어가자 비로소 균형이 돌아왔다. 조조의 가련한 두 팔이 잠시 내 시야에서 노를 저었다. 육중한 몸이 가까이 다가오자 마가목에서 참새들이 날아올랐다. 그의 서툰 주먹이 세상이라는 링 위에서 권투를 시작했다. 그가 걷는 동안 휘두른 주먹에 우연히 얻어맞은 나무들은 가지에 고여 있던 물을 쏟아 내며 그를 흠뻑 적셨다. 나는 되뇌었다. "연기 나는 거울의 신*은 발이 비틀렸고 그의 가슴에는 시끄러운 소리를 내며 닫히는 두 개의 문이 있었다." 야만의 신은 갈아엎은 땅 구석에서 비틀거리다가 숲속으로 사라졌다. 나는 마음이 놓였다. 웃고 싶은 마음은 이미 사라졌다. 나는 다시 식사를 했다. 조조는 두 발로 걸었다. 그는 신이 될 수도 있었지만 인간이었다.

---

* 아즈텍족의 주요 신인 테스카틀리포카를 말한다. 가슴에 달린 연기 나는 거울을 통해 모든 것을 보고 사람들의 행동거지와 생각까지 알았다.

나는 간호사들이 좋았다. 모두 낙관적인 사람들이었고, 나는 그들과 같이 카드를 쳤다. 그들은 나에게 토마의 열정에 대해 알려 주었다. 토마는 방화광이고 공격 대상은 나무들이었다. 토마 때문에 간호사들은 한창 가뭄이 이어질 때 소화기를 들고 넓은 정원 여기저기를 뛰어다녀야 했다. 하지만 그들은 철학적으로 받아들였다. 간호사들은 더 이상 어떤 것에도 놀라지 않는 명랑한 사람들이었고, 내 생각에 그들의 웃음에는 정말로 인정이 담겨 있었다. 무한히 상대적으로 얽힌 채 횡설수설 쏟아지는 말들은 그들을 순수하게 했다. 그런 말들을 검토할 수 있는 법적 권한을 가진 의사들과 달랐다. 의사들에게 간호사들은 주간지 문화면에서 막스 형제의 영화가 하는 역할과 비슷한 의미를 지녔다. 그들은 심각하지 않고 심술궂고 기꺼이 도와주고 핵심을 찌른다. 나는 간호사들과 함께 토마의 실패담을 이야기하며 웃었다. 성냥을 든 막스 형제 하나가 사랑에 빠진 남자처럼 혹은 암살자처럼 땀에 젖은 손으로 밤중에 몰래 빠져나가면 그의 친구들 역시 따라 나가서 정원의 호스로 물을 뿌리며 웃어 대곤 했다. 물론 그렇게 간단한 일이 아님을 우리는 알고 있었다. 아마도 토마는 모든 사람에 대해, 모든 것에 대해 무한한 연민을 지녔을 터다. 연민 때문에 숨이 막히고 어떤 울부짖음이나 불안으로도 그 감정을 알릴 수 없을 때 잠시 형 집행자 쪽에 합류했고, 불꽃이 번지는 그 찰나 동안 연민으로부터 벗어났을 것이다. 나는 토마가 불길로 마귀를 쫓는 의식을 치르면서 마치 자기에게 바쳐진 제물의 냄새를 맡는 신처럼 벌겋게 타는 전나무에 콧구멍을 내미는 모습을, '벼락의 신'의 영광 속에서 갑자기 맹렬한 광휘를 맞닥뜨린 말단 직원의 얼굴을 상상하곤 했다. 토마는 헤드라이트 불빛에 홀린 토끼이자, 횃불을 들고 토끼를 죽음으로 몰아넣는 제사장이었다. 서로 바뀔 수 있는 두 역할 사이에서 얼이 빠지고, 또 두 역할이 바뀔 수 있다는 사실 때문에 겁에 질린 그는 간호사들이 농담을 건네면서 다정하게 방으로 데려다주는 동안 몸을 떨었다. 그 밖의 나머지에 대해서는, 그렇다, 그는 전부 가여워했다. 아마도 유한한 생명을 가진 종(種)들이 처음 생겨났을 때부터 은총을 빼앗긴 이 세상이 멜로드라마로부터 벗어나 휴식을 얻기를, 아예 사라져 버리기를 바랐을지 모른다. 그의 눈에는 창조된 모든 것이 불쌍했다. 소산물로서의 자연은 실패했다. 그것이 들판의 나리꽃을 바라보는 그만의 방식이었다.

1월 어느 일요일에 나는 창문으로 들어오는 강한 새벽빛 때문에 일찍 잠에서 깼다. 분열증 환자들과 꾀병 부리는 가짜 환자들, 혹은 둘 모두에 해당하는 사람들이 전부 똑같은 아침 햇살 아래 식당에 모여서 김이 올라오는 그릇 앞에 앉았고, 하루의 공허에 짓눌린 채 천천히 먹기 시작했다. 옷을 차려입은 사람이 많았다. 토마도 그중 하나였다. 그는 장난을 치면서 나한테 미사에 같이 가자고 했다. 나는 얼버무렸다. 벌써 미사에 안 간 지 몇 년째였다. 나는 어정쩡한 무신론자였고, 지금도 그렇다. 그런 까닭이 아니더라도 가 봤자 지루할 게 뻔했다. 내가 가장 염려하는 결정적인 이유에 대해서는 말하지 않았다. 그러니까 나는 이 지리멸렬한 무리와 함께 마을에 간다는 사실이 창피했다. 내 속내를 알아챈 토마가 나를 똑바로 쳐다보면서 고통스럽게 겸손한 어조로 말했다. "미사에 가도 괜찮아. 어차피 우리밖에 없어." 그가 말하는 우리는 미친 사람, 사기꾼, 회피하고 싶은 온갖 부류의 인간들이었다. 내 얼굴이 붉어졌다. 나는 옷을 갈아입고 토마를 따라나섰다.

우리는 줄지어 길을 나섰고, 간호사 한 명이 갤리선 죄수들을 감시하는 간수처럼 옆에서 같이 걸어갔다. 악령에 홀린 이들과 이교의 시조들이 머리에 노란색 주교관을 쓰고 발에는 쇠공을 매단 채로 행렬을 이루며 성스러운 십자가를 향해 나아갔다. 앞쪽에서 지적 장애가 심한 몇 사람이 매번 실패하지만 남보다 빨리 도착하려고 서둘러 걸어갔다. 이내 춤추듯 흔들리는 숨소리가 멀어지면서 그들은 굽잇길 뒤로 사라졌고, 숲속에서 떠드는 소리가 점점 약해지다가 더 순결한 피조물들이 서리 속에서 지저귀는 소리와 하나가 되었다. 그러다가 새들이 날아오르고 흐느적대는 무리가 다시 나타났다. 어리석은 욕설과 웃음과 엉뚱한 말들이 번져 나갈 즈음 간호사가 숨을 헐떡이며 달려가서 그 무리를 다시 데려왔다. 나는 우울한 행렬의 제일 뒤쪽, 장과 토마 사이에서 걸었다. '어머니'의 영원한 부활을 믿는 정신 나간 인간과 술 취해 죽었다는 늙은 '사바오스'* 탓에 창조가 실패했다고

---

* 히브리어로 군대를 뜻한다. 구약 성서의 '여호와 사바오스'는 권능을 강조한 '만군의 주'라는 의미다.

주장하는 음울한 카타리파* 사이에서 흩어져 버린 희미한 은총을 애걸하는 자, 아버지가 흔적조차 없이 부재하고 여자들마저 달아나 버린 영원한 아들인 나는 '아버지'의 품으로 돌아오는 '아들'의 영원한 귀환을 기리고, 그 아들이 영원히 피 흘리며 피조물들의 가슴속으로 퍼져 나간 일을 찬양하러 갔다. 그러니까 우리는 지금처럼 너그러운 시절이 아니었다면 화형대를 기다려야 했을 삼 인조였다. 가냘프고 차가운 은의 웃음을 짓는 1월의 태양 아래서였다.

성당에 거의 다다랐다. 번쩍이는 지붕들과 함께 계곡에 자리 잡은 마을이 나타났다. 사방이 좀 더 트이며 종탑의 종소리가 들렸다. C 박사와 토마의 말이 옳았다. 경쾌하고 슬픈 종소리는 희생의 슬픔과 부활의 환희에 그 누구도 초대하지 않았다. 광장에도, 성당 계단에도 아무도 없었다. 매주 일요일 오전, 생레미의 종은 푸른 하늘을 덧없이 흔들어 댈 뿐 그 종소리가 부르는 신도들이란 오직 서로 부딪히고, 돌멩이마다, 말 한 마디마다 걸

---

* 중세에 프랑스 남부의 알비를 중심으로 퍼져 나간 기독교 교파이며 이원론과 영지주의를 주장하다가 이단으로 파문당했다.

려 넘어지며 어설프게 골목길을 내려오는, 경박한 걸음
으로 광장을 울리고 훌쩍거리며 성당 입구로 몰려드는
우리들이 전부였다. 텅 비고 사방으로 빛을 발하는 오만
한 청동 덩어리는 우리가 문을 지나 성당에 들어설 때까
지 끊임없이 울렸다. 종탑 아래서 평상 제의를 입은 방디
가 분주하고 진지하게 종을 치는 줄에 매달려 춤추듯이
날아다녔다.

　　우리는 소란스럽게 자리에 앉았다. 종은 몇 차례 더
요란하게 울린 뒤 조용해졌다. 방디는 오직 우리만을 위
해서 줄을 붙잡은 채 춤을 추었고, 우리를 맞이한 뒤 그
성스러운 목소리를 가라앉혔다. 사실 중앙 신자석이 많
이 파손된 상태였기 때문에 종을 치며 진동을 일으키
는 일은 신중하지 못한 행동이었다. 제단 위쪽으로 지극
히 단순한 뼈대 구조물이 드러난 자리에 하늘에서 내려
온 빛이 흥건했다. 검은색 들보는 천진한 하늘 속에 잠겼
고, 제식 용구 보관실은 떨어져 내린 석고 덩어리에 막
혀 문을 열기 힘들었으며, 제단 뒤쪽의 갈라진 넓은 틈으
로 감동적인 천상의 푸르름이 보였다. 마치 숲속인 양 궁
륭 아래 가득 찬 습기를 막기 위해 석고 성자상들엔 천

을 씌워 놓았고, 제대 역시 낡은 녹색 방수포로 만든 두꺼운 덮개에 덮여 있었다. 방디는 여전히 진지하게 성자 상들 곁으로 다가가서 천을 벗겼다. 헐렁한 짧은 바지와 소박한 셔츠를 입고 허벅지에 소, 양과 함께 겪어 낸 탄저병의 상처를 가진 치유의 성자 로크와 옛 카롤링거 시대의 고해 신부이자 박식한 주교 레미 성자, 그리고 다른 성자들도 있었다. 방디는 미소 지었다. 아마도 겸손한, 깊이를 헤아릴 수 없는 유머가 가득 담긴 미소였다. 그는 사방에서 들이치는 바람 때문에 어차피 소용없는 난방 장치도 켰다. 마침내 그가 제대에 씌워 놓은 덮개의 한쪽 끝을 잡고 신자들을 바라보자, 분명 일요일마다 반복되는 의례인 듯 장이 서둘러 달려가서 반대쪽 끝을 잡고 둘이 같이 덮개를 말아 가며 벗겨 냈다. 야영지를 차린 모세가 이스라엘 부족 중에서 낙타를 제일 못 부리는 얼간이를 부른 것이다. 그들은 한순간 공모자가 되어 방주 천막을 쳤고, 사막에 성전이 만들어졌다. 방디는 계단을 올라가서 미사를 집전하기 시작했다.

　씁쓸하게도 나는 오래전에 그랬듯이 황홀경에 빠지지 않을 수 없었다. 경이에 멍해지고 마음이 놓였다. 모든 것이 침몰하는 중에도 난파는 완고한 품격을 지녔다. 더없이 당당하게 과장되었던 동작과 말이 사라졌고, 발성도 완벽히 평범해졌다. 지쳐 기운을 잃은 혀는 어느 것에도, 누구에게도 가닿지 않았다. 핏기 잃은 단어들은 추락한 석고 덩어리에 짓눌렸고 벽의 갈라진 틈새로 달아났다. 어쩌면 방디는 데모스테네스*처럼, 하지만 그와는 반대의 효과를 얻기 위해 입에 자갈을 가득 채웠을지도 모른다. 공의회에서 결정된 새로운 전례에 따라 이제 미사도 프랑스어로 진행했다. 그렇다 한들 옛날의 방디라면 모국어마저 소용돌이치는 치명적인 발성의 체로 걸러 내서 히브리어처럼 들리게 하지 않았겠는가. 이제 그의 말은 투명하고 기계적이고 불충분한 고유어였다. 사투리라고 여기기도 힘들었다. 그것은 찾을 수 없는 '존재'의 헛되고 단조롭고 거친 허사(虛辭)이자, 오랜 세월 마멸에 짓눌려 끝없이 이어진 문례(文例)였다. 그는 아무도 없는 방에서 혼자 돌아가는 디스크처럼, 손님들에게 저녁 식사가 괜찮았느냐고 묻는 레스토랑 지배인처럼

---

* 아테네의 정치가로, 고대 그리스의 웅변가였다. 힘 있는 목소리를 위해 입에 자갈을 물고 말하는 훈련을 했다고 전해진다.

미사를 이어 갔다.

　그 모든 것에는 꾸밈이나 빈정거림, 겸허의 가식이나 지나친 경건함 대신 분노에 찬 겸손이 있었다. 가면은 완벽했고, 오직 그 가면만으로 존재하기 위한 노력은 비장했다. 일요일을 맞이해서 제의를 차려입었지만 그는 어깨에 늘어뜨린 영대를 제대로 주체하지 못했다. 제단 포에 입을 맞출 때는 마치 결혼식 화동을 서는 시골 소년이 짙은 화장을 하고 가슴 파인 드레스를 입은 도시의 신부에게 입을 맞출 때처럼 어색하고 조심스러웠다. 고백 기도에 등장하는 성자들은 색칠한 석고상 같고, 동정녀 마리아는 내 할머니가 경배하던 '선하신 여인' 같았다. 삼위일체를 암시하는 세 존재를 둘러싸고 기묘한 자리에서 이루어진 미지의 작당에 대해 설교할 때에는 마치 의미 불명의 의례로 청중을 피곤하게 해서 미안하다고 사과하듯 너무 빠르고 조금 거북하게 언급했다. 휑하니 뚫린 천장 아래 익히 아는 신도들이 모인 중앙 홀에서 어쩌다 수도사 옷을 입은 부지런한 농부가 온 힘을 짜내고 있었다. 스스로 언어의 가죽을 벗겨 내는 인간임을 아는 그는 그럭저럭 상황을 수습해 가며, 습관과 인내

덕분에 간신히 틀리지 않고 미사를 진행했다.

지능이 모자라는 신도들은 가만있지 않았다.─그러나 신기하게도 그들만의 방식으로 미사를 따라갔다. 그들은 방디 쪽에 있는 무언가에 관심을 쏟았다. 그들에게는 무한히 상대적인 이 미사보다 들판을 날아다니는 메뚜기, 영원토록 중얼거리는 나무, 농익은 과일 주변을 배회하는 파리가 더 놀라웠다. 그들은 조심스럽게 제단으로 다가가서 흐느적거리는 탐욕스러운 손으로 낮은 창살을 붙잡고는 앞날개를 떠는 곤충들을 보기 위해, 혹은 바람이 나뭇잎들을 흔드는 소리를 듣기 위해 고개를 내밀었다. 그중 한 명은 심지어 손가락을 뻗어서 사각거리는 사제복에 가져다 대기까지 했다. 그러고는 망토에 고개를 감추며 대담한 짓을 저지른 데 놀라고, 동시에 자신의 위업에 뿌듯해하며 자리로 뛰어왔다. 간호사가 장난스럽게 큰 소리로 야단치자 가엾은 남자는 학급의 말썽꾼임에도 공부에서 1등을 하는 소년처럼 으스대며 웃었다.

사제는 흔들림 없이, 계속 나타나고 결코 패하지 않는 횡포한 피조물들을 향해 언어의 파산 속에서도 축복을 내렸다.

 그가 침착하게 앞으로 나섰고, 순백의 눈처럼 하얀 눈길이 우리를 스쳤고, 강론이 시작되었다. 동방 박사들의 경배를 기리는 주현절 미사였다. 나는 오래전의 강론을, 방디의 입에서 나온 말이 세 왕과 함께 별을 따라가던, 대상(隊商)을 이끄는 왕들이 길을 찾아 헤매고 밝은 밤하늘이 길을 안내하던 이야기, 아이로 세상에 온 '말씀'의 신성한 힘에 이끌린 세 박사가 어떤 일이 일어났는지 짐작하고 몰약을 챙겨 왔다던 강론을 떠올렸다. 이제 방디는 동방 박사의 이야기를 하지 않았다. 그는 인간의 몸으로 세상에 온 '말씀'에 동방 박사들이 항복한 이야기에는 더 이상 관심이 없었다. 이미 그는 황금의 말을 지니고서도 말이 없는, 그저 무심하게 세상의 모든 말을 나누어 주는 분의 뜻을 꺾지 못하지 않았던가. 방디는 겨울에 대해 말했고, 성당 내부와 성당을 오가는 길의 추위에 대해 말했다. 아침에 제단 뒤쪽, 후진에서 얼어 죽은 새 한 마리를 주웠다고도 이야기했다. 그리고 나이 든 처녀나 감상적인 은퇴자가 말했을 법한, 서리에 쓰러진 참새들에 대해, 굶주림에 집어삼켜지고 눈 속에서 겁에 질린 채 고통스럽게 으르렁대는 늙은 멧돼지에 대해, 허기를 불러오는 아름다운 흰 설탕에 대해 연민에 젖어 이야기했다. 또한 별이 인도하지 않는 피조물의 방황에 대해, 둔하게 날아가는 끼미귀와 영원히 달아나는 토끼와 밤마다 건초 창고 안을 순례하는 거미에 대해 말했다. 여기에 곁들여 신의 은총에 대해, 아마도 반어적으로 언급했다. 문체는 남아 있지 않았다. 완전히 밋밋한 강론 속에는 고유 명사마저 전혀 남아 있지 않았다. 다윗왕도, 토비도, 훌륭한 멜키오르*도 더는 없었다. 마디로 나뉘지 않은 문장과 세속적인 단어, 조금 바보같이 조심스럽게 사용된 상투적 표현, 겉으로 훤히 드러난 의미, 아무런 특징 없는 글뿐이었다. "자기 혀가 튀김 팬이 되어"** 독자들로 하여금 그 위에서 춤추게 했지만 단 한 번도 그 독자들을 통해 하늘에 계신 '위대한 독자'의 동의까지는 얻어 내지 못한 '위대한 작가'처럼 방디는 이제 은총에서

---

* 동방 박사 세 명 중 황금을 들고 온 노인의 이름이다.
** 플로베르가 연인 루이즈 콜레에게 보낸 편지 중에 "위대한 작가가 되는 것, 자기 문장이 튀김 팬이 되어 그 안에서 밤알이 튀듯 사람들이 팔짝대는 모습을 보는 것은 아름답다."라는 문장에서 가져온 말이다.

가장 멀리 있는, 무엇을 읽어도 질겁하는 이들에게 일상의 말과 통속적인 가요에 나올 법한 가벼운 주제들을 들고 다가갔다. 신이 꼭 '까다로운 독자'는 아니었다. 백치의 흐릿한 귀도 신을 들을 수 있었다. 어쩌면 방디는 아시시의 프란체스코처럼 새와 늑대가, 가령 말할 줄 모르는 그 동물들이 자기 말을 알아듣는다면 그때야말로 은총을 얻었다고 확신할 수 있을 테니, 이들이 자기 말을 들어 주기를 원했을지도 모른다.

까마귀와 멧돼지는 백치들을 감동시켰다. 그들은 웃음을 터트렸고, 방디의 말을 아무렇게나 낚아채서 여러 어조로 따라 했다. 간호사가 고함을 쳤다. 몇몇 조현병 환자들은 그런 소란 가운데에서도 평소와 다름없이 자신들의 천사 같은 특성 속에 — 부재와 수수께끼 속에 — 조용히 파묻혀 있었다. 내 옆에서는 토마가 잔인하도록 황홀한 얼굴로 검은색 들보에 매달린 하늘을 쳐다보았다. 멀리 뒤러의 「경배」* 속 천사 혹은 유혹의 비천

---

* 성부가 십자가에 못 박힌 예수를 두 팔로 감싸 안고, 천사들이 성부의 옷을 펼쳐 들고 있는 알브레히트 뒤러의 그림 「삼위일체에 대한 경배」를 말한다.

한 유충들이 그를 향해, 사방팔방 날아다니는 참새들과 함께 달려들었다. 이 모든 것에는 무언가 막연히 수치스럽고, 좀체 털어놓기 힘든 최악에 가까운 분위기가 깃들어 있었다. 방디는 미사를 이어 갔다. 그는 빵을 축성했고 '아들'이 나타났다. 정신병자들이 흥분했다. 문이 요란스럽게 열리더니 성당 입구에서 숨을 헐떡이는 아즈텍의 신 하나가 진정한 '그리스도의 몸'을 응시했다.

간호사가 달려가서 거지를 단번에 쫓아냈다. 흥분했지만 겁에 질린 조조가 매질당하는 강아지처럼 음험한 신음 소리를 냈다. 사제는 돌아서 있었다. 그는 미소지었다.

1976년 8월 말에, 나는 책을 구하러 소도시 C에 들렀다. 여전히 어떤 은총도 나를 찾아오지 않았고, 그저 열에 달뜬 채로 모든 성서를 뒤지며 은총을 얻어 낼 비결을 찾던 중이었다. 그곳에서 라셀레트의 간호사를 만났다. 그는 내가 그곳에서 알았던 이들에 대해 말해 주었다. 조조는 죽었고, 뤼세트 스퀴데리도 죽었다. 장은 평생 그곳을 벗어날 수 없을 테고, 토마는 이따금 병원에서 내보내 주면 어김없이 나무들의 부름에 응답해 불로 해방시켜 준 다음 도로 잡혀 왔다. "신부님은요?" 간호사가 웃으며, 그러나 즐겁지는 않게 지난주에 일어난 일을 알려 주었다.

토요일에 방디는 밀 타작을 하러 오는 일꾼들과 함께 술을 마셨다. 오텔데투리스트가 문을 닫은 뒤 사제관으로 옮겨 가서 계속 마셨다. 그들은 날이 밝을 무렵에 몹시 취한 상태로 생레미를 소란스럽게 하며 헤어졌다. 그리고 일요일 오전에 라셀레트의 행렬은 어김없이 길을 나섰다. 높은 나무들이 늘어선 퓌데트루아코른의 숲속을 걷던 그들은 뿔 달린 형상이 뛰어나오는 도로 표지판 옆에 신부의 오토바이가 기대서 있는 모습을 발견했다. 장이 곧장 숲으로 뛰어갔고, 간호사는 뒤따라갔다. 멀지 않은 빈터 가장자리, 너도밤나무의 어두운 그림자속에 방디가 기대앉아 있었다. 흰 가시나무와 헝클어진 송악 덩굴 사이에서 몸을 축 늘어뜨리고 고사리를 움켜쥔 채 파란색의 거친 면 셔츠 사이로 상아색 가슴을 드러내고 부릅뜬 눈으로 그들을 쳐다보았다. 방디는 이미 숨을 거두었다.

그날 술꾼의 노래처럼 영광스럽고 가벼운 하늘 위로 선명하게 날이 밝아 올 즈음에, 나무가 무성한 퓌데트루아코른이 방디를 불렀다. 그는 숲으로 들어갔다. 부츠를 신은 발을 옮길 때마다 발밑에서 냄새들이 피어오르고 초록색 그림자가 이마에 닿았다. 그는 담배를 피웠다. 술기운에 나른해진 몸을 부드러운 잎사귀들이 어루만져 주었다. 한순간 놀란 그는 알 수 없는 몇 음절을 발음했다. 새들이 아무렇게나 떠드는 소리 속에서 영원을 닮은 무언가가 그에게 응답했다. 가까이서 사슴 한 마리가 갑자기 고개를 흔들며 콧바람 소리를 냈지만 별로 놀라지 않았다. 암컷 멧돼지 한 마리도 조용히 다가왔다. 날이 밝았고, 더없이 합당한 노랫소리가 더욱 풍성해졌다. 지평선으로 올라오는 빛과 함께 관목들 사이에서 오디새와 어치가, 꽃을 닮은 그 황갈색과 분홍색의 깃털이, 잔뜩 집중해서 무언가를 찾는 부리와 재기 가득한 둥근 눈이 나타났다. 방디는 아주 부드러운 어린 뱀들을 쓰다듬었고, 여전히 무언가를 말했다. 담배꽁초에 손가락이 탔다. 그는 마지막 연기를 내뿜었다. 하루를 여는 태양이 그를 덮쳤고, 그는 비틀거리며 황갈색 털과 박하풀 몇 줌을 움켜쥐었다. 여인들의 살, 아이들의 눈길, 순수한 이들의 광기가 떠올랐다. 이 모든 것이 새들의 노래 속에서 말하고 있었다. 그는 온 세상 '말'의 의미에 압도되어 무릎을 꿇었다. 그는 고개를 들고 '누군가'에게 감사 인사를 올렸다. 모든 것이 의미를 띠었고, 그는 쓰러져 숨을 거두었다.

혹은 어쩌면 수탉들이 날이 밝는 줄 알고 깜짝 놀라서 한번 울고, 자기들만 우는 데 다시 놀라서 자러 가 버린 가짜 새벽이었을 수도 있다. 그러니까 깊은 밤이었다. 정오는 아직 멀었다. 완성된 상형 문자이고 완벽한 형태인, 이젠 돌이킬 수 없는 삶으로 치장한 방디 신부가 말을 마쳤고, 상상 속의 커다란 사슴들이 뿔에 십자가를 매단 채 천천히 지나가는 숲속에서 거대한 숲을 녹색 제례복으로 삼아 잠들었다.

클로데트의 삶

사람들이 내가 믿지 않는 두 번째 기회를 하늘에 구걸하기 위해 모여드는 파리에서 마리안의 부재는 내 안에서 부패 과정을 마쳤다. 파리에서 보낸 두 해 동안 나는 형편없는 인간으로 울부짖으며 꿈속에서 지냈다. 도와 달라고 비명을 질렀고, 막상 도움의 손길이 다가오면 여유를 부리며 거절했다. 점점 고조되던 내 호소에 마음이 흔들린 인정 많은 혹은 나약한 영혼들을 괴롭히면서 고뇌도 커져 갔다. 나는 무심과 분노 속에 그 가련한 여인들의 집을 옮겨 다니며 살았다. 바노 거리에서는 밤중에 문을 다 부숴 놓고 이튿날 아파트 관리인 앞에서 벌벌 떨었다. 드라공 거리에서는 초췌하게 늘어진 까탈스러운 인간들한테 고용되어 대마초 판매자로 승진하고 개수대 밑에서 잠을 잤다. 뭉루즈에서는 겨우내 뒤로 삐져 있었다. 한 여자를 괴롭혀서 주머니마다 위조 처방전을 채워 넣고 파리를 뛰어다니며 진정제를 한가득 구해 오게 했다. 그녀의 너그러운 짙은 초록색 눈이 나를 바라보았고, 어린애 같은 손이 다정하게 암흑의 식량을 건네주었다. 모든 것이 비틀댔고, 잠든 상태와 깬 상태가 다르지 않았다. 손이 너무 떨린 탓에 자비롭게도 그 혼수상태에서 채운 수많은 페이지는 전혀 알아볼 수 없었다. 하늘의 뜻이었으리라. 언젠가 창밖에 라일락이 보였고, 봄이었다. 그리고 어느 겨울밤, 현대식 빌라의 다락방 작업실에서 도망친 혹은 쫓겨난 뒤 당도한 멋진 교외 지역은 어디였는지 이름조차 모른다. 달빛 아래 차가운 회양목과 입 벌린 목신들 사이에서 석고 형상들이 키득거렸다. 나는 누군가한테 욕을 퍼부었다. 피부가 벗겨진 내 손은 철문을, 상처를, 출구를 찾았다. 아무리 많이 걷고 아무리 날씨가 추워도 정신은 도무지 돌아오지 않았다. 그때 내 의식은 엉망으로 피폐했고, 당시의 내 기억은 지금 자꾸 숨는다. 내 의식과 기억의 폐허에서 떠오르는 것은 생마르탱 운하를 흐르던 납빛의 물, 바스티유의 을씨년스러운 카페, 대낮처럼 환한 네온등 아래 아스라이 밤에 바쳐진 얼굴들뿐이다. 덩치 큰 초라한 열차들이 철근을 떨게 하며 새벽을 깨웠다. 교외에서 들어오는 피로에 지친, 아주 온순한 유령 무리를 뒤따라서 날이 밝았다. 나는 오스테를리츠역 플랫폼에 있었고, 떠나지 않았다.

나를 작가로 여긴 맹목적인 여인에게 이끌려 마침내 사치스러운 수도를 벗어났다. 카페 종업원이 나를 조롱하며 백포도주를 맥주잔에 따라 주던 몽파르나스의 어느 술집에서 하룻밤 사이에 정해진 일이었다. 나는 그녀의 마음을 얻기 위해 눈물겹게 애썼다. 아름다운 여인은 레모네이드를 마시면서 내 말을 들어 주었다. 그녀는 내가 마음에 들었고, 나를 데려갔다. 예쁜 금발이었고, 선의를 지녔고, 정신 분석학의 독실한 신도였다.

클로데트는 노르망디 사람이었고, 그래서 나는 노르망디로 갔다. 그러니까 오직 변덕스러운 족외혼의 법률만이 내 거주지를 바꿀 수 있었다. 캉에서 나는 어느 관사의 2층에 묵었다. 그곳에는 책이 아주 많았고, 창밖의 넓은 정원에서는 나무들이 대서양의 굵은 빗줄기에 흔들렸다. 그중에 떡갈나무 한 그루가 다른 나무들과 똑같이 소나기를 맞으면서도 더 많은 말을 했다. 과거를 가진 나무였다. 과거를 갖는 것은 이름과 언어를 갖는 방식이다. 클로데트가 그 아래서 일어난 일을 말해 주었다. 옛날 바로 저 나무 아래서 작고 세모난 숄을 걸친 샤를로트 코르데*가 왕을 시해한 자를 죽이겠다고 맹세한 뒤 다른 이의 죽음과 자신의 죽음을 향해, 단두대의 칼날과 구원을 향해 습기 찬 새벽의 오주를 떠났다. 나는 클로데트를 끌어당겨 껴안은 채 그녀의 목을 어루만졌다. 그러면서 분별력을 잃고 따지기 좋아하는 샤를로트를 상상했다. 아둔한 여인은 얼마 안 되는 짐을 보자기에 싸 들고 모독당한 왕실의 여자들과 9월의 학살**과 단검과 신

---

* 18세기 프랑스 혁명기에 자코뱅파를 이끌던 장폴 마라를 암살한 여인이다. 노르망디의 오주 지방에서 가난한 귀족 집안의 딸로 태어났고, 자코뱅파가 정권을 장악한 뒤 캉에 도피해 있던 지롱드파의 혁명 사상을 받아들였다.

** 1792년 8월에 반혁명 용의자들을 대대적으로 체포한 뒤 9월 2일부터 며칠 동안 1000명 넘는 사람들을 처형한 사건이다.

성한 임무 같은 지리멸렬한 이야기를 아무 반응도 없는 나무껍질을 향해 늘어놓았다. 나는 그 모습이 마치 스스로 무엇에 대해, 누구를 위해 말하는지 알지 못한 채 속이 빈 말들을 쏟아 내면서 특별한 지위를 달라고 하늘에 요구하는 자들, 처참하게 죽음을 맞으며 사람들이 기억해야 할 이름으로 승천하게 해 달라고 요구하는 작가와 같다고 생각했다. 눈먼 나무에서 빗물이 흘러내렸다.

샤를로트 코르데라는 유명한 본보기와 그녀의 청중이 되어 주었던 잎이 무성한 나무 앞에서도 나는 아무것도 쓰지 못했다. 그곳에 도착하자마자 처방전을 모두 없애 버린 뒤 진정제로 이어지던 긴 꿈에서 벗어나고자 애썼다. 일단 도전해 보고 어려워도 해내겠다는 결의였고, 혹은 보다 평이하게는 다시 태어난다는 우스꽝스러운 환상에 대한 순응이었다. 클로데트는 술병이 내 눈에 띄지 않도록 배려했다. 하지만 나는 글을 쓰는 꿈을 꾸었을 뿐이다. 나는 클로데트의 친구 중에 그녀만큼 신중하지 않은 한 여자가 쉽게 인도해 준 암페타민의 향연에 빠졌다.

차가운 약물의 프리즘을 통해 보이는 캉은 사막이었다. 나는 환하게 빛났고 신경이 팽팽하게 곤두섰다. 내

가 다가가면 빛을 발하는 내 긴장 때문에 주위 공간은 날
카롭게 각진 조각으로 찢겼다. 더 이상 음영과 깊이를 알
수 없었고, 서서히 옅어지는 그림자가 만드는 경이로운
휴식도 사라졌다. 푸른색 그림자와 갈색 그림자가, 또한
황금빛 푸른색을 서서히 잃어 가는 그림자가 만들어 내
는 휴식, 하늘의 완강한 명철함 앞에서 이 세상의 사물
들이 버텨 내는 겸허한 저항이자 마지막 피난처마저 사
라졌다. 도시가, 도시의 지평선과 기후가 옛 시에나 화
가*들의 그림에서처럼 공격적인 입방체들로 토막 났고,
만져지지 않는 시린 공기는 크고 차가운 다면체들이 되
었다. 그 얼음 위에서 나는 얼어붙은 손으로, 깨끗한 유
리 눈과 가장 마지막 지옥에 떨어진 자의 창백한 지능으
로 너무나 기뻐했다. 캉의 종탑에서 울리는, 습기 찬 작
은 숲에서 비에 젖은 공기를 후광 삼아 울려 퍼지는 종소
리, 프루스트가 좋아했던 그 종소리에는 아무 느낌도 없

---

* 시모네 마르티니를 비롯하여 르네상스기에 시에나에서 활동한 화가들
을 말한다. 이전 그림들과 달리 입체감이 표현된 이들의 그림은 평면적
인 고딕 미술 이후, 조토가 이끈 피렌체파의 원근법적 미술로 넘어가는
중간 단계로 간주될 수 있다.

었다. 오직 거친 하늘에 맞서는 옴므 수도원*의 공격적인 수직성만이 내 정신에 반향을 일으켰다. 늘 똑같고 어둠이 와서 꺼트려 주길 기대할 수 없는 석화된 태양이 거친 빛줄기로 눈부신 수도원의 전면을 때리듯이 하늘에서 떨어져 내리는 눈은 내 정신을 때렸고, 얻어맞은 내 정신은 오그라들었다.

꿈속에서 그 수도원에 대해 썼다.

나는 날마다 이른 아침에 작업 테이블에 앉았고, 나를 지켜보는 클로데트의 눈에선 날이 갈수록 의혹이 짙어졌다. 자리에 앉기 전에 몇 초 동안 화장실로 달려가서 세 배 혹은 네 배 분량의 약을 삼킨 뒤 손이 뻣뻣해지고 눈에는 웃음을 띤 채로 아마도 수치스러워하며, 하지만 사악한 즐거움에 취해 걸어 나오는 나를 보면서 아름다운 금발 여인은 엉터리 숨바꼭질에 속지 않았다. 그녀는 고통스러워하면서 사회적이고 무기력한 증례들이 기다리고 있는 사무실로 돌아갔다. 아마도 그녀는 자기만의 벽 속에 별로 내세울 만하지 못한 고질적인 증례 하

---

* 노르망디 공작 기욤(훗날 잉글랜드의 노르만 왕조를 세우는 윌리엄이다.)이 캉에 세운 수도원으로 '남자들의 수도원'이라는 뜻이다.

나를 숨겨 두기 시작한 뒤로 예전만큼 다른 증례들에 정성을 쏟지 못했을 터다. 나는 키득거렸다. 매일 흰 가루가 조금만 있으면 '위대한 작가'로 축성받을 수 있는데 뭐 하러 멍청한 짓을 한단 말인가? 흥분에 취해 어느 것도 낳지 못하는, 죽음의 기운에 젖은, 그러나 다시 한 번 말하지만 즐거운 아침이 시작되었다. 나는 불꽃이고 차가운 불이었다. 나는 사람들이 깨뜨리는 얼음이고, 나라는 얼음이 깨진 아름다운 조각들은 더없이 다양한 광채를 발했다. 너무 조급하게 쏟아져 나오는 음침하게 유쾌한 문장들이 쉼 없이 내 정신을 가로질렀고, 그러다가 한순간 변해 휘발성으로 풍요로워지며 내 입술에서 꽃피어 났다. 내 입술은 그 문장들을 승리의 공간으로 변모한 방 속에 내던졌다. 어떤 주제나 구조, 그 어떤 생각도 내가 쏟아 내는 경이로운 말들을 구속하지 못했다. 구석구석에 숨어서 다정하게 내 위로 몸을 기울인 위대한 '어머니'가 내 입술에 입을 대고 그 말들을 받아 마셨다. 눈부셔하며, 친절하게 나에게 귀를 기울이며 내 입에서 나오는 아주 작은 말까지, 마치 천칭에 단 황금을 건네받듯이 맞아 주었다. 황금이 된 내 작은 말이 내 귀에 울리고, 내 정신 속에서 자라났다. 내 입에서 또 다른 황금이 나왔다. 그러나 나는 지독히 인색해서 그중 단 하나도 종이 위에 내어 주지 않았다. 그러면서 스스로에게 말했다. 멋지게 써내게 될 거야! 내 펜이 이 훌륭한 재료의 100분의 1만이라도 제대로 다룰 수 있다면 충분하지 않겠는가! 하지만 아쉽게도 내 재료가 훌륭한 까닭은 주인이 없기 때문이었고, 설령 그게 내 손일지라도 주인을 용납하지 않기 때문이었다. 내가 글로 쓰는 순간 종이 위에는 마치 타고 남은 장작처럼 혹은 쾌락의 환희가 스러진 여자처럼 재만 남을 터였다. 자, 그래도 이제 쓰면 된다. 급할 게 없다. 나는 오후 5시가 되면 이를 부딪치며 떨었다. 인위적인 부추김이 끝나면 태양처럼 빛나던 내 눈은 온 세상을 암흑으로 덮는 회색 어둠에 휩싸였다. 나는 탁자 위에 쌓여 있는 백지를 바라보았다. 소리 없는 방 안에는 입 밖으로 나왔지만 사라져 버린 불능의 작품을 기리는 단 하나의 반향도 남아 있지 않았다. 그렇게 시간이 흘러갔다. 창밖에서는 매일매일 잎이 더 우거지며 수다스러워지는 역사적인 나무가 옛날 그 앞에서 영감을 얻고 결국 죽음을 맞이한 한 여인의 말들과 관련 없는 이야기들을 쏟아 냈다.

암페타민이 나를 무너뜨렸다. 그러나 지금 생각하면 그 약들이 나에게 가장 순수한, 가령 문학적 행복의 순간을 주었고, 나는 내 것이었지만 더는 내가 소유할 수 없는 여인을 그리워하듯 고통과 후회에 사로잡히게 되었다. 암페타민을 몸속에 털어 넣고 나면 나는 완벽히 혼자였다. 나는 내 백성인 단어들을 지배하는 왕이고 그들의 노예이고 그들의 동료였다. 나는 존재했고, 세상은 자리를 비웠고, 관념이 이리저리 어둠 속을 날아다니며 모든 것을 덮어 버렸다. 그런 다음에는 수많은 태양으로 환하게 빛을 발하는 운모의 잔해들 위에서 가짜이고 가상이고 지고한, 유령이지만 홀로 살아남은 내 글이 드높이 활공하다가 긴 띠를 펼치며 곤두박질치면 나는 그 띠를 세상이라는 시신에 감았다. 나는 그 무덤의 비문을 지치지 않고 낭송했다. 무한의 두루마리를 풀어헤치는 단 하나의 입이 되었으니 의기양양했다. 나는 주인 쪽, 강한 쪽, 죽음 쪽이었다. 그 행복은 영혼의 힘과 아무 관련 없지만 어쩌면 가장 높은 단계의 인간다운 행복이었다. 동물들의 기쁨은 자신들이 속한 자연과 다르지 않다는 데서 오지만 내 기쁨은 자연이 인간에게 갖는 의미와 정확히 일치한다는 데서 왔다. 말과 시간, 시간의 먹이로 헛되이 던져진 말. 가짜와 진짜, 제대로 느낀 것과 느낄 수 없는 것, 황금과 납. 무엇이든 상관없이 전부 늘 온전하면서 한없이 탐하는, 크게 입을 벌린 고요한 흐름 속으로 앞다투어 요란스레 달려들며 소멸했다.

나는 클로데트가 독을 공급해 주길 바랐다. 그녀는 거절했다. 나는 그녀에게 배려 없는 거친 섹스를 했다. 말이 아무런 형체 없이 나에게 복종하듯 그녀의 살도 그러기를 바랐다. 하지만 아니었다. 그녀는 세상에 속했다. 그녀는 나 없이도 존재했고 원했고 버텼다. 나는 그녀에게 쾌락을 안김으로써 복수했다. 적어도 그녀가 내지르는 비명은 나에게서 비롯되었다고 믿었고, 그렇게 그녀를 비명이라는 말에 묶었다. 나는 계속 막연하게 부정하면서 아침마다 글 쓰는 시늉을 했지만, 클로데트는 내가 글을 쓰지 않는다는 사실을 알았다. 몽파르나스에서 허풍을 떨던 작가는 흥분해서 날뛰는 폐인이고 백지 앞에 버티고 앉은 편집증 환자였다. 게다가 그녀가 지인들에게 겨우 부탁해 구한 일자리들을 나는 마구 화내고 욕을 퍼부으면서 거절했다. 클로데트가 나를 먹여 살렸다. 내가 어린이책에나 어울릴 법한 혹은 내가 그렇다고 추측한 불쌍한 열정들, 그러니까 테니스, 피아노, 정신 분석, 전세 비행기에 대해 웃음을 터트리며 비웃을 때 그녀는 절망했다.

그래도 고결함은 잃지 않았다. 어느 겨울날 바닷가에서 본 클로데트의 눈길이 기억난다. 그녀는 나에 대한 환상을 잃어 갔지만 모든 희망을 버리지는 않았다. 나는 물론 작가가 아니었다. 게을렀고, 조금은 거짓말쟁이였다. 그럼에도 그녀가 나를 세상 밖에서 살게 해 주듯이 내가 그녀를 세상 안에서 살아갈 수 있도록 자비를 베풀었다면 그녀는 감내하며 최선을 다했으리라. 존엄성과 사랑 어린 눈길이 아무런 주장도, 눈물도 없이 나를 바라볼 때 그 안에 모든 것이 들어 있었다. 그날 클로데트는 뜨개질한 자그마한 털모자에, 어린애 같고 유쾌한 노란색 고무장화를 신고서 음울한 모래를 밟았다. 추위 때문에 얼굴이 발그스레해졌고, 갑작스러운 갈매기 울음소리는 그녀의 우울에 더해졌다. 내 눈동자는 그녀를 떠나서 겨울이 떠안긴 무심한 폭력과 탄식과 영원한 몽롱함에 젖은 광막한 해변의 수평선을 향했다. 아래쪽 모래 언덕에 멈춰 선 흰색 폭스바겐, 쇳덩이 같은 회색 바탕에 분노의 백연 구아슈 붓질을 더한 듯한 하늘, 격노하고 부풀어 오르고 무한히 빈곤하게 기어가는 바다가 보였다. 세상은 침범할 수 없지만 그렇다고 무의미하지도 않았다. 그리고 그 아래쪽 모래 위에 자그마하게 보이는, 노란색 장화를 신고 선의로 가득한 클로데트가 내 기억 속에서 잠시 멈췄고, 그 초록빛과 잿빛 속으로 용감하게 걸어가며 흐릿해졌다. 그녀는 몇 걸음 더 걸어갔고, 노란색이 조금 더 보이다가 물보라 속으로 사라졌다. 그녀가 사라졌다.

나는 클로데트를 실망시켰다. 실망이라는 말로는 부족하다. 그녀가 나에 대해 마지막으로 가진 감정, 나를 쳐다보던 마지막 눈길은 분노와 연민이 뒤섞인 혐오에 가까웠다. 그녀는 자기에게서 무언가를 앗아 가는 것들을 피하려 애썼고, 아마도 세상의 흐름 속에 다시 자리를 잡았으리라. 어느 대학교의 교수, 운동을 좋아하고 재치 있고 비주류 사고를 가진 혹은 저명인사라는 미래가 약속된 남자와 결혼했을 터다. 이제 테니스 스커트 차림의 클로데트가 녹색 코트 위에서 깡총거리며 그늘과 빛을 오가고, 경쾌한 공 소리가 정확히 때를 맞춰 들려오고, 부드러운 허벅지가 움직임을 멈추고, 다시 시작하고, 부드러운 옷감이 허리에서 춤춘다. 박사 논문을 마치고 발그스레한 얼굴로 심사 위원들의 찬사도 들었을 것이다. 즐거운 바다로 나가 작은 돛 아래서 웃고, 어느 팔에 안겨 숨이 가쁘다. 그녀의 무궁무진한 세계는 수 킬로미터 규모의, 높은 회교 사원들과 끝없는 해변 위로 기쁨에 젖어 몸을 기울인 식물들, 비행 시간표, 그리고 여름 정원에 모여서 잘나가는 명성과 야회복을 과시하는, 조각상처럼 단호하고 침착하며, 족장들처럼 영예롭고, 젊은이들처럼 열정을 지닌 구애자들로 이루어져 있다. 계속 분석 치료를 하고, 그중에 수시로 예기치 못한 도약을 맞고, 그 도약들은 다른 삶을 가질 수 없는 그녀에게 하나의 삶이 된다. 그녀는 사라지고 떠나 버린 것들 때문에 가슴 아프지만 행복은 좀처럼 오지 않는다. 아니 어쩌면 클로데트는 이미 죽었고, 그녀의 '사소한 삶'은 지금 이 글보다 훨씬 길어야 했다. 그녀가 나를 기억하지 않기를.

나는 치욕스러운 상황에서 캉을 떠났다. 클로데트가 역에 배웅하러 나왔고, 우리는 절망적인 어떤 것에 휩싸여 겁에 질린 채 무력하게 짓눌려 있었다. 그날 나는 예전에 그녀가 긴 원피스에 화장을 하고, 바로 그 역에서 철도 노동자들의 탐욕에 제물로 바쳐진 채 나를 기다리던, 멀리서 일하고 지쳐 돌아온 눈빛이 거칠고 손이 시커멓고 게걸스러운 남자들이 가슴 파인 옷을 입은 여인을 곁눈질하던, 구겨진 기차표들과 술 취한 군인들 틈에 끼어 있는 신선한 아름다움을 바라보던 밤을 떠올렸다. 이제는 나 역시 그 무리에 속했다. 나는 더 이상 그녀의 속옷을 벗길 수 없으리라. 그녀는 도망갔다. 늦여름의 저녁이 눈부시게 환한 선로 위를 달리고, 타는 듯이 뜨거운 열차가 번쩍거렸다. 나는 몇 군데 목적지를 두고 망설였다. 어릿광대 같은 혹은 무감각해진 운명이 주사위를 던졌고, 나는 객차에 올라탔다. 나머지 일은 선로 변환기가 알아서 했다. 나는 옥상주*에 도착했다.

그곳에서 로레트 드 뤼를 만났다.

---

* 프랑스 동부 부르고뉴 프랑슈콩테 지역의 마을.

어려 죽은 여자아이의

삶

이제 끝내야 한다. 지금은 겨울이다. 정오다. 조금 전부터 온 하늘에 똑같이 낮은 먹구름이 깔려 있다. 아주 가까운 곳에서 개 한 마리가 규칙적으로 느릿하고 몹시 교활한 울음을, 죽도록 울부짖는다고 표현해야 할 것 같은, 소라고둥을 불듯 울고 있다. 눈이 오려나 보다. 저 개들이 빛 웅덩이 속으로 가축 떼를 몰면서 즐겁게 짖어대던 여름날 저녁이 생각난다. 그때 나는 어렸고, 빛도 어렸다. 어쩌면 나는 지금 부질없는 노력을 하고 있다. 그때 내 안에서 무엇이 사라지고, 내 안에 무엇이 파였는

지 결코 말할 수 없을지 모른다. 한 번 더 그 순간을 이
제부터 내가 말할 모습으로 상상해 보자.

　기억 속에 어린 나는 자주 아팠다. 내가 아프면 어
머니가 데리고 잤고, 나는 헌신적인 보살핌을 받았다. 학
교 운동장에서 아이들이 내지르던 비현실적인 소리는
침실까지 올라와 맴돌다가 제비들과 함께 날아가 버렸
다. 벽난로에 장작을 던지면 불꽃을 튀기며 타들었고, 혹
은 다 꺼진 뒤 마지막 붉은 기운 속에서 유령들이 나타
났다. 처음에는 연극 같고 하나씩 분간되었으므로 같이
연기할 수도 있었다. 그러다가 점차 뒤섞이면 누구라고
부르기 망설여지고, 결국 어린아이 위에 올라앉은 어둠
처럼 익명의 한 덩어리가 된다. 다시 날이 밝고 등이 구
부정한 엘리즈가 재 위에 입김을 불면 그녀의 검은색 치
마에서 불길이 거듭 태어났다. 그리고 다시 찾아온 빛 속
에서 엘리즈는 빙그레 미소를 지었다. 나도 미소 지어 주
었기를. 엘리즈가 나가면 그 순간 모든 게 내 눈에 들어
왔다. 창밖에 펼쳐진 공간, 멀리 세이루 쪽 길 위로 보이
지는 않지만 이 시각이면 숲들의 어두운 지평선 너머 세
이루에서도 지붕들과 살아 있는 사람들의 미미한 의지

를 고집스레 지켜 내는 무거운 하늘이 보였다. 나는 보이지 않는, 이름을 가진 장소들을 소환했다. 그리고 하늘이 펼치는 승리의 치맛자락 속처럼 들어가서 묻히기 좋은 곳, 책들을 발견했다. 나는 하늘과 책이 우리를 아프게 하고 우리의 마음을 사로잡을 수 있음을 배웠다. 비굴한 놀이에서 멀리 떨어져 있으면서 세상을 그대로 따라 하지 않아도 됨을, 세상에 개입하지 않고 그저 세상이 만들어지고 없어지는 모습을 곁눈질로 바라봐도 됨을, 세상의 일원이 아니라는 사실에 쾌락으로 바뀔 수 있는 고통과 함께 경탄할 수 있음을 알게 되었다. 공간과 책들이 교차하는 곳에서 움직이지 않는 몸이 태어났고, 그 몸 역시 나였다. 그 몸은 책에서 읽은 것을 눈에 보이는 세상의 현기증에 맞춰 보고 싶다는 불가능한 소원으로 끝없이 떨었다. 공간과 마찬가지로 과거의 것들도 현기증을 일으켰고, 과거의 것들이 기억 속에 남긴 흔적은 말이 불완전하듯이 불완전했다. 나는 기억에 대해 알게 되었다.

중요한 일은 아니었다. 내가 아직 허풍에 물들기 전이었다. 그때 나는 저금통을 하나 가지고 있었고, 보고 있으면 흐뭇하고 우스꽝스러운 그 고전적인 분홍색 돼지 저금통에 매혹당해 침대 위에서 가지고 놀면서도 한편으로 의구심이 일었다. 저금통에는 100수*짜리 동전이 몇 개 들어 있었는데 내가 알지 못하는 어떤 법률로 인해 내 것이지만 사용할 순 없는, 그저 도자기로 만든 돼지의 안쪽 옆구리에 부딪히는 소리만 들리던 하찮고 아마도 노골적인 그 재산은 도대체 무엇이었을까. 게다가 옷장 안에 내 것보다 훨씬 눈길을 끌지만 금지된, 멋진 저금통이 있다는 사실 때문에 속상했다. 그것은 청석돌 혹은 붓꽃 같은 진한 푸른빛의 물고기였다. 빠르고 민첩하게 헤엄치는 물고기를 몰래 만지면 내 손가락 끝에 비늘의 감촉이 전해졌다. 『천일 야화』에 나오는 짓궂고 고집 센 물고기들은 말할 줄 알고, 금으로 변하기도 하고, 수염으로 마법을 부리기도 하지 않던가. 마치 파도가 내던진 정령들을 자갈이 이리저리 흔들어 놓은 것 같은 페르시아의 푸른 바다에서 물고기 한 마리가 터번을 두른 작은 어부를 부르듯이, 깔끄러운 시트처럼 흐릿한 빛깔을 지닌 옷장 속에서 물고기가 나지막한 목소리로 오

_____

* 수(sou)는 구체제 아래서 사용하던 화폐의 단위이나 1940년대까지 5상팀짜리 동전을 1수, 5프랑짜리 동전을 100수라고 불렀다.

랫동안 나를 불렀다. 어머니는 내가 그 물고기에 손대지 못하게 했다. 내 누이의 것이었다. 누이는 죽었다.

언젠가 — 내가 아팠을 수도 있고, 그보다는 아양을 떨며 졸랐을 수도 있고, 혹은 지친 어머니가 그냥 나를 믿기로 했는지도 모르겠다. — 물고기 저금통을 가지고 놀았다. 처음에는 마침내 손에 넣었다는 기쁨이 컸지만 곧 마음이 혼란스러워졌다. 물고기 저금통은 내 것과 너무나 달랐다. 내 누이는 나를 이 땅에, 별로 쓸모없는 이 세상에 남겨 두고 혼자 천사가 되어 오로지 감정이 북받치는 입술들 위에서만, 그리고 마치 푸토*처럼 볼이 차갑고 통통하고 무표정한 얼굴이 나온 단 한 장의 사진 속에만 존재했다. 하지만 나는 남아 있어야 했다. 바깥에 밝은 하늘이 펼쳐졌고, 내가 나를 벗어났고, 내 손이 저절로 벌어졌다. 작은 물고기가 마룻바닥에 떨어지며 깨졌다. 어머니는 자신의 기억과 아들의 기억 속에서 더는 형체를 갖지 못할 푸른색 도자기 조각을 쓸어 담으며 울었다.

---

* 이탈리아어로 어린 소년을 뜻하며, 르네상스기에 유행한 큐피드 등 발가벗은 어린아이의 조각상을 말한다.

더 뒤에 역시 몸이 아파서 어머니 방에 있을 때였다. 분명 겨울이었고, 많은 이가 마음속으로 전등을 밝힐지 말지, 나를 다시 학교에 보낼지 포기할지 혹은 한번 더 미뤄야 할지 망설이는 시각에 나는 아르튀르 랭보를 처음 만났다. 어처구니없게도 펠릭스가 해마다 사서 읽던 『베르몽 연감』*에서였다. 당시에 허접한 풍자 삽화들로 명성이 높던 그 책의 글들은 문학과 정치, 지리, 이를테면 시골 마을들에서 곧 '문화'라는 이름으로 불리게 될 모든 것들을 다루었다. 내가 읽은 글에는 유년기 마지막 무렵의 랭보 사진도 있었다. 사진 속 랭보는 평소 같은 샐쭉한 표정이었지만 유난히 더 폐쇄적이고 둔해 보였으며, 옷을 차려입어도 촌티가 지워지지 않았다. 그 모습은 내가 가진 단체 사진 속의 급우들, 레샤모나 사라진처럼 죽음을 다른 곳보다 무덤덤하게 받아들이고 더 많이 비어 있으며 늘 손을 무감각하도록 벌겋게 얼리는 추위가 더 가혹한 외진 마을에서 온, 그러니까 힘겹게 암흑에서 빛으로 나온 내 급우들과 다름없이 무질서했다.

---

* 19세기 말에 조제프 베르몽이 처음 발간한 연감으로, 현재는 아셰트 출판사에서 출간한다.

그의 얼굴에서 보이는 어린 바보 같은 상냥함과 그 위로 번지는 어두운 떨림은 나도 익히 아는 것이었다. 사진 속 랭보 역시 내 급우였다. 글의 제목도 나를 끌어당겼다. '아르튀르 랭보, 영원한 아이.' 내가 그렇게 잘못 읽은 실제 제목은 '영원한 방랑자'*였고, 나는 한참 뒤에야 오류를 깨달았다. 하지만 그 일은 내버려 두자. 그렇다, 어느 싸구려 작가가 이야기한 아르덴**에서의 서툰 유년기는 까다로운 그의 살갗 못지않게 내가 잘 아는 이야기였다. 내 창밖에도 아르덴이 있었고, 내 아버지는 대위가 아니었지만 프레데릭 랭보 대위처럼 떠나 버렸다. 나는 5월에 뫼즈강의 물레방아들보다 더 잊힌 무리우의 물레방아에서 부실한 배들을 띄워 보냈고, 아마도 이미 내 삶을 띄워 보냈다. 움직임을 멈춘 공기 때문에 눈물을 쏟았고, 연민과 수치심은 내가 늘 함께 품고 다니는 열정이었다. 랭보에 관한 글 중에 다른 내용은 이해하지 못했으므로 어리둥절했지만, 언젠가 수수께끼들을 풀어내겠다

---

* 프랑스어로 아이는 enfant, 방랑자는 errant이다.
** 랭보는 프랑스 동북부 뫼즈강이 흐르는 아르덴 지역의 샤를빌에서 태어나 유년기를 보냈다.

는, 막 내게 모습을 드러낸 그 퉁명스러운 본보기에 어울리는 사람이 되겠다는 계획으로 나는 흥분했다. 아침에 학교에서 불을 피우자마자 우리가 더듬거리며 낭송하던 온순한 시들괴 전혀 다른 사나운 시, 가족과 세상을, 종국에는 자기 자신마저 떠나게 했다는, 그리고 그가 사랑했기 때문에 결국 폐품 더미 속에 넌져 버리고 밀었다는, 그렇게 해서 그를 죽이고, 또 최상의 상태로 살게 한 시는 도대체 무엇이었을까? 그리고 랭보에게는 어떤 상황에서도 사랑해 주고 멀리서 보살펴 준, 그가 샤를빌로부터 너무나 먼 곳에서 마지막 땀을 흘리고 최후의 순간을 거부할 때조차 보호자로서 지켜봐 준 누이가 있었다.* 그런데 그는 천사였다. 그 글을 쓴 사람은 오직 랭보를 위해, 모든 것을 빼앗기긴 했어도 다 자란 소년이었던 그를 위해 온갖 수식어 중에서 굳이 천사 같다는 말을 골랐다. 그때까지 내가 어려 죽은 아이들에게만 — 여

---

* 랭보는 네덜란드 식민지 용병에 입대한 것을 시작으로 서인도 제도, 아프리카 등을 여행하고 무역상 일을 하다가 37세에 무릎 통증으로 귀국한 뒤 마르세유에서 골수암 진단을 받고 다리를 절단한다. 두 번째 입원 때 막냇동생 이자벨 랭보가 마지막까지 그를 돌보았다.

자아이들에게만 —— 쓸 수 있다고 믿었던, 빛바랜 옛 사진들 속에 남고 샤틀뢰의 땅속에 묻힌 비통하고 무서운 어떤 것, 꽃들이 마음을 달래 주는 그것에만 해당한다고 믿었던 말이었다.

그렇다, 죽은 이들이 사랑받듯이 사랑받기 위해서는 언젠가 천사가 되어야 했다. 그런데 정작 내가 너무 늦게 죽으면 누가 나를 사랑해 준단 말인가. 나는 울면서 벽난로의 불을 바라보았고, 어머니를 불렀고, 어머니가 오면 할아버지와 할머니는 절대 죽지 않는다고 맹세해 달라고 졸랐다. 이제 늙은 주검이 된 할아버지와 할머니는 샤틀뢰의 땅속에서 작은 상자 속의 천사 곁에 얌전히 누워 있다. 그러니까 그들은 내 몸에서 자라날 날개를 볼 수 없다. 나는 꽃을 들고 그들을 달래러 가는 일이 거의 없다. 세월이 그들의 늙은 뼈를 분해하고 내 의지를 무디게 했다. 나는 초등학교에서 암송될 글을 쓴다. 그리고 안다. 어느 겨울 저녁에, 이제는 잊혀 가는 어느 방에서 할아버지와 할머니가 읽던 『베르몽 연감』의 얇은 책장을 넘기면서 나는 스스로 올가미를 놓았고, 그 올가미의 물림 장치가 닫혀 버렸다.

어려서 나는 아이들이 죽는다는 사실을 알았다. 하지만 그 아이들은 나를 제쳐 두고 멋지게 하늘로 날아오른 전설일 수 없었다. 내가 실제로 가까이 지낸, 나와 똑같은 진흙으로 빚어진 아이들이었다. 그래서 사람들이 아무리 단호하게 말해도 나는 그 아이들이 온전히 천사가 된다고 믿을 수 없었다. 그러나 그 죽음이 확실해지는 순간이면 모든 게 변했다. 다가오는 영원 안에서 임종을 앞둔 아이들은 아직 생명이 남아 있는 무서운 풍문이 되었다. 나는 혼자 노는 척하면서 엘리즈와 앙드레의 탄식하는 목소리에 몰래 귀를 기울였다. 어제까지만 해도 아무것도 아니던 아이들 때문에 왜 내가 다가가기만 해도 그녀들은 마치 행실이 문란한 여자나 갚을 길 없는 빚에 대해 말할 때처럼, 혹은 문란하고 속죄할 길 없는 내 아버지의 이야기를 할 때처럼 갑자기 목소리를 낮추는 것일까. 한 이웃이 평소보다 느릿하게 혹은 연극적인 동작으로 의미심장한 눈빛을 반짝이며 부엌에 들어오기도 했다. 또 술집에서 돌아온 펠릭스가 짧게 끝나는 위엄을 풍기며 결정적인 소식을 전하기도 했다. 겨울이 더 광활하거나 여름이 더 푸르렀고, 아이는 세상을 떠났다. 나는 정말로 죽은 아이가 하늘로 날아오르는지 라일락 꽃잎의 푸른 떨림 속에서, 아무것도 없는 허공으로부터 마치 기적처럼 떨어지는 눈 속에서 확인하고자 애썼다.

사라진에서 한 아이가 크루프에 걸려 죽었다. 잠든 시골구석에서 같이 졸고 있던 착하고 촌티 나는 빨간 머리 아이, 내가 한심하게도 마구 때린 적이 있는 아이가 두꺼운 공기로 이뤄진 날개 달린 몸을 가진 무리의 일원이 되었다! 이미 가진 것을 다 빼앗긴 아이인데 죽음이 와서 그 모든 것을 영원히 빼앗았다고 날아오를 수 있다니! 포르제트에 사는 내 사촌 누이 베르나데트도 심하게 앓았다. 나는 농장 앞으로 큰 숲이 우거진 드넓은 포르제트 농장 입구의 나무 아래서 자주 놀았다. 나뭇잎들 사이로 새어 드는 빛이 이제는 기억나지 않는 두 소녀의 얼굴과 옷 위에서 춤을 추었다. 심지어 기억이라는 위조지폐는 내 머릿속에 그 자매를 『좁은 문』의 사촌 누이들처럼 마치 숨바꼭질하듯 나타났다가 사라지고, 명랑했다가 근엄해지는 모습으로 남겨 놓았다. 이제 어떤 여름 그늘도 베르나데트의 마음을 달래 주지 못하리라. 베르나데트는 피를 토했고, 애원했고, 자기가 죽게 될 것을 알았다. 밤새 아이를 돌보기 위해 농장까지 걸어간 엘리즈는 겁에 질린 아이의 눈길이 전하는 명령을, 이미 무력해진 아이의 새 손이 더 이상 존재하지 않기 위해 살아 있는 자신의 늙은 손을 사용하는 일을 감내했고, 짓눌린 마음으로 돌아온 아침에는 말이 없었다. 피할 수 없는 출구 앞에 이른 아이는 침묵으로 빌어내야만 하는 참기 힘든 상처가 되었다. 저녁이면 엘리즈는 할 일이 있다면서 일찍 자라고 우리를 부엌에서 내보냈다. 그녀는 어느 시대에서 왔는지 모르지만 아무튼 마법으로 여자들의 출혈을 멎게 하는 법을, 건초 더미 위로 벼락을 내리치는 구름을 달래는 법을, 소를 수십 마리씩 죽이고 양들이 빙글빙글 돌다가 죽게 하는 뿔 달린 신들을 제압하는 법을, 불가피한 일을 늦추는, 더는 손쓸 수 없는 치명적인 상황에서 무언가를 하는 법을 알았다. 여자들은 이 모든 것을 오랜 세월 동안 전수해 왔고, 엘리즈는 지혜롭게도 더는 전해 주지 않았다. 엘리즈는 그저 선량하고 무력한 기도를 올리고, 루르드*의 성수를 뿌리고, 단순한 무언극

---

* 프랑스 남쪽 피레네산맥 가까이 위치한 도시로 한 소녀가 샘이 있는 동굴에서 성모의 발현을 목격한 가톨릭 성지다.

을 펼쳤다. 그 무언극을 나는 한 번도 본 적이 없지만 등이 구부정하고 고집스럽고 허약한, 의심 많은 엘리즈의 선의가 치러 냈을 싸움이 눈에 선하다. 엘리즈는 병증을 모방함으로써 출혈을 다스리고자 아마도 많은 물을 준비했을 테고, 그 물을 조금씩 조절해 가며 흘려보냈으리라. 물론 피가 물과 똑같이 작용하리라는 믿음은 없었지만, 그래도 굳세게, 마치 임무를 완수하듯 그 같은 은유를 이어 갔다. 그날 저녁에 부엌 수도꼭지와 포마이카 테이블 사이에서 엘리즈가 한 일은, 더 이상 신봉자가 없는 서툰 성자들에게 바치는 신비의 헌주(獻奏)였다. 하지만 백혈병은 건재했고, 엘리즈는 스스로 알다시피 마법사가 아니었다. 포르제트의 넓은 집 전면으로 햇빛이 춤추던 어느 날 아침에 아이가 큰 비명을 내지르며 숨을 거두었다. 그 아이도 천사가 되었다. 혹은 여름이면 금빛 비 같은 덤불과 금작화가 타오르는 생파르두 묘지에서 마침내 말을 잃은 그루터기가 되었다.

그 뒤로 사람들은 예전에 "불쌍한 네 어린 누이"라고 부르던 것처럼 그 아이를 "불쌍한 어린 것"이라고 불렀다. 나의 이 자족적인 글이 지금 세상에 내보이는 보잘것없는 사람들의 세계에서 늘 그렇듯이 무리우에서는 누가 죽었다, 사망했다, 세상을 떠났다, 라는 말을 싫어한다. 누구를 고인이라고 지칭하는 일도 거의 없다. 그렇다, 죽은 사람은 모두 어딘지 알 수 없는 곳에서 추위와 어렴풋한 허기와 사무치는 고독으로 떨고 있는 "불쌍한" 사람들, 부랑자보다 더 빈털터리이고 백치들보다 더 멍청한, 안절부절못하면서 성가신 악몽에 소리 없이 옭매여 있는 "죽은 이들, 불쌍한 죽은 이들"*이다. 그들은 오래된 사진 속에 무서운 모습으로 나타나지만 사실은 더없이 상냥하고 선량한, 프티 푸세처럼 어둠 속에서 길을 잃고 헤매는 영원한 꼴찌이고 가장 사소한 이들이다. 나는 그 사실을 금방 깨달았다. 샤틀뤼의 묘지에 갔을 때 어쩔 줄 몰라 하는 여자들을, 혹은 모자를 벗어 들고 누군가에 대해 질책을 쏟아 내는 펠릭스를 보면서 나는 저 땅 아래서 누군가 고통스러워하고 있음을 알았고, 누군가 이 자리에 오고 싶어 하지만 — 먼 곳에서 보고 싶다고 해마다 편지를 보내오면서도 너무 멀고 돈이 없으므로 찾아오지 못하

---

* 샤를 피에르 보들레르의 『악의 꽃』에 수록된 시 「마음씨 착한 하녀」에서 인용한 구절이다.

던 친척들이 삶의 맷돌에 점점 더 세게 끼고 으깨지다가
마침내 수치심 때문에 더는 소식을 전하지 않고 결국 연
락을 끊듯이 ── 가혹하게 놓아주지 않는 어떤 것에 붙잡
혀서 끝내 오지 못했음을 알 수 있었다. 그곳에 가면 나
는 분주했다. 물을 떠 와서 꽃에 물을 주고, 손으로 좋은
흙을 떠서 화분에 채우고, 영원의 국화 가루에 내 얼굴을
몰래 파묻었다. 겨울일 때가 많았다. 성당은 묘지의 높은
언덕 위에 있었고, 하늘과 종탑이 똑같은 회색으로 내 마
음속에 달려들었다. 들려오는 계곡의 물소리가 얼마나
풍요로웠는지, 계곡으로 달려가는 내 걸음이 얼마나 힘
찼는지, 발에 밟힌 나뭇가지가 내지르는 선명한 비명과
눈에 보이는 세계가 내지르는 웃음의 광채가 얼마나 강
렬했는지, 나는 살고 싶었다. 차려입은 짧은 바지에 물이
튀지 않도록 팔을 길게 뻗고서 물병을 들고 돌아오면 살
았던 것, 사라진 것이 나를 맞이했다. 느릿느릿한 손들이
꽃으로 장식하는 그 자갈 덮인 자그마한 땅, 죽은 도시를
향해 던지듯 몇 움큼 뿌려진 소금, 까마귀 한 마리가 깍
깍대는 소리 속에서 소금과 꽃보다 더 아래, 소금과 꽃을
양식으로 삼는 어두운 땅속에 묻힌 말 없는 아이, 내 누

이의 비통한 부름이 나를 정신 차리게 했다. 그렇다면 내 누이도 천사라는 말인가? 그렇다, 천사의 삶은 바로 저 불행이었다. 기적은 불행이었다.

우리는 아쉬움을 달래며 무덤들 사이를 걸었고 가파른 비탈길을 내려왔다. 발아래 마을 전체가 눈에 들어왔다. 넓은 집들과 고요한 그림자와 이끼 끼고 경사진 땅에 자리 잡은 아름다운 마을, 샤틀뢰였다. 하지만 그런 샤틀뢰는 눈속임이다. 진짜 샤틀뢰는 뒤에 숨어 있었다. 무리우에서 하루 일을 마치고 지친 펠릭스가 조금 낙심한 채 "내가 샤틀뢰에 묻힐 때"라고 말할 때 그의 입에서 나오는 샤틀뢰가 진짜였다. 나는 펠릭스의 손을 잡았다. 펠릭스의 두꺼운 벨벳 냄새를 맡으면 마음이 편안해졌다. 펠릭스가 고개를 숙일 때면 내 볼 위에 그의 무거운 숨결이 닿았다. 샤틀뢰에 갈 때마다 펠릭스와 엘리즈는 자신들이 글을 배운 학교를 보여 주었다. 추억을 떠올렸고 그때의 말들을, 그 말들과 함께 이미 죽은 이들을, 어머니와 할머니가 땋은 머리를 잡아당겼던 여자아이들을, 어머니와 할머니를 꾀려고 애쓰던 장난꾸러기 남자아이들을, 살아 있다가 놀랍게도 죽어 버린 아이들을 떠올렸다. 우리 등 뒤에서 그들 모두가 어둠에 잠겼다. 그런 날이면 레카르에 들를 때가 많았다. 날씨가 좋으면 새들이 가득한 오솔길로 들어가서, 가을에는 가시로 덮인 밤송이들이 달려 있고 여름에는 황금빛으로 불타오르는 밤나무 사이를 걸었다. 그러다 보면 한순간 성스러운 레카르의 땅이, 펠릭스가 사랑과 잠시 연민을 담아 언젠가 내 것이 되리라고 말해 준 땅이 눈앞에 펼쳐졌다. 그럴 때 감격한 펠릭스의 표정이, 금작화가 더 생생하게 피어나고 풀들이 성급하게 자라나는 이 들판이 다른 들판들과 다르다는 사실을 확인시켜 주었다. 마침내 내 안에서 음악이 춤추었고, 내 그림자가 나를 도취시켰고, 레카르의 집이 작은 숲과 라일락과 과거 이야기를 이끌고 나타났다. 더 이상 곡식을 거두지 않는 무의미한 계절들에 파묻힌 집의 벽 속에 남은 것은, 모든 것을 부식시키는 시간뿐이었다. 그런들 무슨 상관인가. 내가 커서 돈을 벌면 집을 고치리라, 죽은 등나무 가지를 잘라 내고 가시덤불 때문에 엘리즈가 늘 힘들어하던 작은 정원에는 꽃무와 수국을 심으리라 생각했다. 우리는 그 집에서 아이들이 놀게 되기를, 미래가 승리의 나팔을 불기를 기대했다. 나는 레카르에 와서 휴가를 보내리라고, 온 힘을 다해 죽은 노인들을 기쁘게 해 주리라고 다짐했다. 펠릭스는 항상 말하던 대로 샤틀뢰에 묻혔다. 세주 마을로 가는 길 위의 교차로, 집자는 작은 마을이 보이는 자리에는 이제 그 어떤 것도 게오동 가족의 땅임을 표시해 주지 않은 채 그저 풀들만 여전히 자라고 있다. 레카르의 땅은 내 보잘것없는 삶이 이어지도록 어처구니없는 헐값에 팔렸다. 집은 아직 내 것으로 남아 있다. 그 집을 향한 내 사랑은 줄어들지 않았다. 죽은 등나무가 그곳에서 절망하고 있다. 폭풍우와 나와 무관심이 전부 무너뜨렸다. 펠릭스가 나를 위해 심은 희귀종들이 헛간 위에서 하나씩 무너져 간다. 갑자기 부서지기도 하고 느리게 부식되기도 한다. 슬레이트가 세찬 바람에 날아가서 밤나무들에 부딪히고, 점점 깊어 가는 고인 물속에 생명들이 잠들고, 벽에 걸린 초상화들이 떨어지고, 옷장 안 깊숙한 곳의 다른 초상화들이 덮쳐 오는 망각을 향해 어둠 속에서 미소 짓는다. 쥐들이 죽으면 다른 쥐들이 오고, 그렇게 끈기 있게 모든 것이 부서진다. 자, 그래도 괜찮다. 날아가는 슬레이트와 함께 자비로운 천사들이 지나가고, 깨지고, 푸른 하늘 속

에 다시 태어난다. 밤이면 천사들이 와서 거미줄을 걷어
내고, 달이 뜨는 밤이면 창가에서 자신들이 이름을 아는
조상들의 사진을 바라보고, 그 조상들 사이에서 밤처럼
푸르고 깊게, 별처럼 맑고 달콤하게 속삭이고, 아마도 웃
는다. 내가 가서 살지 못하는 내 유산을 천사들이 마음껏
누리길. 기적은 완수되었다.

　내 누이는 1941년, 아마도 가을에 아버지와 어머니
의 근무지이던 마르삭에서 태어났다. 마르삭에는 작은
기차역과 커다란 제분소가 있었다. 무리우에서 흘러오는
아르두르천이 그곳을 지났다. 사과를 선물하고 작은 정
원에서 늙어 가는 샤탕도 가족과 세네주 가족, 자크맹 가
족이 마르삭에서 살았다. 어릴 때 자전거를 타고 어머니
와 함께 마르삭에 가 보았다. 어머니는 젊었고, 아마도
내 기억 속에 남은 모습대로 한여름의 황금빛이 얼룩진
밝은색 원피스를 입고서 어느 날 아침 상냥하게 페달을
밟았다. ─ 수다스러운 아들이 너무 빨리 달리는 바람에
무척이나 외로웠을 것이다. 그러니까 바로 그곳에서, 그
사람, 한쪽 눈이 의안인 남자, 나약하게 태어났고 자신

의 그런 모습을 받아들인 남자, 어느 망각의 군단을 이끌었고 어쩌면 아직 살아 있을 혹은 죽었을 수도 있는 수수께끼 같은 애꾸눈의 가장, 그리고 그녀, 레카르 농부의 딸, 다른 방식으로 나약한, 자신에게 무언가 받아 낼 게 있다고 믿지 않고 금방 겁먹는, 명랑하고 언제나 아이였고 영원히 아이일 여자, 그들이 아이를 가졌다. 전쟁 중이었다. 길 끝으로 끔찍하고 음울한 독일 군인들의 느린 행렬이 이어졌고, 마을 사람들은 먼 조상들이 흑태자*가 이끄는 거대한 기마 부대를 지켜보던 때와 똑같이, 쉽게 믿고 이야기를 잘 지어내는 눈으로 그 광경을 바라보았다. 마키**의 젊은 유령 부대가 숲속을 뛰어다니고, 철로의 연결 방향을 바꾸고, 수송 차량을 폭파하고, 요란스럽게 마을의 경종을 울리며 마르삭의 밤을 흔들어 놓았다. 어머니에게는 누가 거짓말을 하는지 모르겠고 이해할

---

* 에드워드 3세의 장남 우드스톡의 에드워드를 부르던 별명이다. 백년 전쟁 당시 뛰어난 기병 운용으로 크레시 전투에서 큰 공을 세웠고, 이후 영국령 아키텐에서 푸아티에까지 진군하여 대승을 거두었다.
** 프랑스어로 '잡목 숲, 관목 지대'를 뜻하는 '마키'는 2차 세계 대전 중의 프랑스 항독 지하 조직을 가리킨다. 다른 레지스탕스들과 달리 인가에서 떨어진 숲속에 은닉한 채 활동했다.

수 없고 시끄러운 이 전쟁이 아닌, 다른 근심거리가 있었다. 애꾸눈 가장이 여기저기 다니며 여자들한테 치근거리고 거짓말을 했다. 그래도 자기를 사랑하는 것 같았다. 애꾸눈 가장은 술을 퍼마셨다. 어머니는 첫아이가 태어나길 기다릴 때 그 현실이 좀체 실감 나지 않았다. 어머니에게 자신은 여전히 레카르에서 곡식을 거두던, 그곳에서 언어를 직조하고 삶을 만드는 사소한 것들에 흥분하며 웃던 소녀였다. 발랄한 얼굴에 숯으로 콧수염을 그려서 사람들이 알아보지 못하면 즐거웠고, 여름에 샘가의 넓은 풀밭에서 간식으로 먹는 초콜릿이 맛있었다. 지칠 줄 모르는 안짱다리 암말을 타고 술에 취해 돌아온 레오나르 할아버지가 염소 털을 덧댄 저고리를 입고 비틀거리는 모습도 너무 우스꽝스러웠다. 어머니의 출산일이 다가오자 레카르에서는 늙은 여인이 지팡이를 짚고 오래된 집을 나섰다. 숲을 가로질러 샤탱을 지날 때는 나이가 차고 늘 미소 짓는 앙투안의 종손녀가 늙은 여인에게 정어리 통조림을 따 주었다. 이어 엘리즈는 생구소를 지나고 음산한 아렌의 비탈길을 지났다. 그녀의 주머니에는 소중한 플뤼셰 가족의 유물, 해산의 부적인 성물이

들어 있었다. 가을이었기에 새로 피어난 히드와 마치 주
교 지팡이를 든 것 같은 보라색의 고결한 디기탈리스를
밟고 걸어가면서 명랑하고 환상을 품지 않는 그녀는 온
화하게 웃었다. 아이는 마르삭의 학교에서, 엘리즈와 성
물과 구식 시골 의사 사이에서 태어났다. 아이의 이름은
마들렌이었다.

마들렌은 짙은 파란색 눈을 가졌고 — 결혼 전에는
쥐모라는 성을 지녔던 클라라 미숑에게서 물려받았음이
분명했다. — 사람들이 늘 말하듯이 자라면 예뻤을 것이
다. 마르삭에서 지낼 때 아이는 사과나무들 사이로 스위
트피가 피어 있는 작은 정원에 가 보았다. 기관차가 내뿜
는 깃털 장식 같은 연기가 아이를 불렀고, 아이의 손은
먼 곳을 향하며 가까운 것은 잡을 줄 몰랐다. 레카르에
데려갔을 때는 밤나무 아래 짙은 어둠이 아이를 감쌌고,
잠시 낡은 문턱에 내려놓은 아이의 놀란 머리 위로 알
수 없는 방언이 등나무 사이의 맑은 하늘과 뒤섞여 퍼져
나갔고, 멀리 오후 5시의 밝은 숲이 드리운, 명철하고 호
소 가득한 세잔풍의 그림자가 그 천사의 언어를 메아리
로 퍼뜨렸다. 아이를 스쳐 간, 이른바 원초적 장면들은

미처 그런 놀라운 조화를 깨트릴 겨를조차 없었다. 아이는 아마도 무리우를 한 번 지나간 적이 있지만 버스 안에서 잠든 채였고, 아니면 작은 볼을 어머니의 볼에 대고 웃었으리라. 아이는 가파른 종탑과 황금빛 표지판과 영원한 보리수나무를 보지 못했고, 그곳에 죄 많은 유년기를 묻어 둔, 끝내 알 수 없었던 경쟁자인 남동생을 보지 못했다. 아이는 너무 크고 서툰 펠릭스의 손을 무서워했지만, 사랑이 담긴 굵은 숨결만은 아이의 얼굴을 떠나지 못했다. 외젠의 숨결도 똑같았고, 손 역시 똑같이 컸다. 아이를 안은 에메의 한쪽 눈은 웃었지만 다른 눈은 어둡고 멀고 무정하고 이 세상에 머물러 있지 않았다. 어쩌면 아이도 남자들은 힘이 없음을, 힘껏 잡아도 먼 것만 붙들고 있음을, 기저귀가 아니라 이름만 붙잡고 있음을 알았을 것이다. 남자들은 육신에 심한 지루함을 느끼고, 그러면서도 늘 동요하는 육신을 관찰하며 올바르게 사랑하려 애쓴다. 눈에 보이는 세상을 꿈에 맞춰 조정하는 과업 때문에 옴짝달싹 못 하다가 드디어 두 가지가 하나 될 무렵이면 취기에 젖는다. 하지만 취기는 곧 사라지고, 아기는 울고, 어머니는 화를 내고, 남자들은 밖으로 나가서 조용히 문을 닫는다. 그렇게 깨어난 그들은 문 앞에 서서 가련한 허세를 부리고, 당당하게 어쩔 줄 몰라 하며 자신들의 하늘과 숲을 바라보고, 다시 천사가 되어 술을 마시러 나간다. 남자들이 돌아올 때 아이는 잠들어 있다.

아이는 제 이름과 이름으로 인해 시작되는 결핍이라는 괴물을 알지 못했다. 자기 이미지를 인지하면서 세계를 빼앗기지도 않았고, 세계가 우리 각자 스스로의 이미지를 걸치는 옷장에 지나지 않게 되는 일 역시 아직 일어나지 않았다. 그래서 아이는 갑자기 아팠지만 아프다고 말하지 못했다. 고통을 겪는 아이는 그 시련이 자기가 늘임표 중 하나로 참여하는 우주적 조화의 일부인 줄 알았다. 하늘이 너무 파란 것과 어머니가 돌아오는 것과 밤이 칠흑같이 어두운 것과 다르지 않은, 그저 진동이 좀 더 크고 예리하고 감내하기 힘든 근원에 가까운 뭔가인 줄 알았다. 아이는 열이 났지만 말이 없었고, 눈물만 끓어오르는 착란의 헛소리는 언제까지나 이해할 수 없는 것, 하느님의 권좌를 둘러싼 제단의 제일 꼭대기만큼이나 다가갈 수 없는, 아마도 불가사의한 것이었다. 6월의 찌는 듯한 더위 속에서였다. 당시 사람들이 많이 타고 다니던 토르페도* 한 대가 베네방 마을에서 왔고, 의사인 장 드제 선생이 차에서 내렸다. 두 가지 색조를 띤 구두와 밝은색 양복을 입은 의사는 사제와 마찬가지로 쓸모없고 아름다웠다. 아버지처럼 다정한 구식 의사는 요람 위로 나비넥타이를 숙이고 어쩔 줄 몰라 하는 몸을 만지면서 아이에게 이유를 물었지만, 헤아릴 수 없고 무심하고 뿌리 깊은 적의 외에는 어떤 대답도 얻지 못했다. 의사는 체면상 처방을 내렸고, 번쩍거리는 토르페도는 가슴을 죄는 어머니의 슬픔을 남겨 둔 채 자갈 깔린 마당에서 방향을 돌려 떠났다. 오랫동안 버티던 이음줄이 끊어졌고, 아마도 딸꾹질이 있었고, 혹은 생명이 사라진 두 눈이 날아올랐다. 환희 속에서 혹은 상상도 하기 싫은 엄청난 공포 속에서 아이의 몸은 여름을 벗어났고, 다른 무엇이 여름에 좀 더 바짝 다가섰다. 마들렌은 1942년 6월 24일, 생장 축일의 아침에, 숨 막히는 열기가 마르삭 위로 떠오를 때, 순수한 대기가 수탉들의 목구멍 속에 압제자로 군림하고 순결한 눈물 속에 흩어지며 백합꽃의 황

---

* 20세기 초반에 유행했던 유선형의 무개 자동차.

금빛 심장 속에서 끓어올라 세 배 더 성스러운 태양으로
솟아오를 때 숨을 거두었다.

　레카르의 두 노인이 다시 왔고, 마지라에서 다른 두
노인이 왔다. 레카르에서는 마차를 타고 왔고, 마지라에
서는 로잘리를 타고 왔다. 그들은 자문했으리라. 어두운
피가 들고일어난 것일까, 어느 정당한 복수가 아이의 작
은 몸을 한입에 집어삼켰을까, 잡아먹힌 존재는 어떤 농
부, 아트레우스*의 딸이었을까. 가파른 빌모미의 언덕길
에서 모자를 쓴 고집스러운 펠릭스는 고삐를 손에 쥐고
말에게 욕을 퍼부으며 게오동 가문의 죗값을 치르고 있
다고, 자신의 경솔함 때문이라고, 옛 용들처럼 쉽게 뻐
겨 대고 밤색 말과 물소 가죽끈과 장미를 좋아해서 벌
받았다고, 이미 농사를 잘못 지어서 레카르를 망쳤기 때
문이라고 생각했다. 엘리즈의 마음속에도 무리코 가족
의 노인들이 되살아났다. 엘리즈의 선조 레오나르가 그
림자 아래 벌떡 일어섰다가 덜컹거리는 마차 옆으로 사

---

* 소아시아를 떠나 처음 그리스로 온 펠롭스의 아들이자 탄탈로스의 손
자. 신들을 시험한 탄탈로스와 신의를 저버린 펠롭스에게 내려진 저주는
아트레우스와 그 아들 아가멤논에게 이어졌다.

라진 뒤 황금빛 파리 떼 속에서 중얼대는 욕설이 들렸다.
푼푼이 모은 돈으로 처음 레카르의 땅을 사서 일구어 낸
레오나르는 단 한 장 남아 있는 사진 속에서도 손에 지
갑을 들고 있었다. 황금과 암말을 사랑하고 인간들을 증
오하는 냉혈한이자 끈질긴 이구아나 같았던 그는 아들
폴알렉시와 아내 마리 캉시앙이 흐릿하고 희미한 얼굴
로 빙그레 웃으며 양쪽에서 지배자의 영광을 기리는 동
안 가운데 앉아 자세를 취했다. 또 다른 그림자들이 갑자
기 방탕하고 불량한 아들들을 빛 속으로 밀어냈다. 무뚝
뚝한 뒤푸르노와 아버지를 죽게 한 플뤼셰가 세례자 요
한처럼 머리칼이 헝클어진 모습으로 나타났고, 덤불에서
나온 녹색 에리니에스*는 지옥의 머리카락을 휘날렸다.
반대 방향에서는 내가 아는, 이미 금이 가고 덜컥거리는
고물 자동차에 앉은 클라라가 상봉 근처의 성당 문에 조
각된 작은 하프를 든 「요한 계시록」의 노인들** 앞을 지

---

* 크로노스가 우라노스의 성기를 자르면서 흐른 피와 가이아 여신의 땅
이 결합하여 태어난 저주와 복수의 여신들.
** 「요한 계시록」 4장에 천국을 그리면서, 하늘의 왕좌 둘레에 흰옷을
입고 금관을 쓴 스물네 명의 장로가 앉아 있다는 구절이 나온다.

나며 쥐모 가문의 한 노인을, 사람들을 굶게 하고 결국 자기마저 망하고 만 코망트리의 괴팍한 대장간 주인을 떠올렸다. 클라라는 사반세기 전에 죽은 계시록과 대장간의 노인들이 이들의 한쪽 눈을 앗아 간 것도 모자라서, 자기가 비명을 질러 대는 지옥의 암흑을 더 짙게 만들고자 이 작은 몸을 빚으로 받아 간다고 믿었다. 제일 많이 놀란 외젠은 울면서 무슨 생각을 했을까? 나는 나와 같은 성을 지니고 살아온 허술한 사람들에 대해서, 그러니까 외젠 윗대로는 아무도 모른다. 단지 그들이 가난하고 바빴다는 사실만을 안다. 여자들은 잠이 덜 깬 채로 걸어다니며 살림을 하고 집에 돌아온 남편과 싸웠으며, 능력이 부족한 남자들은 허풍을 떨면서 술집으로 달아나다가 아예 진짜로 달아나 버렸다. 술에 취한 온유한 외젠은 차창 너머로 노랗게 익어 가는 밀을 바라보았고, 그 역시 자신의 가계에 아이가 채 자라기도 전에 죽게 할 만한 조상들이 꽤 많음을 깨달았다. 그렇게 아담의 늙은 아들 둘이, 아마도 동시에 마르삭에 도착해서 아마도 동시에 비틀거리고 애통해하며 벨벳이 또 다른 거친 벨벳에 맞닿도록 포옹을 했다. 그리고 눈물에 젖은 펠릭스의 작고 파란 눈이 눈물기 없이 타오르는 클라라의 파란 눈과 마주쳤다. 마당의 뜨거운 자갈들이 그들의 두꺼운 밑창에 밟혀 소리를 냈다. 모두 문 안으로 들어온 뒤 죽은 아이를 둘러싼 무능한 동방 박사들, 누구나 아는 그들의 비밀과 서툰 슬픔 위로 문이 닫혔다. 여름이 보리수나무들 속에서 웃었고, 닫힌 문 위로 그림자가 드리웠고, 조용히 모든 것이 변했다.

백합이 만발한 계절에 학교 아이들은 백합을 엮어 화관을 만들었다. 여름처럼 타락하고 숨 쉬기 힘든 백색 향기가 그윽한 마르삭의 성당 안에서 감미롭고 성스러운, 다가가고 싶지 않은 고난을 실은 오르간 소리가 오래된 벽의 곰팡내에 섞인 채 퍼져 나갔다. 아이가 누운 작은 관이 오르간 선율 위로 노 저어 나아갔고, 애꾸눈 가장의 팔을 잡은 젊은 농촌 여인은 당장이라도 쓰러질 것 같았다. 엘리즈는 등이 굽었다. 사제의 손놀림, 순무를 먹는 사람들로 이루어진 청중과 함께 의식이 끝났다. 백합으로 장식된 작은 혼령이 다시 마차에 오르고, 동료들을 만나기 위해서 힘겹게 외진 길을 가는 동안에 여름이 미소 짓고 황금색 파리 떼가 목소리를 더했다. 그리고 아

렌과 생구소로 가는 오르막길의 짙은 그늘 아래 다시 그
곳을 일구고 파괴한 사람들, 그 땅과 하나가 되고 그 땅
에서 일하던 사람들이 줄지어 서 있었다. 레오나르는 라
보네 떡갈나무 이래 고요히 앉아서 무언가를 헤아리느
라 고개도 들지 않고, 살아 있을 때조차 돌이었던 플뤼셰
부자는 돌덩이로 변해서 샤탱의 십자가 옆에 서 있고, 다
른 이들 역시 모두 모여 있고, 레카르의 깔끔한 집 앞으
로 등나무의 푸른빛이 어른거리고, 그리고 모든 길이 이
어지는 곳, 샤틀뤼였다.

　　레오나르는 내가 그의 이름을 쓰기만 해도 염소 털
을 덧댄 가죽 저고리 속 돈주머니를 흔들며 라보네 떡
갈나무와 플랑샤네 땅 사이로 밤길을 달린다. 그는 무너
져 가는 레카르에서 노닥거리고 미적대는, 모든 것을 알
고 노래하며 즐기는 '담담하고 아름다운 이들'과 돈거래
를 한다. 내가 지금 레카르의 노인들에게 이 글을 던져
주듯이 그가 문턱까지 다가와서 짤랑거리는 루이* 몇 개
를 친절하게 건넨다. 혈통에 관한 이야기들이 주장하듯

---

* 구체제 아래에서 사용하던 금화의 이름으로, 이후에도 20프랑짜리 동
전을 가리켰다.

레오나르의 일부가 내 안에 살아 있고, 레오나르 역시 뒤에 일어난 일을 알고 있다. 온 세상이 백합으로 가득하던 그날로부터 세 해가 지났을 때 앙드레와 에메는 나를 낳았고, 다시 두 해 뒤 애꾸눈 가장이 해적처럼 난바다로 떠났다. 그날 이후 에메는 부재했고, '샤틀뢰에' 가면 그 몰락을 확인할 수 있는 이들보다 더 먼 하늘 같은 곳에서 당당한 아버지로, 마치 『보물섬』에서 위장한 롱 존 실버의 나무 의족이 갑판 위를 성큼성큼 걸어 다니듯이 내 속 빈 삶을 북처럼 두드려 대며 온전히 내 삶 위에 군림했다. 1948년에 펠릭스가 레카르를 떠나면서 그곳의 문은 닫혔다. 낡은 배가 썩기 시작했고, 이제 그 안에는 바스락거림뿐이었다. 엘리즈와 펠릭스는 1970년 즈음에 세상을 떠났다. 샤틀뢰의 무덤이 가득 찼고, 최후의 심판 날에야 이끼 덮인 돌이 다시 열려 빛을 맞이할 것이다. 그때는 늙지 않고 등이 굽지 않은 엘리즈가 갓 태어난 여자아이를 품에 안고 걸어 나오리라. 그리고 같은 시각에, 아마도 생구소에서 팔라드 가족과 플뤼셰 가족, 또 이름 없는 다른 유령들과 함께 젊어진 내가 일어서리라. 그때 나는 어째서 내가 살아 있을 때 헛된 허풍들 속에 약간의 진실이 빛을 볼 수 있도록 글을 써야만 했는지 알게 될 터다. 그때까지 내 경험은 말을 배우기 전에 죽은 아이의 그것과 다르지 않다. 다만 나는 천사들과 교류하지 않았을 따름이다.

어려 죽은 여자아이, 나는 1963년 7월에 팔레조*에서 그 아이를 보았다. 꿈꾸어 온 멋진 여자들이 기다리고, 이쪽보다 더 감미로운 풍경이 기다리는 영국으로 친구를 만나러 가기 위해 먼 친척 형제의 집에 머물 때였다. 유쾌하고 의연한 친척 형제들은 비행기들이 굉음을 내며 오르내리는 오를리 공항과 고속 도로 사이의 풀밭에서 점심 식사를 했다. 그때 나는 희망을 품었다. 모든 것을 내 품에 끌어안고 싶었다. 어느 날 오후에 정원에 혼자 있다가 눈부신 것들에 취했다. 이제 시작되었지만 아직 평가할 수 없는 젊음에 취했고, 포도주와 여자가 주는 완전히 새로운 흥분에, 내 욕망을 향해 열리고 내 욕망처럼 뜨겁게 불타오르던 여름 하늘에 취했다. 그리고

---

* 파리 남서쪽 근교의 도시.

내 욕망의 대상, 내 손이 찢어 낸 교외 지역의 꽃들만큼 진실하고 향기롭고 풍성하고 마음대로 구길 수 있는 것들에 취했다. 나는 하늘의 한쪽 끝을 붙잡고서 싱그러운 꽃과 신기루처럼 솟은 건물을, 자꾸 변화하는 파란색을, 저 높이 날아가는 비행기를, 비행기가 살아 있는 사람들의 눈 속에 저녁과 함께 즐기라고 남겨 둔 연한 과육 같은 구름들을 내 쪽으로 잡아당기고 싶었다. 마시 언덕부터 반대쪽 끝자락의 이베트강까지 하늘을 양피지처럼, 모든 것이 쓰이고 세상의 과업이 끝나고 각자 자신의 업보로 심판받는 일까지 다 마쳤을 때 책을 좋아하는 심판의 천사가 두루마리를 말듯이 둘둘 말고 싶었다. 모든 것을 누리고, 그러면서도 모든 것을 글로 쓰고 싶었다. 그러고 싶었고, 그럴 수 있을 것 같았다. 제비들이 날아갔다. 나는 취기 속에서 소용돌이처럼 맴돌았고, 그때 내 눈이 멈추었다. 손을 뻗으면 닿을 만큼 가까운 옆집 정원에서 바로 그 여자아이가 나를 쳐다보고 있었다. 샤틀뢰에서 그토록 먼 곳, 꽃무와 스위트피 그림자 끝에 멈춰선, 주의 깊고 단호하지만 숨결 한 번에 사라질 것 같은 아이가 나를 똑바로 쳐다보았다. 분명 그 아이, "장미나

무 뒤, 죽은 소녀"*였다. 그곳에, 내 앞에 있었다. 아이는
자연스럽게 서서 햇빛을 누렸다. 지상의 나이로 열 살 정
도였다. 그사이 자랐다. 나보다 늦게 자라긴 했지만, 어
차피 죽은 이들은 종말의 욕망이 날뛰며 앞쪽으로 떠밀
지 않으니 서두를 필요가 없었으리라. 나는 아이를 내 눈
길 속에 격정적으로 붙잡아 두었고, 아이의 눈길이 한순
간 나를 견뎠다. 그러다 아이가 돌아섰고, 작은 원피스가
빛 속에서 춤을 추었다. 아이는 작고 단호한 걸음으로 얌
전히, 베란다가 달린 집 쪽으로 갔다. 신중한 작은 발이
골목길의 모래를 밟으며 사라졌다. 달려가는 가벼운 운
동화 소리가 아래쪽 공기의 장벽을 뒤흔들며 이륙하는
보잉기의 굉음에 묻혔다. 여름이 하늘을 나는 기계 장치
의 은색 허리를 껴안았고, 눈에 보이지 않는 흥분한 실들
이 비행기를 서민용 임대 아파트 뒤편으로, 아주 높고 흐
릿한 천국을 향해 맹렬히 들어 올렸다. 그 천둥 같은 소
리에 아이는 문을 닫고 사라졌다. 불타는 장미나무들은
움직이지 않았다.

---

* 랭보의 『일뤼미나시옹』 중 「어린 시절」의 한 구절이다.

나는 맨체스터로 날아갔다. 막상 가 보니 대단한 건 없었다. 그곳에서 나는 수첩에 기록하기 시작했다. 제일 처음 적어 둔 사건이 바로 그 소녀의 이야기였다. 젊음이 란 원래 허풍이 센 시절이기는 하지만 그 일은 절대 허풍이 아니다. 내 누이, 정말이다, 정말 그 모습으로 내 눈앞에 나타났다. 나는 곧 알아보았고, 그 발아래 핀 꽃무와 주변 빛의 이름을 아는 것과 똑같이 자신 있게 그 아이의 이름을 알았다. 내 눈에는 분명해 보이던 일이 어떤 착오였는진 알 수 없지만, 교외 지역에 사는 한 노동자 가정의 여름 원피스를 입은 소녀가 이미 죽은 모든 이에게 몸을 빌려주었다. 그렇게 이미 죽은 이들이 이따금 공기를 짙게 하고 마음에 상처를 입히면서 모습을 드러냈다. 그리고 글 속에, 고집 세고 여전히 잘 속는 그들이 날갯짓하며 문을 두드린다. 그렇게 들어와서 글 속에 머물고, 웃고 숨죽이며 문장 하나하나를 떨면서 따라간다. 아마도 문장 끝에 그들의 몸이 있지만 그들은 여전히 날개가 너무 가볍고, 두꺼운 형용사가 나오면 질겁하고, 리듬이 어긋나면 배신감을 느낀다. 그만 쓰러져 영원히 추락하고, 어디에도 없다. 그들은 세상에 돌아오면 거의 영원히 죽는다. 비탄에 잠기고 땅에 묻힌다. 사물만도 못하다. 아무것도 아니다.

올바른 문체가 그들의 추락을 늦추기를. 그러면 아마 내 추락도 더 늦어지리라. 내 손이 그들에게 공기 중에서 한 가지 형체를, 곧 사라지고 마는, 내 집중력만으로 만들어지는 형체를 허락하기를. 제대로 존재했다고 말할 수 없는, 다시 더없이 사소해지는 그들이 나를 넘어뜨리면서 우리가 사는 것보다 높고 맑게 살 수 있기를. 그리고 놀랍게도 그들이 나타났기를. 기적만큼 나를 열광하게 하는 것은 없다.

진짜로 일어난 일일까? 정말이다. 의고적인 취향, 문체가 여의치 않을 때 대신하는 감상주의적 지름길, 예스러운 음조를 향한 욕망, 하나같이 죽은 이들이 날개를 달고 순수한 말과 빛 속으로 돌아와서 이야기할 때 사용하지 않는 것들이다. 나는 그들이 더 어두워질까 봐 떨린다. 알다시피 암흑의 제왕은 공중 권세의 통치자다.* 나는 천사 역할을 맡고 싶다. 좋다, 언젠가 다르게 해 보리

---

* '암흑의 제왕'과 '공중 권세 잡은 자'는 구약 성서에서 사탄을 지칭하는 말이다.

라. 내가 만일 다시 그들을 쫓게 된다면 지금처럼 그들 스스로 자기 모습을 알아보지 못할 죽은 언어는 버릴 것이다.

그러나 나는 그들을 찾아다니며 침묵이 아닌 그들과의 대화 속에서 기쁨을 누렸다. 그들 역시 그랬을 것이다. 그들의 부활이 다가올 때 나 역시 태어날 뻔했고, 그 부활이 유산될 때 나도 함께 죽었다. 나는 높은 곳에서 현기증 이는 아득한 순간, 그 동요와 환희 혹은 불가해한 공포에 대해 쓰고 싶었고, 한 아이가 말을 배우기도 전에 죽는, 여름 속에 희석되고, 말로 옮길 수 없는 엄청난 동요 속에 흩어지는 이야기를 쓰고 싶었다. 그중 뭐라도 이루어 냈는지는 어떤 힘으로든 판정할 수 없다. 내 흥분이 그들 마음속에서 조금도 분출되지 않았다고 판정할 수 있는 힘은 어디에도 없다. 방디가 마지막 날 아침에 술 취한 채 웃음을 터뜨리고, 상상의 사슴들이 그를 데리고 날듯이 달려갈 때 나도 분명 그곳에 있었다. 그러니 설령 이 글이 영원히 묻혀 버린다고 해도 방디는 영원히 나타날 것이다. 이곳에서 방디는 빵에 축성하고, 단호한 손짓으로 사제복을 걷어 올린 뒤 위로받진 못했지만 미소 지으며 오토바이에 올라타고, 강한 햇빛 아래서 부르릉 소리를 내며 큰길에 불어오는 바람으로 머리카락이 헝클어진 채 지난날을 기억한다. 그리고 흰 눈 덮인 온유한 보리수나무들은 고집스레 입을 다무는 푸코 영감의 마지막 눈길 속에 가지를 드리운다. 나는 그렇게 믿고, 푸코 영감도 그러하기를 바랄 것이다. 마르삭에서 여자아이가 영원히 태어나길. 뒤푸르노의 죽음이 엘리즈의 기억 속에 남았으니 혹은 엘리즈가 이야기를 만들어 냈으니 완전히 최종적인 죽음은 아니길. 엘리즈의 죽음이 지금 내가 쓰는 이 글로 가벼워지길. 내 허구의 여름 속에서 그들의 겨울이 주저하길. 레카르에서, 존재했던 것들의 폐허 위에서 열리는 천사들의 콘클라베에 그들도 와 있길.

사라진 사소한 것들에 바치는
화려한 비가

피에르 미숑은 1945년 프랑스 중부 크뢰즈 지방의 샤틀뤼르마르셰, 정확히는 레카르라는 작은 마을에서 태어났다. 1984년, 마흔 살을 앞둔 그가 세상에 내어놓은 첫 책 『사소한 삶』은 그의 가계에 얽힌 이야기다. 그 기원이 되는 존재는 앙투안 플뢰셰를 마지막으로 아들 없이 대(代)가 끊긴 플뢰셰 가족의 한 여인이다.(그 남동생이 이 책의 두 번째 이야기 「앙투안 플뢰셰의 삶」의 주인공이자 마지막 플뢰셰다.) 그녀는 어느 시골 농부와 결혼하면서 다른 성을 얻었고, 외동딸 마리가 팔라드라는 성을 가

진 남자와 결혼한 뒤 낳은 딸 중 하나인 필로멘 팔라드
는 다시 무리코라는 성을 가진 남자와 결혼해서 필로멘
무리코가 되었다. 피에르 미숑이 태어난 레카르는 바로
외증조부모인 무리코 부부가 살던 곳이다. 그들의 외동
딸 엘리즈 무리코는 펠릭스 게오동과 결혼하여 엘리즈
게오동이 되었고, 여전히 레카르에 살면서 다시 외동딸
앙드레 게오동을 낳았다. 앙드레 게오동은 외젠 미숑과
클라라 미숑(결혼 전의 성은 쥐모다.)의 아들 에메 미숑과
결혼하면서 앙드레 미숑이 되었고, 그 부부 사이에서 피
에르 미숑이 태어났다. 지나치게 상세한, 하물며 세상에
알려질 만한 인물 하나 없는 이런 가계도를 되짚어 가는
이유는 이렇게 여자들을 통해 이어진 가계의 인물들이
이 책에 그려진 '사소한' 삶들의 주인공이기 때문이다.
저자는 어머니, 아버지, (외)할머니와 (외)할아버지 같은
관계를 나타내는 명칭 대신에 앙드레, 에메, 엘리즈, 펠
릭스, 클라라, 외젠 같은 고유 명사로 부를 때가 많은데,
마치 옛 성자전을 연상시키는 '~의 삶'이라는 제목과 함
께 그 이름들에 역설적 후광을 부여한다.

  플뤼셰, 팔라드, 무리코, 게오동, 미숑, 쥐모……. 작

가 피에르 미숑의 "조상들의 이름을 가리키는 낯선 고유명사들"의 터전은 리무쟁이라고 불리던 프랑스 중부 산악 지대의 작은 마을들이다. 세 도시 리모주, 클레르몽페랑, 푸아티에를 잇는 삼각형 속에 위치하는 그 마을들은 "자비로운 고사리들이 병든 땅을 가려" 주는 외진 땅이고, "겨울이면 까마귀 울음소리가 땅의 주인이 되어 붉게 물든 저녁과 바람을 지배"하는 삭막한 땅이다. 그곳에 피에르 미숑이 태어난 레카르뿐 아니라 그가 자신의 근원으로 여기는 플뤼셰 가족의 터전이었던 샤탱, 에메와 앙드레 미숑 부부가 첫딸을 잃고 짧은 결혼 생활을 한 마르삭(이 책의 마지막 이야기 「어려 죽은 여자아이의 삶」에 담긴 내용이다.), 아버지가 집을 나간 뒤 어린 미숑이 어머니와 함께 살았던 무리우, 아버지의 부모인 클라라와 외젠이 이제 떠나 버린 아들의 그림자 속에서 살아갔던 마지라(이 두 노인이 세 번째 이야기 「외젠과 클라라의 삶」의 주인공들이다.), 열 살에 무리우를 떠난 미숑이 칠 년 동안 머문 기숙 학교가 있던 게레(「바크루트 형제의 삶」은 이때의 이야기다.), 외조부모인 펠릭스와 엘리즈 게오동이 "어려 죽은 여자아이"와 나란히 묻혀 있는 샤틀뤼, 퇴색한

393

수호성인이 있고 플뢰셰가의 마지막 아들이 묻혀야 했을, 그러나 여자들로 이어진 가계의 먼 후손인 저자 자신이 묻히게 될 묘지가 기다리는 생구소도 있다. 또 중등학교에서 만난 바크루트 형제의 고향 생프리스트팔뢰스, 정신 병원 환자들이 주말마다 찾아가던 생레미, 그 밖에도 세루, 생파르두, 장티우, 캉데메를, 생타망자르투텍스, 수브르보스트, 몽테이유오비콩트 등 아마도 프랑스인들조차 잘 알지 못할 "이름조차 읽기 힘든 시골 오지의 마을들"이 바로 이 책에 그려진 '사소한 삶들'의 터전이다.

『사소한 삶』에서 피에르 미숑은 자신과 관련된 인물 여덟 명의 삶을 되짚어 간다.(외젠과 클라라 부부, 롤랑과 레미 형제가 합쳐져 있으니 정확히는 열 명이다.) 등장하는 인물들이 모두 실존 인물들이라는 점에서 이 책을 소설로 분류하기는 애매하지만, 기억뿐 아니라 전해 들은 이야기가 중요한 자리를 차지하고 또한 상념과 감각이 가지를 치고 뻗어 나가며 상상이 더해진다는 점에서 소설이라고 부를 수밖에 없다. 예를 들어 아버지 플뢰셰가 가족의 이름을 마지막으로 안고 사라진 아들의 진실을 알게 되는 순간을 미숑은 이렇게 그린다. "이제 무리우에 왔다. 투생의 진실이 흔들린 그곳이 늘 굳건하게 버티고 선 성당, 꽃이 핀 혹은 다 져 버린 등나무 때문에 황금색 간판이 가려진 공증인 사무소, 그리고 내가 이 글을 쓰고 있을 방의 창문 사이였다고, 혹은 비슷한 다른 곳이었다고 상상해 보자." 때로 소설화된 전기로 불리기도 하지만 『사소한 삶』은 책 속에 그려진 삶들을 통해 글쓴이가 어떻게 형성되었는가를 이야기한다는 점에서 전기보다 자서전에 가깝다.

피에르 미숑은 이 책에서 이야기한 대로 외가의 터전이던 레카르의 작은 집에서 태어났고, 어머니가 교사로 일하던 무리우에서 유년기를 보낸 뒤 게레의 중등 기숙 학교를 다녔다. 이후 클레르몽페랑 대학교에서 문학을 전공하던 1968년, 온 세상이 젊음의 "자만심에 아첨" 하던 5월에 스스로 한평생 유일한 정치적 활동이었다고 고백한 아지프로 극단 활동을 했다. 졸업한 뒤에는 특별한 직업을 갖지 못한 채 알코올 중독과 약물 중독 속에서 방황했다.(이 시기는 일곱 번째 이야기 「클로데트의 삶」에 그려진다.) 그가 일생 동안 기다린, 그래서 부정한 아버지는(어머니에게 바친 이 책의 헌사 역시 '앙드레 미송에게'가 아니라 '앙드레 게오동에게'다.) 그를 끊임없이 벼랑으로 몰아세운 가장 큰 어둠이었다. 이 책을 시작하는 첫 이야기 「앙드레 뒤푸르노의 삶」의 주인공, 아프리키로 떠나 버린 앙드레 뒤푸르노는 그에게 사라진 아버지를 대신하는 상상의 아버지였고, 아프리카로 떠났던 시인 아르튀르 랭보는 자기와 똑같이 아버지에게 버림받은 형제였다. 그러나 부재하는 아버지는 클라라와 외젠이 "비탄 속에 죽어" 가는 마지라의 집을 지키는 빛바랜 사진 속에서 여전히 "두꺼운 부재"의 심장으로 뛰고 있었다. 부재하는 아버지는 "롱 존 실버의 나무 의족이 갑판 위를 성큼성큼 걸어 다니듯이" 아들의 텅 빈 삶 위를 배회했고, 그렇게 "북처럼 두드려 대며 온전히" 군림했다. 그리고 한참 뒤에 자신의 알코올 중독과 약물 중독이 아버지의 그것과 같음을 알게 된 순간에 아들은 "섬뜩한 웃음"과 함께 전율한다. 아마도 미송은 그 깨달음과 함께 아버지의 망령을, 술과 약물의 취기를 자기 밖으로 내보내기 시작했을 것이다.

"마치 신처럼 다가갈 수 없이 숨어 있는" 존재, 즉

아버지에 대한 언급은 그가 백지를 앞에 두고 끊임없이 기다리고 또 거부한 '글'에도 그대로 적용된다.(글은 "납으로 만든 갑옷으로 무장하고 섬뜩한 교태를 부리는, 죽여서라도 갖고 싶은 여자"로 비유되기도 한다.) "얼마 가지지 않은 말들을 취기의 횡설수설 속에 분쇄해 버리고, 무언증을 혹은 광기를 갈망하고, '백치의 끔찍한 웃음'을 흉내"내던 때의 이야기는 이 책 후반부에 등장하는 두 인물을 통해 그려진다.(「푸코 영감의 삶」과 「조르주 방디의 삶」의 인물들이다.) "글자의 부재 대신에 죽음"을 택할 용기를 지닌 푸코 영감은 그가 우러러보지만 받아들일 수 없는 영역을 보여 주었고, 젊은 시절에 언어의 힘을 "구애의 춤으로" 삼아 사람들을 매혹시키다가 결국 낡고 가벼운 말만 부여잡은 채 늙은 사제가 된 방디 신부는 그의 분신이자 두려운 미래였다. 또 유년기에 어머니가 들려주던 라신의 문장, "하나하나 다르지만 동등한, 개별적인, 마치 시계추의 운동처럼 하나가 규칙적으로 다른 하나를 덮어 버리는, 하루의 끝이 아닌 어느 먼 목표를 위해 협력하는 문장"은 신기루일 뿐이었고, 옛날 방디 신부가 "납 대야에 구리 구슬을 던져 넣듯" 쏟아 내면 "궁릉 지

397

붕을 향해 솟구"치던 "뜨거운 말들"은 승천의 은총을 얻지 못하고 전락한 천사였다. 술과 약물의 취기, 백지 앞의 공포가 만든 광기에 가까운 긴 방황 끝에 피에르 미숑은 마침내 사라져 버린 사소한 이들의 이야기를 세상에 내어놓았다. 『사소한 삶』은 "어딘지 알 수 없는 곳에서 추위와 어렴풋한 허기와 사무치는 고독으로 떨고 있는" 죽은 이들의 이야기이고, 그래서 그 속에는 그가 오랫동안 꿈꾼 "순수한 말과 빛" 대신에 "의고적인 취향, 문체가 여의치 않을 때 대신하는 감상주의적 지름길, 예스러운 음조를 향한 욕망"이 떨고 있다.

『사소한 삶』에는 다른 작가들의 구절이 출처 없이, 단지 인용 부호만으로 많이 등장한다. 그 인용들은 미숑의 또 다른 분신인 롤랑 바크루트처럼 오래도록 길 잃고 헤매게 한 '단순 과거'의 세상이 그에게 남긴 상흔들이다. 가장 자주 등장하는 것은 그가 가장 사랑한 시인, 크뢰즈의 유년기와 동일한 아르덴의 유년기를 보낸 랭보의 목소리다.(칠 년 뒤 미숑은 랭보의 이야기를 『아들 랭보』(1991)로 써냈다.) 미숑은 『지옥에서 보낸 한철』의 시인처럼 "백치의 끔찍한 웃음"을 터트리고 "내 악덕을 짊어진 그 길들"에서 헤매면서 "공상의 오페라" 같은 삶을 살았다. 앙드레 뒤푸르노는 "종려나무 정원 쪽, 아주 온화한 백성들의 나라"로 떠나갔고, 이 땅에서 한 해를 채우지 못하고 세상을 떠난 어린 누이는 "장미나무 뒤, 죽은 소녀"다. 랭보 외에도 베를렌, 말라르메, 보들레르, 발레리, 프루스트 등의 목소리가 들리고, 아프리카를 말할 때는 지드와 콘래드의 문장이, 아메리카를 말할 때는 샤토브리앙의 문장이 등장한다. 그리고 레미 바크루트의 장례를 치르고 집으로 돌아가는 길에 "뒤집힌 포경선과 죽은 괴물들"로 그려진 눈 덮인 산골 풍경을 완성하는 것은 『모비 딕』의 에필로그에 인용된 「욥기」의 구절이다. "나만 홀로 피한 고로 주인께 고하러 왔나이다."

　　이러한 인용은 뒤러, 그뢰즈, 와토, 샤르댕, 쿠르베, 엘 그레코, 렘브란트 등의 그림들로도 이어진다. 앙드레 뒤푸르노가 아프리카로 떠날 결심을 밝히는 순간은 그뢰즈의 그림 「배은망덕한 아들」 그대로 "격정이 휘몰아치면서 여자들의 숄이 흘러내리고, 남자들의 거친 손은 소리 없이 올라"가는 장면으로 주어진다. 미숑이 환각 상태에서 바라보던 노르망디의 도시는 옛 시에나 화가들의 그림으로 환기되고, 연인의 몸은 "연보라색 살이 햇빛에 거칠게 노출되고 퇴비 더미 같은 흐릿한 빛으로 걸러진" 브누아르의 세계를 불러낸다. 때로 두 가지 그림이 만나기도 하는데, 가령 레미 바크루트의 죽음에 담긴 화려함과 어둠은 엘 그레코의 「오르가즈 백작의 매장」과 쿠르베의 「오르낭의 매장」으로 환기된다. 그리고 미숑이 가장 사랑한 화가 고흐도 있다.(『사소한 삶』을 발표하고 사년 뒤에 미숑은 고흐가 아를에 머물던 시절에 그린 우체부의 그림을 둘러싼 이야기를 『조제프 룰랭의 삶』(1988)으로 써냈다.) 바크루트 형제의 터전인 산골 마을의 묘사는 「감자 먹는 사람」을 비롯하여 플랑드르 시절의 고흐가 그린 "거대한 회색"에 뒤덮인 풍경화들로 환기되고, 아버지의 부재가 망령처럼 버티고 있던, 동시에 할머니 클라라의 고단한 애정이 애처롭게 담겨 있던 마지라의 방은 「아를의 침실」(그 방에는 앙토냉 아르토의 목소리로 옮겨 온 "농부들의 낡은 부적"이 똑같이 걸려 있고, 고흐가 다른 그림에 그려 넣은 백일초들도 옮겨 와 있다.)로, 글을 모르기에 침묵을 택하고 죽음을 기다리는 푸코 영감은 "반 고흐가 그린 앉아 있는 남자보다 더 큰 고통을 품은" 사람이다.

수많은 인명과 지명의 고유 명사들과 함께 『사소한 삶』에는 그 거친 '이름들'을 품고 있는 크뢰즈의 안개와 바람에 조응하는, 그리고 딱총나무, 밤나무, 금작화, 디기탈리스, 히드가 자라는 그 땅에 조응하는 수많은 낯선 단어들이, 아마도 프랑스 독자들조차 낯설게 느낄 만한 단어들이 폭포수처럼 쏟아진다. 그러한 언어의 향연은 미숑이 어린 시절에 자기를 매혹시킨 젊은 방디 신부를 두고 "세상의 말을 하나도 남기지 않고 모조리 탕진해 버리는 후함"이라고 표현한 것과 유사하지만, 사실상 후함이라기보다는 남김없이 써 버려야 한다는 편집증에 가깝다. 게다가 잦은 쉼표로 길게 이어진 문장들, 시에서나 볼 법한 도치가 만드는 운율까지 더해진 의고적인 문체 앞에서 독자는 경탄하기에 앞서 당혹스러울 수밖에 없다. 나아가 프루스트처럼 기억과 감각을 따라가는 유려한 사유의 흐름은 수시로 찾아오는 서정의 폭발을 거쳐 상상들 혹은 의혹들로 가지를 뻗치며 나아간다. 무언가를 쉽게 단정 짓지 못하는 화자에게 삐걱거리는 생구소 성당의 문은 "어쩌면 그냥 마구간 문이 열리는 소리일지도, 혹은 덤불숲에서 나뭇가지들이 부딪히는 소리일지도 모른다." 수시로 '혹은'이라는 단어가 등장하는 까닭도 같은 맥락이다. 미솔이 자신과 동일시하는 틀랑 비크루트의 모습은 "크레셀을 앞세운 나병 환자 혹은 「이카로스의 추락」의 전경에서 밭을 일구는 헐렁한 갈색 바지의 농민"이고, 정신 병원에서 만난 토마에게 달려드는 것은 "뒤러의 「경배」 속 천사"이거나 "혹은 유혹의 비천한 유충들"이다. 그에게 "황금과 납"은 하나이고, 그래서 자기를 보살피는 연인마저 "이탈리아의 피에타 혹은 장주네의 포주"다. 성자의 옷은 "누추하게 화려"하고, 입에서 나온 말들은 "온전하면서 한없이 탐하는" 흐름에 삼켜지고, 생구소의 종탑은 "이끼에 침식되고 이끼가 소생시킨"다. 쓰라리게 쾌활하다, 단단히 섬세하다, 무심하게 다정하다, 음침하게 유쾌하다……. 서로 어울리지 않는, 반대되는 말들의 결합은 독자로 하여금 길 잃게 하고, 그 틈새에서 새로운 길을 찾게 한다.

이 책의 마지막 이야기인 「어려 죽은 여자아이의

삶」에는 피에르 미숑이 유년기에 마주한 첫 자각이 담겨 있다. 자각의 대상은 '부조리'라고 부를 만한, 세상과의 거리다. "세상에 개입하지 않고 그저 세상이 만들어지고 없어지는 모습을 곁눈질로 바라봐도 됨을, 세상의 일원이 아니라는 사실에 쾌락으로 바뀔 수 있는 고통과 함께 경탄할 수 있음"을 깨닫는 순간은 그의 공허의 밑바닥을 이룬다. 그는 "연민과 수치심"을 늘 함께 품고서 죽은 이들에게 말을 돌려주기 위해, "기억될 가치가 없는" 말들을 "시간의 폐허를 뚫고" 되살리기 위해 작가가 된다. 그리고 이렇게 말한다. "내 허구의 여름 속에서 그들의 겨울이 주저하길." 그리고 이 작품 원서의 표지에 그려진(1984년 초판본은 표지 그림 없이 출간되었고, 1996년의 폴리오판 표지에는 미숑이 직접 고른 벨라스케스의 작품 「사도 토마」가 들어가 있다.) 흙의 빛깔과 질감을 지닌 남루한 옷을 입은 사도 토마는 미숑의 분신인 듯, 자신을 구원해 줄 마지막 끈을 잡듯 책을 꽉 쥐고 있다. 세상의 허무와 스스로의 비루함에 지친, 입을 반쯤 벌린 그의 얼굴은 술에 취했거나 분노에 사로잡힌 듯하다. 예수의 부활을 의심한 의혹의 상징인 사도 토마는 미숑에게 "영광스러운 부르고뉴 군사들의 그림자 속에 몸을 숨긴" 또 다른 "비루한 스위스 보병"이지만 "절명한 흰고래 위에 서서 마지막 모습을 드러낸 어느 선장"이기도 하다. 세상의 공허와 삶의 남루함을 이처럼 화려하게 그려 낸 작가가 또 있을까? '사소한 삶들'이 일구어 낸 그의 삶 앞에서, 아마도 그는 바라지 않겠지만 우리는 숙연해진다.

윤진

옮긴이 윤진

아주대학교와 서울대학교 대학원에서 프랑스 문학을 공부했으며,
프랑스 파리3대학에서 박사 학위를 받았다. 옮긴 책으로 『자서전의 규약』,
『문학 생산의 이론을 위하여』, 『사탄의 태양 아래』, 『위험한 관계』, 『벨아미』,
『목로주점』, 『알렉시·은총의 일격』, 『주군의 여인』, 『에로스의 눈물』,
『물질적 삶』, 『태평양을 막는 제방』 등이 있고,
출판 기획·번역 네트워크 '사이에' 위원으로 활동 중이다.

사소한 삶

1판 1쇄 찍음 2022년 11월 18일
1판 1쇄 펴냄 2022년 12월 2일

지은이 피에르 미숑
옮긴이 윤진
발행인 박근섭·박상준
펴낸곳 (주)민음사

출판등록 1966. 5. 19. 제16-490호
서울시 강남구 도산대로 1길 62(신사동)
강남출판문화센터 5층(06027)
대표전화 515-2000 | 팩시밀리 515-2007
홈페이지 www.minumsa.com

한국어 판 ⓒ (주)민음사, 2022. Printed in Seoul, Korea

ISBN 978-89-374-2730-5 (03860)

* 잘못 만들어진 책은 구입처에서 교환해 드립니다.

아들 랭보

피에르 미숑 | 임명주 옮김

시인이기에 앞서 아들이었던,
그러나 누군가의 아들도 아닌
시 자체가 되기를 갈망했던 혁명적 예술가,
아르튀르 랭보의 난폭한 궤적